CUENTA CONMIGO

CUENTA CONMIGO

JORGE BUCAY

DEL NUEVO EXTREMO   integral

Cuenta conmigo

Autor: Jorge Bucay
Diseño de cubierta: OpalWorks
Fotografía de cubierta: ilustración de Opalworks sobre imagen
de Photonica

© del texto, 2005, Jorge Bucay
© de esta edición:
2005, RBA Libros, S.A.
Pérez Galdós, 36 - 08012 Barcelona
www.rbalibros.com / rba-libros@rba.es
2005, Magazines, S.A.
Juncal 4651 (1425) Buenos Aires - Argentina

Primera edición: marzo 2005

Ref.: LR-74
ISBN: 84-7871-324-7
Depósito legal: B. 8562-2005
Impreso por Printer

A todos los lectores de D jame que te cuente,
que hicieron posible la existencia de este libro
... y de este autor.

Introducción

—Cómo lo complicas todo, Demián. No es bueno analizar tanto cada cosa, cada detalle y cada gesto. Todo lo que «no te cuadra» es motivo para meternos en una charla interminable. Es agotador, ¿no te parece? Perdona que te lo diga, pero la verdad es que me aburro cuando le das cinco vueltas a cada palabra que digo, y diez a todo lo que te parece que me callo. Todo va bien, ¿vale? Me parece que mejor lo dejamos así...

Palabras más, palabras menos, eso fue lo que me dijo Ludmila.

Ludmila... Una belleza imposible de ignorar; desde su manera de caminar hasta su perfume, empezando por su nombre.

Lánguida y etérea se había acercado a mí, una mañana, seis meses antes, durante el recorrido de sala, con su boca sutilmente entreabierta, su guardapolvo desabrochado, sus brazos caídos y su cabello lloviéndole sobre el rostro.

—No entiendo —dijo encogiéndose de hombros, ante la mirada atónita del paciente.

—¿Qué es lo que no entiende, doctora? —dije tratando de amoldar la situación, de cara a la institución hospitalaria; elevándola de un plumazo de estudiante a graduada.

—Nada —me dijo con desparpajo—. La verdad es que de esta materia no entiendo nada de nada...

—¿Cómo se llama, señorita? —pregunté, intentando sonar amenazante.

—¿Yo? Ludmila —contestó, manteniéndome la mirada—. ¿Y tú?

Y sucedió lo que ningún docente debe permitirse jamás, pero que ocurre a menudo. A mis casi cuarenta años, me enamoré de una alumna. Me enamoré de sus veintidós años, de su fragilidad, de su mirada de cansada distancia, de su contradictoria madurez juvenil, extraña y fascinante mezcla de inalcanzable heroína de videojuego y de personaje de Milan Kundera. Me enamoré de ella y seguramente también de su nombre: Ludmila.

Quizá debiera decir sobre todo de su nombre, porque ella misma era casi una inexistencia. Era imposible para mí estar unas horas con ella sin recordar a la mujer distante de Neruda («me gustas cuando callas, porque estás como ausente»); y si había algo que Ludmila hacía a la perfección era callar. Callar y pasear su mirada enigmática por ningún lado, como si estuviera fuera del mundo, lejos del universo, dejándome preso de mi imaginaria interpretación de los caminos de su pensamiento.

Hoy, en la distancia, a veces me disculpo. Esa joven y su actitud eran toda una novedad para mí y quizá, más que eso, el retrato de un vago recuerdo de algún antiguo Demián olvidado.

Además, es verdad, me la encontré precisamente cuando venía escapando de la voluptuosa experiencia de los reclamos permanentes de Gaby. Desde que nos habíamos casado, mi ex mujer jamás había dejado de exigir, de protestar, de pedir, de luchar por lo que llamaba rimbombantemente «sus derechos» y de exigirme que cumpliera con mis «responsabilidades más maduramente».

Ciertamente, Ludmila era todo lo contrario. Ella sólo permanecía, como si estuviera más allá de todo... Y eso era, como cualquiera puede comprender, una gran tentación.

Otras veces, sin embargo, me digo que como médico tendría que haber podido ver más allá de mis negaciones y mis deseos reparadores. Confundí su abulia adolescente con una «postura casi zen»; su absoluta indiferencia con «temprana sabiduría»; y su anorexia nerviosa con la ingravidez de la vida espiritual.

Debí percibir que su rostro fresco y natural era el resultado de decenas de cremas y carísimo maquillaje hallado en sus interminables recorridos por los centros comerciales del mundo. Frascos, botes y botellas (pagados por papá) diseñados ex profeso para pasar inadvertidos.

Debí darme cuenta de que aquella ropa que parecía elegida al descuido y siempre a punto de caer, era el resultado de una auténtica estrategia de seducción indiscriminada.

Aquel «Puestodobien»... resonaba todavía en mis oídos al llegar a casa.

Aunque a lo mejor, esa niñata insolente tenía razón y yo me empecinaba demasiado en complicarlo todo, en buscarle siempre la quinta pata al gato...

De pronto, me acordé del Gordo. Hacía más de quince años una tarde me había contado el cuento *El círculo del 99*...

A lo mejor era eso.

¿Otra vez mi incapacidad para disfrutar de la vida tal como era?

¿Por qué demonios no podía contentarme con lo que tenía?

Después de todo, no parecía tan poco: vocación, profesión, salud, trabajo, amigos... Y un dinerito en el bolsillo para viajar a verlos.

¿Para qué tanta cabeza?

—Quizá para no terminar de aceptar...

¿No aceptar qué?...

—La verdad, claro.

Y la verdad era que la niña, Ludmila, me había dejado.

Mientras hacía girar con el dedo el hielo que flotaba en el segundo Martini rojo descubrí que el desgraciado hecho tenía un matiz nada despreciable. Este era un auténtico motivo de sufrimiento. Al menos por un rato podía intentar convencerme de que era su abandono lo que me dolía, y librarme así de esa horrible sensación de desasosiego que desde hacía un tiempo me iba rondando. Pero a pesar de mi deseo, el engaño sólo duró hasta terminar la copa. No alcanzaba con la herida narcisista de la partida de Ludmila, para comprender el enorme hueco que sentía dentro de mí. Un extraño vacío interior que en los últimos meses condicionaba mi estado de ánimo y que, de muchas maneras, había participado también en el final de mi matrimonio.

Había algo más y yo estaba seguro de que, hasta que lo descubriera, no iba a poder estar tranquilo.

Otra vez me acordé de Jorge.

¿Cómo era el cuento del discípulo y la taza de té? Casi corrí hacia la biblioteca. Abrí la puerta de abajo, a la izquierda. Revolví mis apuntes de la facultad, junté algunas fotos viejas y aplané un poco mi arrugado título de médico mientras buscaba las notas de cuando hacía terapia con él (casi siempre anotaba los cuentos que el Gordo me contaba en sesión).

Efectivamente, ahí estaban... Pasé los papeles hasta encontrarlo y lo releí con auténtica pasión.

El hombre llegó a la tienda de Badwin el sabio, y le dijo:

—He leído mucho y he estado con muchos hombres sabios e iluminados. Creo haber podido atesorar todo ese conocimiento que pasó por mis manos, y el que esos otros maestros dejaron en mí. Hoy creo que sólo tú puedes enseñarme lo que sigue. Estoy seguro de que si me aceptas como discípulo puedo completar lo que sé con lo poco o lo mucho que me falta.

El maestro Badwin le dijo:

—Siempre estoy dispuesto a compartir lo que sé. Tomemos un poco de té antes de empezar nuestra primera clase.

El maestro se puso de pie y trajo dos hermosas tazas de porcelana medio llenas de té y una jarrita de cobre, donde humeaba el aroma de una infusión deliciosa.

El discípulo asió una de las tazas y el maestro cogió la tetera y empezó a inclinarla para agregar té en su taza.

El líquido no tardó en llegar al borde de la porcelana, pero el maestro pareció no notarlo. Badwin siguió echando té en la taza, que después de desbordar y llenar el platillo que sostenía el alumno empezó a derramarse en la alfombra de la tienda.

Fue entonces cuando el discípulo se animó a llamar la atención del maestro:

—Badwin —le dijo—, no sigas echando té, la taza está llena, no cabe más té en ella...

—Me alegro de que lo notes —dijo el maestro—, la taza no tiene lugar para más té. ¿Tienes tú lugar para lo que pretendes aprender conmigo...? —y siguió—. Si estás dispuesto a incorporar profundamente lo que aprendas, deberás animarte a veces a vaciar tu taza, tendrás que abandonar lo que llenaba tu mente, será necesario estar dispuesto a dejar lo conocido sin siquiera saber qué ocupará su lugar.

—Aprender —decía el Gordo siguiendo a los sufíes— es como encontrarse con un melocotón. Al principio sólo se ve lo áspero y rugoso. El fruto no parece demasiado atractivo ni tentador; pero después de pasar la primera etapa, se descubre la pulpa y el aprendizaje se vuelve jugoso, dulce y nutritivo. Muchos querrán detenerse en ese momento, pero crecer no termina aquí. Más adelante nos encontraremos con la dura madera del hueso. Es el momento del cuestionamiento de todo lo anterior, el momento más difícil. Si nos animamos a traspasar la dura corteza del apego a lo jugoso y tierno de lo anterior, si conseguimos sumar lo nuevo a lo viejo para sacar partido de ambos, llegaremos a la semilla. El centro de todo. La potencialidad absoluta. El germen de los nuevos frutos. El comienzo de un nuevo ciclo de aprendizaje al que sólo es posible llegar atravesando ese vacío desde el cual todo es posible.

Podía ser que eso me estuviera pasando.

Pero en todo caso, aquí estaba yo, discípulo, dispuesto a vaciar una vez más mi taza. ¿Dónde estaba el maestro?

Miré a mi alrededor con atención, pero del maestro... ni una foto...

Capítulo 1

María Lidia ya estaba sentada en la mesa del bar. Miré la hora, eran las cuatro en punto. ¿Me habría equivocado? No, habíamos quedado a las cuatro. Me hubiera gustado, por una vez, ser yo el que la esperara.

Me acerqué despacito, por detrás. Era ciertamente una sorpresa que yo llegara en hora.

—Hola, Marily —le dije, mientras la abrazaba desde atrás apretándola, con silla y todo, contra mi pecho y dándole un largo beso en la cabeza.

María Lidia era, con diferencia, la mejor amiga que tenía en la vida. Nos habíamos conocido durante un congreso de salud mental en Córdoba hacía casi quince años, cuando yo cursaba el último curso de Medicina y ella preparaba la tesis de su licenciatura en Psicología.

—¡Bueno, bueno! ¡Pero qué bien! Veo que estamos en el camino de vuelta.

Confieso que tuve miedo de su respuesta pero, a pesar de eso, no pude evitar preguntarle a qué se refería.

Me miró, hizo una sonrisa entre pícara e irónica y...

—Mira, entre los modismos, la niña, el gimnasio y el cambio de *look*... Sólo te faltaba teñirte el pelo, un bronceado permanente y declararte metrosexual —me espetó Marily, sin ninguna diplomacia, como era su costumbre.

—¿Y eso a qué viene? —me quejé.

—Hace meses que no me llamabas Marily. Desde que empezó tu noviazgo empecé a ser «bebé» o «amorosa». Había perdido mi nombre, mi apellido y casi mi historia a tu lado. Así que son buenas noticias. Por fin parece que nos estamos recuperando del «Síndrome del Carcamal»... Te falta abandonar algún que otro término adolescente (volver a decir «cerveza», en lugar de «birra», por ejemplo) y quitarte esa ridícula pulsera de soga y ya estás de vuelta entre nosotros. Los del club de los «taitantos» te echábamos de menos. ¿No es una buena noticia?

—Yo no sé si lo que tengo es el carcamal... —aduje como para empezar a hablar de lo que realmente me pasaba.

—Por supuesto que sí... Pero si te molesta puedes ponerle el nombre que quieras. Te lo digo yo que, como mujer, tengo mucha más experiencia. Cuando mis amigas y yo pasamos de los treinta le decíamos entre nosotras «la crisis existencial», para que el aire intelectual nos conjurara el miedo. No era suficiente, igual era espantoso. Esa inútil movilidad interna que de un día para otro nos sorprende sin orden ni concierto, sin rumbo ni destino pero con urgencia.

—Eso sí, vale, eso me suena. Un querer moverse siempre, sin saber adónde, ni por qué, saber que estás aquí pero que deberías ir a otro lado... Y cuando llegas a ese otro sitio, te das cuenta de que tampoco es ése el lugar.

—Exactamente —asintió Marily—, como si cambiara la percepción del paso del tiempo, ¿no es cierto?, como si de la nada apareciera la necesidad de encontrarle un sentido diferente a la vida...

—Eso, un replanteamiento. Parar y mirar lo que has hecho... Eso. ¿Cómo llamarlo?

—En tres palabras: Car-Ca-Mal —dijo Marily y otra vez se volvió a reír a carcajadas, llamando la atención del resto de la gente del bar.

Yo escondí la barbilla en el pecho tratando de pasar desapercibido. Pero ella siguió:

—Ay, Demi, el problema es que vosotros, los hombres, sois tan previsibles, tan evidentes, reaccionáis todos igual. Aparece una chica joven, a las que antes de separaros no os atrevíais ni a piropear por no parecer babosos y entonces... corriendo al peluquero, pero no el de siempre, sinó a un «estilista». A comprar ropa nueva en el lugar de moda. Hacerse tiempo para el gimnasio y para tomar clases de Tai-Chi... Y así irse creyendo poco a poco que conseguís dar la talla y que todavía estáis en forma.

A Marily le había salido su irrefrenable feminismo, que yo tanto detestaba. No lo hacía para molestarme, la conocía, simplemente no podía evitarlo. Esa tarde yo no tenía ganas de involucrarme como tantas otras veces en una batalla campal sobre la igualdad de sexos. Así que dejé pasar el tema haciéndole gestos para que bajara la voz.

—No te avergüences, que por lo menos a ti te llegó temprano. Debe ser porque no tienes hijos, si los hubieras tenido serían demasiado pequeños y todavía estarías ocupado criándolos. A la mayoría de tus congéneres les pasa alrededor de los cincuenta, siempre después de su primer divorcio y siempre mientras se esmeran en echarle la culpa a «su ex» de todo lo que no pudieron hacer.

Como si hubiera estado esperando el final del largo discurso, el camarero se apresuró a traer nuestras cervezas, quizá para ver si las tomábamos y nos íbamos, cuanto antes mejor.

María Lidia levantó la copa para brindar y casi gritó:

—¡Por Pigmalión abandonado!

Yo acerqué mi cerveza a la suya y las chocamos con entusiasmo. Mientras bebía trataba de recordar la historia de Pigmalión. La asociaba con Bernard Shaw y con la trama de la comedia musical *My fair lady*, pero no conseguía concatenar el relato mitológico que había dado origen a todo lo demás.

—¿Cómo era? —pregunté. Y ante la mirada asombrada de mi amiga agregué—: El mito de Pigmalión... ¿Cómo era?

Pigmalión era un escultor. Posiblemente el mejor de los artistas que trabajaban la piedra en todo el imperio. Una noche sueña con una hermosa mujer que camina altiva y sensual por su cuarto. Pigmalión cree que es Afrodita, la diosa del amor y del sexo, y piensa que es ella misma quien le envía esa imagen como manera de pedirle que esculpa en un bloque de mármol una estatua en honor a su divinidad.

A la mañana siguiente Pigmalión va a la cantera de piedra y encuentra, como esperándolo, un gran trozo de mármol que encaja a la perfección con la idea de la obra, la mujer de su sueño, a tamaño natural, de pie, apenas reclinada en una pared, mirando con orgullo el mundo de los mortales.

Durante los siguientes meses, el artista se dedica a quitarle a la piedra todo lo que le sobra para dejar que aparezca la belleza perfecta de la obra. Cada día trabaja incansablemente, cada noche sueña con esa cara, ese cuerpo, esas manos, ese gesto. La estatua va tomando forma y dado que Pigmalión duerme en su taller de trabajo, cada mañana es la mujer de mármol la primera figura que se encuentra.

Pigmalión no sólo puede ver en su interior la obra terminada, sino que empieza a imaginar cómo sería esa mujer si cobrara vida. En cada talla el escultor pone de manifiesto lo que ya sabe, porque lo imaginó, de esa hembra perfecta. Para ayudarse a definirla le ha puesto nombre. Se llama Galatea.

Los detalles se pulen en la misma medida en la que aumenta la obsesión del artista por terminar la obra. No es el deseo de finalizar la tarea que podría sentir cualquier escultor, es la pasión de un enamorado de verse frente a su amada de una vez por todas.

Finalmente, el día llega. Solamente resta el pulido y Galatea podrá ser presentada en sociedad.

—El mundo quedará sin palabras frente a tu belleza —le dice al mármol.

Esa noche, una brisa que entra desde la ventana lo despierta. Una mujer bellísima está de pie frente a Galatea. Emana de ella un brillo intenso. Es Afrodita en persona. Ha bajado hasta el taller a ver la obra de Pigmalión en su honor.

—Te felicito, escultor, es una obra maestra. Me siento muy satisfecha. Pídeme lo que quieras y te lo concederé —dice la diosa.

Pigmalión no duda. Él sabe lo que desea. Lo ha estado pensando desde hace semanas.

—Gracias, Afrodita. Mi único deseo es que le des vida a mi estatua. Que permitas que se vuelva una mujer de carne y hueso, una mujer que sea, sienta y piense como yo me la imaginé…

La diosa lo piensa y finalmente decide que el escultor se lo ha ganado.

—Concedido —dice Afrodita y luego desaparece del cuarto.

Con su alegría compitiendo con su asombro Pigmalión ve cómo Galatea abre sus enormes ojos y su piel va cambiando del frío blanco del mármol al tibio y rosado color de la piel humana.

El artista se acerca y le tiende una mano para que la mujer baje de la tarima.

Con un gesto principesco, Galatea acepta la mano de Pigmalión y baja caminando con altivez hacia la ventana.

—Galatea —dice Pigmalión—, eres mi creación. Por dentro y por fuera eres tal como te imaginé y tal como te deseé. Este es el momento más feliz de la vida de cualquier mortal. La mujer que soñabas, tal como la soñaste frente a ti. Cásate conmigo, hermosa Galatea.

La bellísima mujer gira la cabeza y lo mira por encima del hombro por un instante. Luego vuelve a mirar la ciudad y le dice con esa voz que Pigmalión imaginó que tendría, lo que el artista jamás pensó:

—Tú sabes perfectamente cómo pienso y cómo soy. ¿De verdad crees que alguien como yo podría conformarse con alguien como tú?

—¡Pero yo no inventé a Ludmila! —protesté.

—Fuera no, pero me parece que la construiste dentro. Vosotros sois todos iguales. Armáis un prototipo usando como molde el negativo de la que se fue y después lo salís a buscar. Tú mismo dices siempre que la niña era «inexistente».

—Estás generalizando y no estoy de acuerdo. Lo que me pasa es mío, íntimo, personal.

—Bueno, Demi, no te enfades, sólo le ponía algo de humor al problema. No te creas que no te entiendo. Pero te repito, a los cuarenta hay que ponerles el cuerpo... Yo no puedo contestarte las chorradas que te dirían otros hombres: «Qué le vas a hacer, macho», «Son todas iguales», «Ella se lo pierde», y todo eso... Una mujer de mi edad tiene otras miradas y desde la mía todo está más claro que el agua... Ahora, si buscas otro tipo de respuesta...

No la dejé seguir. Había sido paciente, pero todo tenía un límite.

—Según parece, lo que me conviene es hablar con algún amigo varón. Alguien que sienta igual que yo. ¡Un hombre capaz de comprender desde los huevos a otro hombre que está jodido! —dije, levantando algo el tono de voz.

—Está bien, está bien... Tienes razón, me pasé.

—Marily, eres mi amiga de toda la vida. Hemos militado juntos. Eres psicóloga y como si fuera poco mantuvimos nuestra amistad, a pesar de las diferencias que, admitámoslo, con los años se han ido profundizando. Quizá sea precisamente el hecho de que nos sigamos queriendo aunque seamos tan distintos el que me hizo pensar que me podías dar otra mirada, no sé, un consejo...

—¿Un consejo mío? —Marily se volvió a reír, esta vez burlándose de sí misma—. No soy muy buena dando consejos (deformación profesional, ¿sabes?). Pero ya que has venido a mí, te voy a recordar algo: «El que elige consejero, ya tiene elegido el consejo».

Sonreí ante la paradoja de la frase y ella siguió:

—¿Qué consejo y qué mirada puedes esperar de mí, Demián? Soy psicóloga, adicta al psicoanálisis, paciente crónica de terapia y militante comunitaria. Tengo cuarenta años, no tengo pareja y estoy inevitablemente impregnada de un fuerte espíritu setentista.

Marily se rió con ganas y levantó la copa de cerveza para un nuevo brindis.

—Por la amistad —dijo esta vez, sonriendo y mirándome a los ojos con la misma sonrisa cómplice que yo recordaba cada vez que la pensaba.

María Lidia bebió un sorbo más y siguió:

—Si me lo preguntas ahora, yo te diría que hay dos posibilidades: te vienes a trabajar conmigo en el centro comunitario (donde, dicho sea de paso, un médico es lo que más necesitamos) apostando a que eso te permitiría alejarte un poco de las tonterías que te ocupan mientras te miras el ombligo...

—¿O...? —pregunté.

—O te buscas un terapeuta y averiguas qué te está pasando.

En menos de una semana, el recuerdo del Gordo y la idea de volver a terapia aparecían por segunda vez. En verdad, no era algo tan descabellado, al menos no tanto como pensar en retomar la militancia. Para eso debería ser posible volver a creer que este mundo, en algún sentido, podía ser salvado... Y lo peor, volver a caer en la fantasía, a estas alturas, de que esa tarea necesitaba de mí. No. No estaba el horno para esos bollos.

Capítulo 2

Me quedé pensando mucho en mi conversación con María Lidia; sobre todo en aquello de que «el que elige consejero, elige consejo».

Y por primera vez en semanas me divertí pensando en «a quién debería elegir para cada tipo de consejo» que pretendiera encontrar.

Sin lugar a dudas, mi madre sería la persona para ir a reafirmar la necesidad de casarse y formar una familia. De hecho, en los últimos meses sus palabras más usadas habían sido «hijos» cuando hablaba de mí y «nietos» cuando hablaba de ella. La conversación empezaba por el supuesto hecho casual de que, no sé quién, había tenido un niño precioso o de mi prima que había quedado embarazada (porque están buscando «la parejita») o de la hija de alguna vecina que estaba desesperada para conseguir una fecundación *in vitro* detrás de su buscado embarazo («¿no conocía yo un buen profesional que la pudiera ayudar?»). Inmediatamente, la conversación saltaba a «la felicidad que te dan los hijos», que nunca funcionaba conmigo (no estoy para esas felicidades que cuestan tantas horas de preocupaciones), para terminar irremediablemente en lo mucho que ella quería tener nietos (antes de morirse), cuando todavía era joven y sana, y además porque se había dado cuenta de la alegría de su hermana María que había estado en el casamiento de sus nietos («claro, agregaba siempre, porque tuvo hijas mujeres»).

Descartada mi madre, podría ir a preguntarle a Charly, proveedor infalible de salidas inmediatas y diseñador de escapadas mágicas que serían la envidia del mismo Houdini.

—Un clavo quita otro clavo —me diría de inmediato—. Déjalo en mis manos. Arreglo una fiestecita para mañana a la noche y vas a ver que se te pasa todo. Conocí una tía quemada el lunes que seguro debe tener más que una amiguita para aportar...

O podría ir a ver a Héctor, mi ex «compa» del grupo terapéutico.

Él me escucharía durante horas, pediría detalles que no importaban y diagnosticaría con la precisión de un cirujano «un proceso de duelo que sólo puede curar el tiempo».

—No te apresur ni te asustes —sentenciaría después, encendiendo lentamente un cigarrito y mirando el humo en sesuda actitud intelectuosa—. Deja pasar unos meses —(¡¿Unos meses?!)— y ya te vas a sentir mejor, mientras tanto quédate en casita y aprovecha para pensar...

Y después pensé que también podría pedirle consejo a Gaby... Nadie me conocía tanto como ella...

¡A Gaby!... ¿Cómo era posible? Seguía pensando en ella...

Decidí ver a Pablo. El «Bocha» Pablo.

—Cuando uno tiene un problema sin resolver no hay nada mejor que moverse, entrar en acción, despejarse, dejar de pensar —me diría palmeándome la espalda con demasiada fuerza para que fuera una muestra de afecto—... cuando uno tiene la cabeza y el cuerpo ocupados en el ejercicio o en un deporte, las ideas y los músculos se oxigenan al mismo tiempo, y entonces las respuestas aparecen solas.

Pablo se reunía todas las semanas con un grupo de amigos

en uno de los campillos de fútbol que quedaba cerca de su trabajo y, cuando lo llamé por teléfono, su respuesta se atuvo poco más o poco menos a lo esperado, incluido el aporte teoricopráctico pseudocientífico y la invitación al «picadito».

Pasé a última hora de la tarde del jueves y me apunté a un duelo futbolístico clásico entre sus compañeros de la oficina: el cuarto contra el octavo.

No tardé mucho en darme cuenta de que había elegido el consejero que traía el consejo adecuado. A los pocos minutos de empezar el partido ya me parecía estar viviendo una experiencia maravillosa, reveladora o mística (como le hubiera dicho al Gordo si estuviera en sesión). Me sentía como si de pronto volviera a tener veinte años y ninguna de mis dolorosas experiencias con el género femenino hubiera existido.

Yo no pretendía que mi anatomía respondiera igual que en aquel entonces, pero fue nada más empezar a correr, y sentir que la sangre me devolvía la energía y mi cuerpo recuperaba una vitalidad que creía perdida.

Creo que jamás disfruté tanto de un partido: toque, pase, gambeta... y cuando llegó el gol... Ese golazo fue increíble. Lo grité con más ganas que aquel de Maradona a los ingleses en el mundial de México.

¡Qué placer!

Después, vuelta al toque (grandioso, Demián) y la gambeta (increíble) con el túnel que le hice al grandote defensor de los del octavo y...

Pisé mal...

Pisé muy mal.

No sé si había piedra o no la había (no voy a seguir con esa discusión estúpida), pero sentí que se me doblaba el tobillo y caí.

Al momento me di cuenta de que era más que un simple resbalón.

Como no me levantaba, Pablo y el grandote del túnel se acercaron a ayudarme y me sacaron del campo.

Yo no podía ni pisar, pero igual me quedé quietecito, aguantando hasta el final del partido que perdimos 4 a 1 (claro, con un jugador menos, esos partidos de seis contra seis eran irremontables)...

Y después Pablo me acompañó hasta el hospital. Estaba de guardia en Traumato un amigo.

—No es nada serio, Demián —me dijo Antonio—, parece un esguince. Si quieres, no te pongo escayola, pero me tienes que prometer que por una semana harás reposo...

—De acuerdo —dije resignado.

—Y tómate esto dos veces al día —concluyó, mientras salía a atender a otros pacientes.

Una hora después ya estaba en casa. Pablo dejó mi bolso al lado de la entrada y se fue («lo lamento, qué mala suerte») casi, casi culposo.

Yo allí quedé, solo, tirado en el sofá, con la pierna vendada encima de dos almohadones y una garantizada baja laboral de por lo menos diez días.

¿Casualidad o causalidad? ¿Me lo había buscado? ¿Qué me hubiera dicho el Gordo?

Busqué en mi memoria narrativa el cuento para ese momento y se me apareció aquel viejo chiste que contaba mi abuelo Elías.

Se trataba de la historia de un viejo vendedor de leche que en el pueblo repartía el preciado líquido a bordo de un carro que tiraba rutinariamente un viejo caballo de andar cansino. El lechero era avaro, ambicioso y un poco estúpido.

Una tarde, mientras cargaba en el mismo carro una pequeña montaña de alfalfa, empezó a pensar en todo el dinero que ahorraría si su caballo no se comiera un montón de pienso como ése cada mes.

Recordó que alguna vez el médico del pueblo le había aconsejado a su vecino que dejara de fumar. Cuando el paciente se quejó diciendo que le resultaba imposible combatir el vicio, el profesional había aconsejado un método de «desacondicionamiento». El vecino debía imponerse encender un cigarrillo menos cada día, hasta perder el vicio. Con paciencia y constancia se acostumbraría a dejarlo y aprendería al cabo de unos meses a vivir sin fumar.

El lechero creyó que era una excelente idea utilizar los nuevos avances de la ciencia al servicio de su negocio, y decidió entrenar poco a poco al animal para que aprendiera a vivir sin comer.

A partir de ese día el lechero le dio al caballo, cada día, 10 gramos menos de alimento que el día anterior.

Había calculado que en un año, si se mantenía firme, el animal se volvería el compañero perfecto para su trabajo. Un colaborador sin coste.

Un día, por las calles del pueblo se escuchó el rezongo del lechero que hacía su recorrido tirando él mismo de su carro con gran esfuerzo.

—¿Y el caballo? —preguntaron sus clientes.

—Un estúpido —dijo el hombre, demostrando que se puede proyectar también en los animales—, yo le estaba enseñando a vivir sin comer... Y justamente ahora que había aprendido... ¡Se ha muerto!

Precisamente en ese momento, en que sólo pretendía moverme, oxigenarme, llenarme de adrenalina y no pensar, no iba a poder ni caminar...

Durante esos siete días seguí imaginándome respuestas de Jorge.

Finalmente me di cuenta de que necesitaba que él mismo me las diera.

En cuanto pude levantarme, salí de casa, tomé un taxi y le pedí al conductor que me llevara a la dirección del Gordo, mi antiguo terapeuta.

Capítulo 3

Me bajé en la puerta del viejo edificio de Tucumán al 2400 y, rengueando, caminé por el vestíbulo hasta el ascensor. Todo parecía estar igual que entonces. El suelo recién lustrado, el olor de las flores del jardín central, el ruido de platos y ollas que se oía a través de las puertas de madera de las casas de la planta baja.

Automáticamente miré hacia el fondo del largo pasillo, buscando inútilmente la figura de don José, el portero. Un hombre que quince años atrás debía rondar los ochenta y que era siempre la primera persona en saludar a los pacientes de Jorge. Yo había aprendido a querer aquella más que intrusiva participación controladora («apresúrese, que está llegando cinco minutos tarde», «tranquilo, que el anterior todavía no ha salido», «el doctor acaba de subir»...). Lamenté darme cuenta de que, obviamente, no estaba, no podría estar aún por allí.

Esperé un rato el ascensor que no venía y empecé a subir a pie por la escalera de mármol.

A medida que subía piso por piso sentía cómo, paradójicamente, los recuerdos descendían uno a uno sobre mí.

Quince años habían pasado desde la última vez que había visto al Gordo. Había llegado a él con todas mis inseguridades y desbordado por los problemas de relación con mis padres, con mis amigos, en el trabajo, conmigo mismo y, ya desde entonces, con Gaby.

Una a una, el trato con el Gordo había ido despejando mis dudas, descubriendo mis deseos, construyendo mi autoestima.

Aquel día, cuando Jorge me abrió por última vez la puerta en la despedida, me había dicho:

—Quiero que sepas, Demián, que aunque hoy termina esta etapa juntos, puedes contar conmigo.

Me pareció una frase increíble. Para alguien que hacía del cuento la expresión de su saber y de sus buenos consejos, ese «cuenta conmigo» era casi un testamento de hermandad en el cuento. Un compromiso conquistado en el tiempo compartido. Una declaración de coincidencias.

Aquel día, al salir por Tucumán, me sentí (a pesar del dolor) más liviano, más libre, capaz de vivir, por fin, sin tantas presiones ni condicionamientos.

Y, sin embargo, el tiempo había pasado y allí estaba yo de nuevo, otra vez frente al 4º J.

Algo había fallado en mí y no sabía qué. Algo me impedía sentirme feliz o en camino hacia ello, conforme con mis elecciones, satisfecho de mí mismo... Algo se movía adentro, me angustiaba y me oprimía.

En aquel tiempo de mi terapia, Gaby y yo éramos novios o algo así, ella vivía reclamándome un lugar en mi vida, para ella y para la pareja, y yo malvivía intentando preservarme. Negociábamos en lugar de resolver.

El Gordo siempre decía que negociar es para los negocios y que un proyecto de vida no merecía concesiones sino acuerdos. Tenía razón.

Un día que Gaby pasó a buscarme por el consultorio, Jorge la hizo pasar y después de unos mates nos contó esta historia:

Había una vez un rey que disfrutaba muchísimo de la caza del jabalí. Una vez por semana, en compañía de sus amigos más cercanos y del mejor de sus arqueros, salía de palacio y se internaba en el bosque a la búsqueda de los peligrosos animales que, ciertamente, eran una complicación para todos los granjeros y agricultores del reino. La emoción de la aventura se complementaba así con el servicio que se le prestaba a los súbditos al librarlos de sus peores enemigos, depredadores y asesinos.

La técnica de caza era siempre la misma, se localizaba a un grupo de cerdos, se los rodeaba y se los forzaba a dirigirse a un claro donde tendría lugar el enfrentamiento.

Para que la caza conservara su lado deportivo era necesario que el cazador (alguno de los amigos o el mismo rey) dejara su caballo y se enfrentara a pie con el animal, armado solamente con una lanza y un filoso cuchillo de monte. Había que usar toda la agilidad para escapar de sus afilados dientes y aguzar los reflejos para no ser tumbado por su embestida. Era necesaria una gran destreza y velocidad para clavar el filo de la lanza en algún punto vital y luego tener el coraje de saltar sobre el animal herido para rematarlo con el cuchillo.

El arquero real era la única defensa del cazador si algo salía mal. Mientras todos se quedaban rodeando la escena atentos a la lucha, el guardia permanecía con los ojos muy abiertos, su arco ya tensado y la flecha lista. La precisión de su disparo podía significar la diferencia entre un susto para el cazador y una desgracia irreparable.

Un día, mientras perseguía a un grupo de jabalíes que asolaban la región más occidental de su reino, se internó con sus compañeros en un bosque que nunca había recorrido. No era demasiado diferente de otros bosques excepto por el hecho de que en casi cada árbol del pequeño bosque estaba dibujado un rudimentario blanco de tiro. Tres círculos concéntricos de cal más un relleno y pequeño redondel blanco en el centro. Al rey no le llamaban la atención los círculos pintados en los troncos, pero sí le sorprendió ver que en el mismísimo centro de cada blanco había una flecha clavada.

Treinta o cuarenta troncos daban fe de la certeza de los flechazos, cada árbol con un blanco, cada blanco con una flecha, cada flecha en el centro justo del objetivo. Flechas que siempre lucían los mismos colores en sus plumas. Flechas iguales, disparadas posiblemente por el mismo arquero.

El rey preguntó a alguno de los guías por el autor de esos precisos blancos, pero nadie supo contestar.

—Un arquero así sería la mejor garantía de la seguridad del rey —comentó alguien.

—Con un guardaespaldas capaz de acertar cuarenta sobre cuarenta yo iría a cazar leones con una aguja… —rió otro.

—Ojalá sea solamente uno —dijo el arquero real—, porque si no, nos quedaríamos todos sin trabajo.

El rey asintió y, rascándose la barbilla, mandó a llamar al jefe de sus sirvientes y le dijo:

—Quiero a ese arquero en mi palacio mañana a la tarde. Convéncelo de que me vea, ordénale que venga, o tráelo con la guardia, ¿está claro?

—Sí, majestad —dijo el otro. Y cogiendo un caballo se dirigió al pueblo a buscar al arquero infalible.

Al día siguiente, un paje golpeó en la puerta de la alcoba real para decirle al soberano que su sirviente había llegado y pedía ver al rey.

El monarca se vistió presuroso y salió entusiasmado al encuentro del visitante.

Al llegar al salón de recepción solamente vio junto a su emisario a un jovencito de unos quince o dieciséis años, que sostenía displicentemente un pequeño arco en la mano.

—¿Quién es este jovencito? —preguntó el rey.

—Es el joven que me pediste que trajera —dijo el sirviente—, el que disparó las flechas del bosque.

—¿Es verdad, jovencito? ¿Tú disparaste esas flechas? Ten cuidado con las mentiras, mi amiguito, podrían costarte la cabeza…

El joven bajó la mirada y balbuceando de miedo contestó:

—Sí, es verdad, yo las disparé.

—¿Todas? —preguntó el rey.

—Cada una de ellas —dijo el joven.

—¿Quién te enseño a disparar con el arco? —preguntó el monarca.

—Mi padre —contestó el arquero.

—Y él, ¿dónde está? —preguntó todavía el rey.

—Murió hace seis meses —dijo con dolor el adolescente.

No tenemos al maestro, pero tenemos a su mejor alumno, pensó el rey.

—¿Cuál es la técnica? —preguntó el rey.

—¿Técnica? —repitió el joven.

—La manera de conseguir una flecha en el exacto centro de cada blanco —le aclaró el rey.

—Muy fácil —dijo el muchachito—, yo disparo la flecha al árbol, y después pinto los círculos a su alrededor.

Y el Gordo siguió:

—No creo que sea buena idea dibujar una pareja que se amolde al perfil de vuestras dificultades y desencuentros —había concluido Jorge—. En todo caso, construir una relación duradera requiere de cierta pericia y eso sólo se consigue con entrenamiento. Cuando seáis capaces de saber dónde está el centro del vínculo que deseáis, podréis apuntar en esa dirección. Si no os decidís a definir primero si coincidís en vuestros proyectos, es decir, el blanco al cual apuntar vuestras flechas, la felicidad que encontréis será sólo una casualidad o una ficticia armazón para los otros. Y lo que más quisiera advertiros: cuando el amor permanece, el dolor de un desencuentro siempre trae una pena doble; el dolor de lo que a mí mismo me duele y la pena que me causa el dolor de la persona que quiero, aunque sepa que no puedo seguir mi camino con ella.

Gaby y yo habíamos salido del consultorio cogidos de la mano, y muy asustados. No habíamos entendido (y no quisimos entender) las luces rojas de alerta que el Gordo nos había encendido. Y en realidad, a la distancia, creo que así continuamos hasta el final, dibujando círculos concéntricos alrededor de cada acción, para evitar el sufrimiento propio y el del otro. Ella había logrado mucho de lo que quería (estuvimos casados más de cinco años), pero reconozco que yo jamás me había entregado por completo. Yo, por mi parte, pude entrenar mi habilidad para defender mis espacios, pero nunca pude compartir con mi mujer algunas de las cosas que me alegraban mucho y ella reconoció muchas veces que no era capaz de disfrutar de mi alegría con las cosas que no la incluían. Tanto que la separación había sido casi como una liberación para ambos y yo había debido sostener la odiosa ambivalencia, entre culposa y festejante, de sentir que me quitaba un peso de encima.

Ahora que la imagen de ella regresaba con más frecuencia, sentí al tocar el timbre del apartamento que era como si ella hubiera estado a mi lado, instándome a que no dudara, a que buscara ayuda.

CAPÍTULO 4

Volví a hacer sonar el timbre varias veces en los siguientes quince minutos. Por un lado, porque ya no me quedaba esperando fuera mis citas, sin hacer saber que estaba allí «para no molestar» (nunca había olvidado aquella primera lección que el Gordo me dio a los veinte segundos de conocernos), pero también porque de vez en cuando, en el silencio, me parecía escuchar un ruido, un golpe o unos pasos que no podía distinguir si llegaban desde dentro de su apartamento o del piso de arriba.

Cuando finalmente el teléfono sonó dentro del consultorio, me quedé expectante.

Aguardé casi sin respirar con el oído semiapoyado en la puerta, pero el aparato siguió sonando imperturbable por lo menos durante cinco minutos sin que nadie lo cogiera. Ni el Gordo ni su secretaria dejarían sonar tanto tiempo el teléfono si estuvieran dentro.

Finalmente acepté que ninguno de ellos estaba allí y escribí una nota con mis teléfonos pidiéndole a Jorge que, por favor, se comunicara conmigo lo antes posible. Delante de la frase «Es urgente» que naturalmente se me había escapado, agregué un «NO» y la completé: «… Pero necesito hablar contigo, Gordo». Al final escribí todavía: «Tal y como me dijiste hace quince años cuento contigo» y firmé: «Demián».

Cuando después de doblar la hoja en dos, intenté deslizarla por debajo de la puerta, vi que el papel no pasaba por la hendija. Al agacharme para tratar de forzar un poco la nota, obtuve el primer indicio, de lo que luego se confirmaría, que un montón de sobres abarrotaba el hueco debajo de la puerta. Pensando en el Gordo que yo conocí que atendía todos los días, era imposible que no hubiera recogido la correspondencia. Tan imposible como que hubiera cogido vacaciones al mismo tiempo que su secretaria.

Justo en ese momento, una vecina salió del apartamento de enfrente.

—No hay nadie —me dijo al pasar.

La seguí hasta el ascensor.

—¿No sabe qué días atiende el doctor?

—No atiende más. Ya hace varios años.

—¿Se mudó?

—Ni idea —dijo la mujer y encogiéndose de hombros subió al ascensor.

Yo cogí mi mochila y bajé con ella hasta la planta baja para preguntarle al encargado.

Un muchacho de mi edad abrió la puerta:

—¿Sí? —preguntó.

—¿Dígame, el doctor del cuarto no atiende más? —le pregunté con desesperación.

—No, hace rato que ni lo veo. A veces viene un joven, creo que es su sobrino, viene a buscar algunas multas y se va. Pero de él no sé nada.

—Pero ¿no dejó alguna dirección, un teléfono?

—No, tal vez en la administración...

Le agradecí y me di la vuelta para irme, pero me volví a girar y pregunté:

—¿Y don José? ¿Vive?

—¿Quién es don José? —me preguntó confirmándome que el tiempo había pasado verdaderamente en mi vida y en la realidad.

—No. No importa, gracias —le dije y me fui, rengueando mucho más que al llegar.

¿Cómo podía ser que el Gordo no estuviera? ¿Se había mudado? ¿Cómo no me había avisado? ¿No tenía mi teléfono, acaso? ¿No sabía que sus pacientes lo podían necesitar? La desolación me invadió. Aquello no me parecía justo. Para mí era imperioso hablar con él. Y él, sin más, ya no estaba. Desaparición. Ausencia absoluta. Ni una referencia.

—¡Joder! —grité antes de subir al taxi que había parado para que me llevara de vuelta a casa.

«¡La libertad de decisión es una cosa y hacer lo que a uno le da la gana con la vida de los demás es otra!», pensé, aunque enseguida me di cuenta de que era yo el que estaba pretendiendo decidir ahora sobre la vida del Gordo.

«No me importa —me dije—, desaparecido y todo, yo puedo averiguar dónde se mudó si me lo propongo. Seguramente puedo buscarlo... Saber dónde atiende...»

Le di la dirección de casa al taxista, cerré los ojos y levanté un poco el tobillo para apoyarlo sobre el asiento, había empezado a dolerme bastante.

Consciente de que yo no iba a resultar un pasajero muy entretenido ni conversador, el taxista puso la radio.

En el altavoz trasero, la impecable voz de Juan Alberto Badía se aprestaba a relatar un cuento de un tal Pedro Valdez, aparentemente un talentoso escritor latinoamericano, nacido en República Dominicana, que yo no conocía.

Ese día en el desayuno, el camarero le acercó una bandeja que en lugar de las consabidas seis tostadas que acompañaban cada mañana a su mermelada, contenía siete.

El hecho hubiera quedado en el olvido si no fuera porque el billete del autobús que había tomado al salir de su casa tenía el número 07070707.

El señor Pérez se dio cuenta de que todo esto era mucho más que una coincidencia. Era una especie de señal. Una extraña señal, sobre todo al recordar en un leve ejercicio de memoria que él mismo había nacido un día 7 de julio.

Como para alejar de sí estas extrañas ideas, abrió el periódico al azar, no casualmente en la página siete.

Allí, en el centro de la hoja, se encontró con la foto de un caballo llamado «fortunaamispatas» que, con el número siete, competiría en la carrera siete del día siguiente, día 7.

El señor Pérez contó las letras del nombre del caballo, eran 16 y sumó 6+1: 7.

Y en un reflejo ancestral alzó la vista al cielo en señal de gratitud.

A la mañana siguiente entró en el banco y retiró todos sus ahorros y como le parecieron magros hipotecó la casa y consiguió un préstamo.

Luego cogió un taxi, cuya placa por supuesto, terminaba en siete.

Llegó al hipódromo y apostó todo el dinero al caballo número siete en la séptima carrera; coincidentemente, aunque esta vez con su complicidad, hizo su jugada en la ventanilla siete.

Después de la apuesta se sentó —podría jurar que fue sin darse cuenta— en la butaca siete de la fila siete. Y esperó.

Cuando arrancó la séptima carrera, la grada se puso de pie y estalló en un desorden desproporcionado; pero él se mantuvo con serenidad.

El caballo siete tomó la delantera desde el arranque y pasó

al frente del pelotón ante las gradas, entre el repicar de los cascos, la vorágine de polvo y los gritos de la multitud.

La carrera finalizó precisamente a las siete en punto y el caballo número siete, de la carrera siete... Como todo lo indicaba... Llegó séptimo.

«También puedo encontrar otro terapeuta —pensé, disparado por el maravilloso cuento—. No se puede jugar todo lo que uno tiene a una sola opción. No es cuestión de creer que Jorge es la única posibilidad que existe de hacer terapia.»

Decididamente, el Gordo no era el único terapeuta del mundo. Muy posiblemente ni siquiera fuera el mejor, como tantas veces lo había creído y repetido a mis amigos. Eso. Debía ocuparme de buscar otro terapeuta... Otro terapeuta.

El coche aparcó frente a la puerta de mi casa. Bajé del taxi con dificultad, lidiando con mi pie vendado, que empezaba a aumentar de tamaño, y cerré la puerta con excesiva vehemencia. El taxista arrancó haciendo ruido y seguramente blasfemando, con todo derecho, de mi rudeza fuera de lugar.

Apenas entrara llamaría a algunos de los colegas de Psicopatología del hospital. Tenía dos buenos amigos en el servicio y aunque era obvio que no me atendería con ninguno de ellos, porque la proximidad sería sin lugar a dudas un impedimento, estaba seguro de que podrían recomendarme a alguien.

Frente a la puerta de abajo busqué las llaves en mi bolsillo. Un manojo de catorce apareció en mi mano. Usualmente podía identificar la llave a oscuras, pero esta vez... Parecía que la llave buscada no estaba allí. Al desandar el llavero de atrás para adelante y de adelante atrás se me resbaló y cayó a la acera. Tuve que hacer un verdadero esfuerzo para recogerlo sin apoyar de lleno mi pobre tobillo.

No, no. La posibilidad de empezar con otro terapeuta era insufrible. ¿Contar todo de nuevo? De ninguna manera. Ya había perdido demasiado tiempo en terapias inútiles, antes de conocer al Gordo, y había invertido muchos meses en la terapia con Jorge, además de mucho, muchísimo afecto y confianza.

Tenía que encontrarlo, pero ¿dónde y cómo?

Caminé hacia el ascensor del fondo, en medio de una fuerte sensación de abandono.

Primero mi padre, luego Gaby, después Ludmila, ahora el Gordo y, entre ellos, tantos otros. Todos, de una manera u otra, me dejaban, se alejaban de mí, me hacían sentir ignorado, prescindible, abandonado y solo...

Tanto, como solitaria se veía la imagen de la mujer que estaba sentada en el pasillo, junto a la escalera, a oscuras, cerca de la entrada de mi piso. La silueta, iluminada sólo por la luz distante del ascensor parecía ciertamente la imagen misma de la soledad.

Estaba inmóvil, con la espalda apenas apoyada contra el áspero revestimiento de la pared, como esperándome.

—Aunque todavía tengo las llaves, preferí no entrar hasta que llegaras. Quiero los papeles del divorcio —me dijo Gaby sin siquiera levantarse.

Capítulo 5

Tal vez fue por esa sensación de abandono que traía, quizá porque el Gordo no estaba o porque la vi allí, tan sola como yo, tan desolada y triste. Tal vez fue porque se estaba haciendo de noche, por la nostalgia o por el fracaso. A lo mejor fue porque no tuvimos que decirnos casi nada, porque fue sólo estar, permanecer juntos por unas horas, como si ella nunca se hubiese ido, como si yo nunca hubiera sentido alivio aquella otra noche, cuando cerró la puerta por última vez.

Lo cierto es que, mal que me pese admitirlo ahora, pasamos juntos una noche maravillosa, una noche de las que hacía mucho tiempo que no tenía, de las que quizá no volviera a tener. Noche de música suave y melosa como a los dos nos gustaba, de recuerdos callados, por no decir de reproches olvidados aunque fuera por un momento, de un amor sin exigencias que se acercó bastante a la perfección.

Me dormí con su cabeza apoyada en mi hombro y oliendo su cabello, cuyo aroma seguía siendo el mismo de siempre.

Un segundo antes o un segundo después de dormirme, (¿quién podría precisarlo?) había recordado las palabras de aquella dolorosa poesía que Antonio Machado, sin conocernos quizás había escrito para mí, para este tiempo, para esta noche:

> Yo voy soñando camino de la tarde
> las colinas doradas
> los verdes pinos, las polvorientas encinas.
> ¿Adónde el camino va?
> Yo voy cantando a lo largo del sendero
> mientras la tarde cayendo está:
>
> «En el corazón tenía
> la espina de una pasión.
> Logré arrancármela un día,
> ya no siento el corazón…».
>
> Y todo el campo un momento
> se queda mudo y sombrío meditando.
> Suena el viento en los álamos del río,
> la tarde más se oscurece
> y el camino serpentea
> se retuerce, enturbia y desaparece.
>
> «Mi cantar vuelve a plañir:
> aguda espina dorada,
> quién te pudiera sentir
> en el corazón clavada…»

Me desperté un poco confuso, recordando con demasiada vivacidad la última frase del poema: *quién te pudiera sentir...*

Gaby estaba de pie, frente a la ventana; las ondas de su melena roja le caían sensualmente por la espalda, llevaba una de mis camisas mientras tomaba un café y miraba hacia la calle sin ver.

Parecía un cuadro, una perfecta belleza, una obra de arte ficticia e inmóvil.

Por un momento me sentí fascinado (otra vez) por su figura, por sus curvas pronunciadas, por toda la fuerza indómita y la tenacidad indescriptible que desplegaba en el amor... dentro y fuera de la cama.

Por primera vez me di cuenta al verla, que esa mujer inverosímil, jamás se iba a dar por vencida.

Gaby, que explícitamente había venido diciendo que quería los papeles del divorcio, en lo profundo jamás iba a aceptar nuestra derrota... ¿O debería decir nuestro fracaso...?

No. Es derrota la palabra.

Porque nuestra relación siempre había sido una batalla, una larguísima guerra de años, que nos costaba terminar.

Yo, que había querido estar con ella, pero no tanto.

Ella, que siempre había querido algo más pero no sabía cuánto.

Yo, que no estaba dispuesto a renunciar a mi manera de ver las cosas, como no lo estaba ahora.

Ella, que podía entenderlo y hasta comprenderme pero nunca había podido aceptarlo, como no podría ahora.

«Cuidado, Demián —me dije—, no vuelvas a confundirte. Ella es todo eso que ves, pero también es todas las muchas cosas que ahora no ves.»

Cualquiera que no hubiese convivido con ella la describiría como una mujer fuerte, libre y autosuficiente. Ciertamente, eso era lo que parecía poder leerse en cada milímetro de su cuerpo, en su postura, en sus gestos.

Pero no.

O sí, pero no sólo.

O sí, pero no tanto.

Debo reconocer que tuve que hacer todo un esfuerzo para no caer de nuevo en su sortilegio, para no dejarme atrapar una vez más por la pasión, por lo bien que hacíamos el amor, por el placer que me daba compartir todas esas cosas con ella.

Después de estar juntos más de cinco años, yo había aprendido que detrás de esa mujer absolutamente desenvuelta y cosmopolita, económicamente exitosa y declaradamente independiente se ocultaba (como si fuera sólo para mí) una niña insegura y demandante que reclamaba caprichosamente lo mismo que casi todas las mujeres que he conocido, dijeran lo que dijeran en las reuniones sociales.

Gaby, la poderosa Gaby, la tigresa Gaby, la superada Gaby, también fantaseaba, aunque le daba vergüenza admitirlo, con encontrar un compañero eterno. Una especie de ridículo príncipe azul con quien construir una pareja maravillosa, que se decantase naturalmente en el deseo de ser excelentes padres de una familia que durase toda la vida.

Por mucho que nos amáramos, nos gustáramos, nos atrajéramos y nos disfrutáramos, yo sabía que no iba a funcionar.

Por mucho que nos juráramos, nos comprometiéramos, renunciáramos y nos resignáramos, no iba a funcionar.

Quizá por eso, cuando ella ya estaba cerrando la puerta, después de despedirse desde lejos, al darme cuenta de que se dejaba su jersey sobre la silla y que ésa era una maravillosa excusa para provocar un nuevo encuentro, salté de la cama, le alcancé el jersey y le dije:

—No te vayas sin tu abrigo, que hace frío.

—Ah, gracias, No me había dado cuenta —me dijo y sonrió, haciéndose la distraída.

Yo no quise decir nada más, sólo le guiñé un ojo, como para que supiera otra vez, que era inútil, que yo no había cambiado de idea y que me negaba a soportar espinas clavadas en el corazón aun al precio de no sentir ya su latido.

Capítulo 6

Por supuesto que no había cambiado.

De hecho seguía viviendo con mis contradicciones a tope...

Gaby sí, pero no.

Ludmila no, pero sí.

Terapia sí, pero no.

Profesión...

Bueno, en ese área era más claro el sí y sin peros. Salvo por el pequeño detalle de que no alcanza con ser un médico nefrólogo enamorado de su trabajo docente para ser feliz. (Ni siquiera alcanza para ser profesionalmente exitoso.)

Traté de localizar la dirección del Gordo, pero no figuraba en la guía.

Ni los camareros del bar de enfrente, ni la señora del quiosco tenían idea.

La gente de la editorial con la que hablé días más tarde, quedó en ayudarme («Usted puede mandarnos su carta a nosotros y nos encargaremos de hacérsela llegar...»).

A las tres semanas, cuando me quitaron las vendas del pie, me fui caminando hasta la facultad. Entonces, al pasar por el Hospital de Clínicas, se me ocurrió llamar a Claudia. Ella era la persona que podría darme alguna pista; no sólo había sido también su paciente, sino que era ella la que me lo había recomendado.

Nos encontramos en un bar cerca de la facultad.

—Aquí llega la unidad de emergencias terapéuticas. ¿Qué le está pasando, doctor, que tiene tanta urgencia por encontrar a Jorge?

—No es que sea urgente —mentí—, es que quiero terminar de arreglar unos asuntos y me pareció que el Gordo me iba a poder ayudar.

—Anda... —me dijo denunciando agudamente lo poco creíble que resultaba mi respuesta—, hace diez años que no sé nada de ti, me has llamado cinco veces en dos días, me has citado para hoy mismo a cualquier hora y donde yo quisiera, y me dices que no es urgente. No bromees...

—Tienes razón —admití—, la verdad es que urgencia real no hay ninguna. Lo que pasa es que lo vengo pensando desde hace un tiempo y cuando me decidí a buscarlo y no lo encontré, me empecé a desesperar. Yo sé que es una estupidez, pero te juro que fue como si se me hubiera venido el mundo abajo. Me sentí mal, abandonado, dejado de lado, no sé.

—Demi, ¿cómo te vas a sentir abandonado porque el Gordo ya no esté en el consultorio? ¿No te parece un planteamiento un poco... —dudó, buscando la palabra— infantil?

—Ti —dije, para hacerme el gracioso.

Y los dos nos reímos con ganas.

—Así que tardas quince años en buscarlo, y él tiene que estar ahí, esperándote... Estás chiflado.

—Sí. Tienes razón, no es un planteo muy racional. Es que me imaginé que a estas alturas ya iba a estar revisando mis cosas y todavía ni siquiera lo pude encontrar. Parece que se lo hubiese tragado la tierra, nadie sabe nada. Ni tú.

—Tranquilo. Dame un par de días. Tengo una vecina que

es amiga de la prima de su esposa. Hago los contactos y te llamo. Y mientras tanto, tú para un poco con la ansiedad, que si no se murió, lo vamos a encontrar.

—Y si se murió también —acoté—, aunque en ese caso no creo que me devuelva la llamada...

A veces, a mí mismo me fastidia esta especie de manía que tengo de hacer bromas en momentos inadecuados. Ya lo había visto en mi terapia y siempre me había parecido una sutil división, la que hay entre la saludable actitud de desdramatizar y el no tan saludable mecanismo de defensa que los gestaltistas llaman deflexión.

Me acuerdo todavía cuando el Gordo, en mitad de la sesión, me pidió que hiciéramos juntos una exploración.

—Sonríe —me pidió.

Yo obedecí la «orden», sobre todo porque había aprendido a entrar en los juegos que el Gordo proponía a sabiendas de que siempre había de llevarme a algo nuevo o algo útil, descubierto desde un lugar insospechado.

—Sonríe un poco más... —me siguió pidiendo—... un poco más todavía. Como si quisieras forzar una sonrisa desmesurada...

Yo lo hice y sentí cómo me tiraban los músculos de la cara.

—El ejercicio que te propongo —me dijo Jorge— es que no te quites esa sonrisa hasta el final de la sesión, son nada más que veinte minutos, ¿de acuerdo?

—De acuerdo —dije yo con mi magnificente sonrisa dibujada en la cara.

Y entonces, en medio de esa situación casi absurda, el Gordo me recordó el encuentro entre el Principito y el bebedor.

—¿Por qué bebes? —le había preguntado el Principito al borracho, que era el único habitante del tercer planeta.

—Bebo —contestó el hombre— para olvidar —y dio un trago a su botella.

—¿Para olvidar qué? —preguntó el Principito.

—Para olvidar la vergüenza que tengo —contestó el bebedor bajando la cabeza.

—¿Vergüenza de qué? —preguntó el Principito con ganas de ayudar.

—Vergüenza de… ¡Beber! —contestó el hombre. Y siguió bebiendo.

Y el Principito abandonó el planeta del bebedor pensando que la gente mayor verdaderamente es muy extraña…

A mí me hubiera gustado sonreírme después de la historia, pero no pude, porque desde mi gesto, una auténtica sonrisa era imposible.

—Afloja, Demi —me dijo—. Reír todo el tiempo es tan ridículo e insignificante como no reírse nunca. Trabajar todo el tiempo es tan nefasto como no tener nunca algo para hacer. Hay que aprender a entrar y salir, de cada cosa, de todas las cosas —había sentenciado el Gordo—. Distraer el pensamiento con un chiste o una ironía para poder renovar tu energía interna puede ser saludable. Y, de hecho, lo es y se llama distender, pariente cercano de descansar. Pero irse permanentemente de la situación interrumpiendo el propio proceso y el de los otros es un escapismo y nada tiene que ver con la salud.

El caso es que el último comentario no debe haberle parecido muy gracioso a Claudia porque se levantó, me dio un semibeso y se fue.

Enfadada o no, Claudia desapareció por casi dos semanas. Yo la llamé tres o cuatro veces y nunca me respondió los mensajes que recogía su contestador. Me consolaba pensando que la demora se debía al proceso: la vecina amiga de la prima de la esposa... Era demasiada burocracia para un trámite urgente.

—¿Lo has encontrado? —le pregunté en cuanto le reconocí la voz.

—Digamos que sí...

—Dame el teléfono, que anoto...

—Mira, Demi, tengo una noticia buena y una mala.

—Claudia, no juegues con mis nervios.

—Anota el número, es en Rosario...

—¿Jorge está viviendo allá?

—Así parece, pero ese no es el problema, porque después de todo, hoy el viaje no es tan largo... El tema, Demi, es que parece que dejó de atender.

Le agradecí a Claudia como pude, porque en verdad me había quedado sin palabras.

¿Podía tener tanta mala suerte? Todo estaba perdido.

Mientras caminaba de vuelta al piso me acordaba de lo que el Gordo me decía siempre:

Por el hambre de saber, de crecer, de volar, de conocer... No te aferres a la teta porque lo importante en todo caso es la leche que aplaca tu hambre.

Era cierto. Y aunque en ese momento yo sentía que necesitaba de sus palabras, y no de otras; también sabía que mi parte adulta, aunque un poco herida, encontraría el camino.

Pensando esto me sorprendió la serenidad que me empezaba a invadir, no sé si por este frágil contacto con la parte más crecida de mí, si por el conjuro de los pensamientos catastróficos que me habían estado rondando o por la conciencia tranquilizadora de confirmar que el trabajo realizado hasta aquí había sido útil.

Siempre me había sorprendido comprobar que las cosas que uno aprende (incluidas aquellas que descubre en su terapia) no siempre se incorporan en el mismo momento en que las escuchamos y, más aun, no siempre están disponibles aunque uno ya las haya incorporado.

Pensé que, de todas maneras y ya que tenía su teléfono, quizá debía llamarlo igual. Saludarlo, confirmar que ya no atendía, pedirle por qué no, que hiciera una excepción conmigo y me atendiera nuevamente (correr el riesgo de un no era también una declaración de madurez); y luego, cancelada la posibilidad de retomar con él, pedirle que ya que me conocía, me recomendara a alguien con quien seguir trabajando mis cosas o arreglando estas coyunturas.

Sin pensarlo más, satisfecho con el rumbo de mi conciencia y temeroso de una trampa de mí mismo, entré en un locutorio y marqué el número de Rosario.

A la tercera llamada, él mismo cogió el teléfono.

Capítulo 7

Me alegró su alegría al escucharme. Me gustó sorprenderlo, era evidente que no podía explicarse cómo había conseguido su número. Me dijo:

—Como siempre aseguré, Demián, es imposible que tú no consigas lo que de verdad te propones.

Esa sola frase era tranquilizadora y, sin saber todo lo que me pasaba, me compensó todo el trabajo de la búsqueda. Era cierto, el Gordo siempre me decía que yo era tan vehemente, tenaz y consecuente que sería difícil detenerme en mis proyectos.

Qué bien, pensé, porque en este momento mi proyecto más importante es vivir mejor.

De lo demás no me dijo ni que sí, ni que no; era verdad que no tomaba más pacientes en terapia, pero aceptó que yo viajara y que lo conversáramos, después lo decidiríamos.

«Decidiríamos», dijo. Aunque en verdad, el que iba a decidir era él, porque yo estaba seguro de lo que quería, necesitaba retomar la terapia y me gustaría no empezar con un terapeuta nuevo.

Al revés de lo que me solía pasar, esta vez la incertidumbre me había puesto de mejor humor, al menos no se había negado rotundamente.

Me encontré pensando en que ésa era una buena señal.

Y también me sorprendí especulando en la mente.

Cuando nos encontremos se va a ablandar.

—Que yo me voy a ablandar... ¿Ablandar cómo, Demián? —ya lo estaba escuchando, detrás de su sonrisa irónica, esa que ponía para no tener que decirte directamente que lo que estabas pensando era una estupidez—. ¿Como el motor de un coche nuevo o como una fruta demasiado madura?

Quizá la palabra ablandar no era la indicada.

Enternecer, recordar que me quería, desear ayudarme...

Pero estas elucubraciones eran, otra vez, más de lo mismo.

Tal vez había aceptado verme sólo por cortesía.

¿Por cortesía, el Gordo?

No, eso sí que no era posible. Semejante idea no pertenecía a su postura en el mundo.

Aunque podía haber cambiado...

Por algo había dejado de atender...

También podía ser que me estuviera probando, que quisiera que yo descubriese si verdaderamente quería lo que decía que quería.

Pero si era así, él tenía que haberse dado cuenta que eso me podía hacer sufrir como un condenado.

Lo cierto es que el tipo no me había asegurado nada... Aunque...

Demasiados pensamientos...

Me acordé del cuento de don Jacobo, el de Lublin.

Jorge me había contado ese cuento más de quince años atrás y nunca lo pude olvidar. Cada tanto aparecía en mi memoria con su mensaje intacto.

Jacobo viajaba sentado en el asiento pasillo de la cuarta fila en el segundo vagón del tren a Lublin, aquel viernes nevado de enero.

Pensaba en todo lo que no había podido terminar de resolver en la gran ciudad. ¡Qué fastidio! Debería volver a viajar la semana siguiente.

De pronto, un joven se acerca por el pasillo y al pasar junto a él le dice:

—Perdón señor, ¿me podría decir qué hora es?

Jacobo lo mira de soslayo y sin levantar la cabeza le dice:

—No.

El joven no puede creer lo que escucha. Ya ha visto la cadena que sale del bolsillo de su chaleco. No puede haber otra cosa que un reloj en la otra punta de esa cadena de plata. «Debo haberme expresado sin claridad», piensa, y por eso repite el pedido, ahora señalando con su dedo el bolsillo donde adivina que se esconde la máquina de medir el tiempo.

—Perdón, lo único que quisiera es que me dijera la hora…

Jacobo lo mira ahora y un poco enojado, le dice:

—Ya le he entendido, jovencito. Y le he contestado. ¡No!

El muchacho no sabe si está más sorprendido que enojado o viceversa. De todas maneras, honrando ambas, insiste:

—Discúlpeme, señor. No entiendo por qué me contesta de esa manera. Yo lo único que quería era saber la hora y como usted…

El viejo interrumpe su discurso.

—Si usted entiende o no entiende a mí no me importa. Lo único que yo quiero es que me deje tranquilo y le pida la hora a cualquier otro. Muchas gracias y adiós.

—Mire, señor. Yo no le he hecho nada. No le he faltado el respeto. No he dejado de ser cordial y no le he pedido nada que pudiera significar una molestia para usted. Sin embargo, usted me trata como si fuera a contagiarlo de una grave enfermedad. No me pienso ir hasta no saber por qué me trata de esta manera.

—Bueno. Está bien, está bien. Lo lamento. Si le digo la hora, ¿se va?

—No. Ahora quiero saber qué es lo que pasa.

—¿No se va a ir?

—No sin una explicación.

—¿No podemos ahorrárnosla? —argumentó don Jacobo, sabiendo que todo estaba estropeado y que iba a tener que explicar su extraña actitud.

—No —dijo el joven y dejando su pequeño paquete con ropas en el pasillo se dispuso a escuchar.

—Es que yo ya sé lo que va a pasar…

—¿Qué va a pasar?

—Ay, ay, ay —se quejó don Jacobo cogiéndose la cabeza y después de una pausa siguió—, si yo hubiera sacado el reloj para decirle la hora, usted lo hubiera mirado con atención porque mi reloj de bolsillo es muy especial, ¿ve?

Y diciendo esto sacó de su bolsillo un reloj verdaderamente hermoso, con un cuadrante de un fucsia brillante y unas agujas talladas en piedra que parecían brillar con luz propia.

—¡Qué hermoso reloj! —dijo el joven, sin poder reprimir su comentario.

—¿Ve? ¿Ve? Ya sabía yo. Después, usted me preguntaría dónde conseguí un reloj tan especial.

—La verdad es que en eso estaba pensando —admitió el joven.

—¿Ve? ¿Ve? Ya sabía yo.

—No entiendo qué es lo que lo preocupa tanto, señor…

—¿Ve? ¿Ve? Ya me está preguntando mi nombre… ¡Qué barbaridad! Jacobo, me llamo Jacobo.

—Sigo sin entender su molestia, don Jacobo —dijo el muchacho.

—Está bien, se lo voy a explicar de una vez. Total, lo que sigue es inevitable. Pero NO me interrumpa…

—Le prometo —dijo el joven levantando la mano como para jurarlo.

—Yo le digo la hora. Usted se sorprende por el reloj y me pregunta de dónde lo he sacado. Yo le termino contando que me lo dio mi abuelo. Usted me agradece y me pregunta mi nombre. Yo le digo que me llamo Jacobo, y no le pregunto a usted cómo se llama, porque a mí qué me importa cómo usted se llama. Usted me pregunta adónde voy, yo le digo que voy a Lublin y no le pregunto dónde va usted porque no me gusta andar haciendo preguntas estúpidas porque sé que usted también va a Lublin porque el tren termina su recorrido en Lublin. Usted me pregunta si yo vivo allí o si estoy de paso y yo le contesto que vivo allí, aunque no le diga nada porque yo sé que usted no vive en Lublin, porque si fuera de Lublin ya lo sabría yo. Pero, claro, usted llega a Lublin un viernes al atardecer, seguramente para esperar el tren de mañana a Praga, porque para qué otra cosa iría un judío a Lublin un viernes y por qué pasaría alguien por Lublin si no fuera judío. Así que después de esa estúpida conversación yo voy a llegar a mi ciudad a prepararme para el Shabat, pero me voy a ver obligado a invitarlo a usted a mi mesa, porque no podría dormir tranquilo dejando a un judío solo en víspera de Shabat en una ciudad que no conoce. Usted que es muy amable y se lo ve, aceptará gustoso esta inesperada invitación y esta noche yo tendré que aguantarlo en mi casa, en mi mesa y compartir nuestra comida, que mi propia esposa cocina con sus dos manos de oro, con usted. Cosa que no sería tan mala si no fuera porque también compartirá nuestra mesa Samuel, que jugará con usted al ajedrez, porque qué clase de judío sería usted si no supiera jugar al ajedrez, y eso no sería nada para preocuparse, más allá de cómo termine la partida, si no fuera que también estará viendo todo esto mi hija Sara. Y mi hija

Sara es soltera, por su desafortunada decisión de que no quiere aceptar en matrimonio a ninguno de los jóvenes solteros de Lublin, a los que rechaza porque los conoce de toda la vida. Esto no sería grave si no fuera porque usted es guapo y soltero, porque no tiene anillo de boda, que yo ya me he fijado, y tiene una interesante conversación y mucho mundo recorrido, que si no, no se atrevería a viajar a una ciudad sin saber con qué se va a encontrar. Ella se va enamorar de usted, lo que no sería tan grave si no fuera que usted también se va enamorar de ella, porque ¿cómo podría alguien conocer a mi preciosa Surele sin enamorarse de ella? Así que, lógicamente, el viernes que viene, otra vez tendremos que recibirlo en casa porque Surele va a pedir que lo invitemos, y yo ya sé que no puedo decirle que no a nada que me pida. Y así todo seguirá durante meses hasta que un día… un día, dentro de nada, usted y ella vendrán a decirme que se quieren casar… —don Jacobo tomó aire por primera vez en todo su discurso y golpeando con el puño en el apoyabrazos casi gritó—: ¡¡Y yo no quiero que mi única hija se case con un idiota que no tiene dinero ni para comprarse un reloj!! ¡¿Entendido?!

Yo no iba a Lublin y tampoco iba en tren; iba camino a Rosario y en autocar, intentando sin éxito dejar de anticiparme tanto a las cosas.

Había preferido no conducir para darme tiempo de pensar en nuevas estrategias para convencer al Gordo de que fuera mi terapeuta una vez más. Y parte de esa estrategia, supongo, era esta decisión de hacer una lista escrita de los temas fundamentales que debía tratar; más que para no olvidarme, para que el Gordo advirtiera la importancia de mi crisis.

Pensando en don Jacobo justamente terminaba de apuntar en la libreta «mi relación con las mujeres…» cuando subió ella en la parada de la 197 y Panamericana.

Cabello bien corto, negro, boca risueña, y unos ojos bonitos, de color y forma de almendras, que resaltaban en el marco de su piel un poco oscura y de sus rasgos moriscos.

Avanzó por el pasillo y se detuvo a mi lado. Yo sentí el respingo. Ella me miró y con un gesto me pidió que la dejara pasar al asiento de la ventanilla, que era el suyo.

Eso fue todo. Pero yo no pude pensar en otra cosa durante todo el viaje. Se esfumaron la lista de temas, la preocupación por la entrevista con Jorge; la noche con Gaby, el carcamal... Todo desapareció al ver a esa mujer que parecía salida de un cuento.

En cuanto se sentó, se calzó unas coquetas gafas de secretaria, abrió un libro y comenzó a leer como aislada del mundo. En particular aislada de mí, que a la altura de Escobar ya había pensado no menos de cinco maneras para intentar entrar en conversación.

Ella no desviaba la vista del papel y así era imposible.

Ansioso, pero sabiendo que lo peor era demostrarlo, traté de hacerme el que me concentraba en la lista que había pensado escribir.

De repente, una frenada brusca produjo el milagro. El movimiento hizo que a la chica se le cayera el libro de las manos y que éste aterrizara sobre mis piernas. Lo de milagro puede sonar un poco exagerado de mi parte si no fuera porque el autor de la obra que tan fascinada tenía a mi acompañante no era otro que Jorge, el Gordo.

Milagro o casualidad, no desaproveché la oportunidad y de inmediato comenzamos a hablar del libro y de él.

Confieso que oculté mi incertidumbre respecto de si el Gordo me atendería nuevamente; una pequeña mentira, que tal vez, en breve, no fuera tal, no haría daño a nadie. Paula era psicóloga y estaba particularmente interesada en la Gestalt. Pareció encantada de que yo hiciera esa clase de terapia y no dejó de hacerme preguntas sobre el tema hasta que llegamos a la terminal en Rosario.

Al bajar, por supuesto, le pedí que me diera su teléfono, pero Paula, aunque no rehusó directamente, me dijo sonriendo con picardía:

—¿Por qué no darle una oportunidad al destino?

Luego intentó explicar lo inexplicable: dado que ella viajaba con frecuencia a Rosario y yo me atendía con Jorge en esa misma ciudad, no cabía duda de que nos cruzaríamos de nuevo.

Yo le dije que prefería no tentar al destino, pero ella se fue diciéndome que ella adoraba el juego de la vida.

Justo cuando toqué el timbre en la casa de Jorge, sentí que había logrado retomar cierta normalidad.

CAPÍTULO 8

El mate en la mano, la camisa por fuera del pantalón, su barba y el cabello más grises, pero igual que siempre.

En cuanto lo vi, no tuve dudas de que, en lo esencial, el Gordo seguía siendo el mismo. La casa era misteriosamente bella, y no por algún detalle en particular, sino por la atmósfera tranquila, acogedora y afectiva que se respiraba con solo traspasar la puerta. Me sentí bien desde el primer momento y estuve seguro de que todas mis fantasías no eran más que un producto de mi imaginación. Jorge, otra vez había tenido razón, juntos íbamos a decidir sobre mi terapia. Yo no estaba allí, como había supuesto, para darle los argumentos por los cuales él tenía que aceptar ser de nuevo mi terapeuta. No había venido a discutir ni a negociar, había venido a buscar ayuda de la que hubiere, de ser posible de la mejor, si podía elegir, de la que Jorge sabía dar.

Y fue así desde el abrazo entrañable que nos dimos apenas abrió la puerta. Una vez más tuve la seguridad de que pasara lo que pasase, el viaje a Rosario había merecido la pena sólo por el hecho de volver a verle, de sentir nuevamente su calidez.

—Bueno —empecé a decir, mientras aceptaba un mate—, en el viaje se me ocurrió hacer una lista de temas...

—¿Una lista? —preguntó Jorge, con cierto tono de asombro—. ¿Qué clase de lista?

—De los temas que me están dando vueltas, supongo que los más importantes.

—¿Y por qué no empiezas, valga la redundancia, exclusivamente por lo más importante?

—Porque no sé qué fue primero, porque yo al final me casé con Gaby, pero las cosas nunca fueron del todo bien, y entonces mi papá...

—¿Te puedo contar un cuento? —preguntó el Gordo interrumpiendo, y yo sentí que algo se arreglaba en mí. Estaba en casa.

Había una vez un señor que cada mañana salía de su casa rumbo al trabajo. A pesar de que su horario de los últimos veinte años no había cambiado, seguía llegando tarde cada día. Siempre se le iban los primeros momentos del día tratando de encontrar su portafolios, sus zapatos o su ropa interior. Tanta era su distracción que a veces, cuando finalmente conseguía salir hacia la parada del autocar, se veía forzado a volver una y otra vez a su casa a buscar algo que se daba cuenta que había olvidado. Cuando no era el dinero, eran los documentos de identidad, cuando no la corbata o uno de sus calcetines.

Una noche decidió que esto no podía seguir así.

—Voy a hacer una lista —se dijo—, anotaré cada noche, antes de acostarme, dónde dejo cada cosa y dejaré mi libreta en la mesita de noche al lado de mi cama. Cuando me levante, veré mi lista y sabré dónde está cada cosa que me debo llevar.

El hombre, contento con su idea, compró en el camino de vuelta a su casa una libreta pequeña y un lápiz adecuado a su propósito. Al entrar a su casa se quitó el abrigo y lo colgó en el perchero. En su libreta anotó, «el abrigo, en el perchero»; y quitándose la corbata agregó «y la corbata, también». Dejó su portafolios y sus documentos encima de la mesa y lo apuntó. Más tarde, al acostarse, anotó mientras ponía cada cosa en su lugar: «La camisa y el pantalón, en la silla junto a la cama… los zapatos, debajo de la cama y los calcetines, dentro de los zapatos…»

A la mañana siguiente, en cuanto se despertó, tomó su libreta y leyó de abajo hacia arriba «…los calcetines, dentro de los zapatos… que están debajo de la cama…». Los encontró y se los puso. Y así siguió tranquilo y ordenado vistiéndose y tomando sus útiles de trabajo. Cuando estuvo listo, cogió el portafolios de encima de la mesa y se dispuso a salir. Al llegar a la puerta, y antes de salir, revisó la lista para confirmar que no se olvidaba nada. Empezó a repetirse: «Los calcetines, los zapatos, la camisa, la corbata, mis documentos, el portafolios….»

Y de pronto empalideció.

—¿Y yo? ¿Yo dónde estoy? —se preguntó.

Volvió a entrar para buscarse, sin éxito. Se sentó casi desesperado en el sillón e inútilmente se buscó en la lista, pero no hubo caso, se había olvidado de sí mismo.

El Gordo hizo una pausa y me dijo:

—Lo que quiero saber ahora es lo que te pasa a ti, lo que sientes. Dejemos para después cuándo empezaste a sentirlo o por qué… Por ahora quiero que me cuentes por dónde estás. ¿Qué te pasa, Demi?

—Marily, una amiga, dice que soy un carcamal típico, a mí me parece mejor llamarlo desasosiego; como una inquietud combinada con una especie de parálisis, digo todo el tiempo que quiero estar en otro lugar y cuando llego a ese sitio, siento que ahí tampoco estoy a gusto, no sé… Es difícil de explicarlo en palabras. Tengo la sensación de que busco algo que no sé qué es, que no sé dónde está, pero que me falta. Y no me digas lo de *El círculo del 99*, porque ya lo leí el otro día y no funcionó. Porque el del 99 sabe qué le falta. En cambio yo no tengo idea... ¿Me entiendes? No es el trabajo, porque afortunadamente me va bien y hago lo que me gusta. Además de atender como nefrólogo en mi consultorio, soy ayudante de la cátedra y jefe de Trabajos Prácticos en el hospital, cosa que también me encanta, así que por ahí no es. Tengo amigos, comparto buenos momentos con ellos y ni siquiera me puedo quejar de mi «éxito» con las mujeres... Porque, de verdad, si no estoy con alguien en pareja es porque yo no estoy dispuesto a...

Dos horas y cuarto. Si el Gordo entendió algo de lo que le dije, es porque era el Gordo y porque en aquellos dos años de tratamiento me había llegado a conocer hasta cuando no hablaba. Reconozco que, sin esas condiciones, mi relato era incomprensible.

Y al final, Jorge y yo lo decidimos: iría a Rosario una vez por semana y retomaría la terapia por el tiempo que los dos quisiéramos seguir viéndonos.

A cualquiera que escuchara este acuerdo le sonaría sumamente extraño para un «contrato terapéutico». Y, sin embargo, conociendo a Jorge, uno sabe que ése es el único tipo de acuerdo posible con él.

Con el Gordo uno aprende desde el principio que es ése y ningún otro el mejor punto de partida para cualquier vínculo sano entre dos personas libres y adultas. Estar juntos por el tiempo que los dos queramos seguir estando juntos. Compartir lo que queremos solamente mientras dure el deseo de compartirlo.

Muy bien.

Capítulo 9

La semana que siguió fue muy dura. A causa del esguince, se me habían acumulado las consultas y los informes para la Seguridad Social, era preciso recuperar las clases que había postergado y ponerme al tanto de las reuniones de cátedra.

Sin embargo, a pesar de tanto trabajo a mí me pareció que mi cabeza no era sino un compendio de imágenes femeninas.

Un sueño me lo había anticipado... Muy claramente.

Una de esas noches, volví a casa después de treinta y seis horas de guardia en consultorios externos.

Había visto y revisado a cientos de personas ese día. La mayoría mujeres, y quizá por eso soñé lo que soñé.

Cientos de mujeres invadían mi casa.

Mujeres que yo conocía de mi pasado remoto, del ayer cercano, del presente rabioso o de un futuro posible, se paseaban por mi cerebro acompañadas de otras más jóvenes y más viejas que nunca había visto. Niñas, ancianas y jóvenes se adueñaban de todo como un ejército de laboriosas hormigas. Al unísono empezaban a lustrar los muebles, a lavar las camisas, a ordenar el dormitorio. Muchas de ellas apremiaban al resto: «Rápido, que hay que buscar a los niños...».

Mientras un grupo tiraba a la basura algunos de los libros de mi biblioteca, otras traían cajas y cajas de comida elaborada para el frigorífico, cada una con una etiqueta donde se veía con grandes letras la fecha en la que debían comerse, y algunas más entraban casi corriendo con docenas de bolsas de compra del supermercado de donde sacaban fruta, verduras, leche y no sé cuántas cosas más que acomodaban mágicamente en la nevera.

Y en el momento en que unas pocas, comandadas por una desconocida, alta y morena, me arrastraban al baño e intentaban arrancarme la ropa para meterme en la ducha, me desperté.

Estaba empapado por el sudor y con taquicardia, pero el alivio de saber que había sido un sueño fue más que compensador de la angustia provocada por «La pesadilla de las hembras», como luego la llamaría al contársela a Jorge.

El muy cerdo se moriría de la risa, estaba seguro.

Pero aunque no apareció en el sueño ni en la realidad de toda la semana, Gaby fue el eje de mi pensamiento. Ella había dejado el cuarto inundado de su perfume, las sábanas llenas de su presencia y mi cabeza alterada por más de un interrogante.

Sin duda, ella era, o había sido, la relación más importante de mi vida, no sólo por su extensión, sino por la intensidad que algunas veces, pocas, había alcanzado. Y también porque era la mujer de la que más había tenido que huir y de la que más me había tenido que proteger.

Con las demás había sido relativamente fácil. Por más fuegos artificiales que hubiera al comienzo (resultado, como había aprendido, de la pasión enamoradiza), ninguna había durado más de unos meses. Al irse se apagaban los destellos (o al cesar los destellos ellas se iban).

Recuerdo mis temores de que el amor fuera eso, una experiencia gloriosa que podía prolongarse sólo por unos meses y que caía después irremediablemente en la costumbre, la rutina, el tedio, el aburrimiento. Con Jorge aprendí que el amor era otra cosa. Era más un sentimiento que una pasión y que quizá por ello no había tanta luz multicolor iluminando cada minuto.

Con el tiempo me había hecho un experto en detectar los síntomas del fin de fiesta. En cuanto me daba cuenta de que no quería coger el teléfono porque podía ser «ella» (la del momento), sabía que todo había pasado y comenzaba a preparar la retirada. Separaciones que aprendí con los años a manejar de forma relativamente sencilla y civilizada, sin escándalos ni lágrimas, echándome la culpa de mi inestabilidad y de mi inmadurez y asegurando a «la saliente» que ella se merecía algo mejor (lo que muchas veces era cierto y otras no).

Hubo veces, pocas, donde la salida no había sido tan adulta. No hablo de Gaby, aunque podría incluirla, hablo de aquellas chicas que simplemente habían decidido que YO era el hombre de su vida y no estaban dispuestas a renunciar a MÍ.

En el fondo, el problema central consistía en que yo pensaba que ellas tenían razón. No en la elección de la persona sino en querer formar una pareja, una relación constante, casarse, establecer una familia y todo eso... Y como yo no estaba dispuesto a aprovecharme de esa necesidad de ellas para prolongar su presencia a mi antojo, mi único argumento se limitaba a decir la verdad: que yo no buscaba eso, que yo pretendía conservar mi libertad, mi independencia, mi tiempo para los amigos y mis momentos de soledad y que por eso no quería, por el momento, involucrarme en un proyecto tan definitivo con nadie.

Cuando mi compañera ponía el acento en escuchar el «por el momento» y no en todo lo demás, yo sabía que iba a haber turbulencias. Estas odiosas in-coincidencias conducían al vínculo que hasta ese instante había sido una selección de néctares y placeres hasta una larga agonía de idas y vueltas, recaídas y discusiones, llantos y veladas amenazas.

Quizá porque, como dije, les daba la razón, o tal vez porque estaba aburrido de decir siempre que no, me casé con Gaby. Y a pesar de que sigo pensando que era la mejor de todas, fue un error, un grave error.

Es verdad que habíamos compartido muchos buenos momentos, pero la mayor parte de ellos, debo ser sincero, sucedieron antes de empezar a hablar de matrimonio. Ese tema o su insistencia o mi oposición o la combinación de todo, transformó nuestro idilio en un gran malestar. Fue en ese momento cuando empecé a dudar, a no saber para qué estaba con ella, ni por qué, y a sufrir frente a la sola idea de imaginarme para siempre a su lado. Gaby, en cambio, tenía muy clara su decisión, su deseo y sus argumentos, y cuando yo ya no tenía motivos lógicos para oponerme y todo estaba «dado», nos casamos, pensando ella que todo cambiaría después, deseando yo que no empeorara. Nos casamos en una tímida ceremonia casi secreta (la mayoría de mis amigos no fueron invitados), que hoy califico como una manera de esconder de todos o de mí mismo, mi cobarde claudicación.

Así estuve toda la semana, intentando comprender lo que me había sucedido, hasta el viernes, cuando subí nuevamente al autocar, que ni se detuvo en la 197 y Panamericana, y tomé conciencia de lo mucho que estaba esperando que Paula, en realidad una total desconocida, subiera y se sentara a mi lado. Un poco incómodo me cambié de asiento y me senté del lado de la ventanilla. Me pasé el resto del viaje mirando el tedioso paisaje de la llanura, que no era sino un infinito camino siempre igual a sí mismo. «Como la vida matrimonial», pensé.

En cuanto me senté en la casa de Jorge, le dije:

—Es inútil, Gordo, la suerte no está conmigo... ¿Seré yo?

¿Qué hago que espanto las oportunidades? Me hubiera encantado encontrarme con Paula, la que conocí en el autocar la semana pasada. Incluso te diría que estaba ansioso. Esto de no saber nada de ella, parece que en lugar de disuadirme me empuja a querer buscarla. No sé, esa tía me despertó tanta curiosidad... Y cuando hoy no ha aparecido, me he desilusionado. Tenía muchas ganas de volver a verla.

—Quizá muchas de esas ganas se nutren de que no podías hacer nada para producir el encuentro... La incertidumbre parece que te estimula.

—Como a cualquiera. ¿O acaso me vas a decir que lo enigmático no es atractivo?

—Atractivo sí, invitante seguro, y aunque eso sea un buen augurio, no necesariamente es más que eso.

—Entiendo, Gordo, pero te juro que aun sin expectativas, Paula es algo para descubrir, para conocer...

—Es verdad.

—Pero, por otra parte… Quizá no debería...

—¿No deberías? —preguntó el Gordo.

—No, porque sé cómo va a terminar.

—¿Lo sabes? —sonrió Jorge sarcástico. Cogió el mate y empezó a contar:

Hace un par de años leí una nota que había escrito un tenista ruso, Yuri Novakov, después de jugar la final de Kiev, el torneo de tenis más importante de la entonces Unión Soviética. El último partido, que decidiría quién era el campeón y futuro representante de su país en los torneos del siguiente año significaba muchas cosas para el futuro inmediato del ganador. Entre ellas, la posibilidad, remota de otra forma, de dejar la URSS y conocer el mundo occidental. La final se jugaba, por supuesto, en la pista central del centro de deportes más importante de Kiev y estaba prevista al mejor de tres sets. Novakov competía con un joven tenista, virtuoso y entrenado, que lo superaba en velocidad y en habilidad. Con un gran esfuerzo había conseguido mantener su saque hasta el sexto *game*, pero de allí en más el primer set fue un claro triunfo de su adversario que terminó ganando 6-3. El principio del segundo set no fue diferente al final del primero. Todo parecía un exultante monólogo del más joven, que rápidamente se puso 5-1 en el segundo; si conseguía quebrar una vez más el saque de Novakov, el siguiente sería el último *game* y ganaría el torneo.

Novakov relataría después que ya se había dado cuenta de la superioridad de su contrincante. Él sabía que había puesto todo de sí y no había sido suficiente. Tenía que darse ánimo desde la mitad de ese set para resistir la tentación y no abandonar. Se repetía permanentemente la graciosa frase del beisbolista americano Yogui Berra: «El partido no termina hasta que termina...» A veces, la motivación no alcanza y Novakov no pudo evitar encontrarse *set point* 0-40 en ese aparentemente último *game*.

Por alguna razón, que quizás hasta sea difícil de explicar, Novakov hizo en ese momento, lo que él dice fue el mejor saque de su vida. Nada hubiera sucedido si su adversario simplemente hubiera cedido un *Ace* y luego esperara la siguiente pelota pero... El joven quería ganar, quería terminar, quería festejar. Posiblemente nunca había escuchado esa frase que el sacador se repetía en ese momento: «El partido no termina hasta que termina...»

Por eso o por una fatalidad, al correr ese maravilloso saque el jugador se torció el tobillo y cayó.

Se puso de pie enseguida, pero estaba dolorido y no pisaba bien. Novakov no necesitó otro saque magistral para ganar ese *game* y ponerse 2-5.

A pesar del descanso y la asistencia de su entrenador, el joven tenista no pudo recuperar su estado previo. El dolor le impedía llegar a las bolas que antes resolvía con facilidad y su limitación lo desconcentraba. Del otro lado de la red pasaba totalmente lo contrario, Novakov se agrandaba frente a un adversario totalmente ido. El set terminó 7-5 a favor de Novakov y la larga pausa antes del último set no alcanzó para que el joven se recuperara de la lesión. El último set fue muy igualado. La lesión del tobillo nivelaba el juego y llegaron a un peleado noveno *game* con Novakov adelante por 5-3 y 40-15 sacando para el set. «El partido no termina hasta que termina…» Pensó y sonrió.

Era una gran verdad. Menos de una hora antes todo parecía perdido y ahora estaba a punto de ganar el torneo. «El partido no termina hasta que termina…», se repitió por última vez. Ya se había dado cuenta de que los saques abiertos sobre el revés de su adversario eran inalcanzables para él en su condición. Lo que sigue Novakov lo relató así:

«Me di cuenta de que podía ganar. Yo no era el mejor, él lo era. Pero la contingencia de su accidente me permitiría ganar el torneo. Podía clasificarme campeón, aunque fuera injusto. Los que nada saben de motivación pueden pensar que me dejé ganar, pero yo sé que de repente ya no me interesaba el torneo y que todas esas dobles faltas tuvieron que ver con esa falta de deseo de ganar. Creo que el campeonato terminó en manos del mejor de los dos, que no era yo, pero quedó para mí la confirmación absoluta de algo que desde entonces comprendo de otra manera: "El partido no termina hasta que termina…"»

El Gordo dijo la última frase mientras se cebaba un mate y agregó:

—Ahí está el punto flaco, Demián, en esa suposición de que ya sabes cómo van a terminar las cosas que todavía no comenzaron. Las personas somos tan necias que sufrimos más si equivocamos la profecía que si sufrimos lo previsto, y entonces, sin darnos demasiada cuenta, nos ocupamos de hacer realidad nuestras catástrofes personales, aunque no sea más que para confirmar que ya lo sabíamos... ¡Qué estupidez! Si puedes renunciar al deseo vanidoso de la videncia de futuro, tendrás frente a tus ojos lo que te resta por aprender. Poder acercarte a las personas y a las situaciones sin prejuicios. Saber que nada garantiza el final de una historia, ni en un sentido ni en otro. Animarte a explorar sin recelos y a entregarte sin condiciones al presente de tu vida. Aceptar que a la vuelta de cada esquina siempre hay sorpresas, de las buenas y de las otras...

—Es como tú dices, Jorge, porque mis temores no se refieren a ella, sino a mí. Pero es que yo me doy cuenta de que no estoy preparado para una relación estable, aunque también es cierto que me angustia dudar de si algún día lo voy a estar. Es esa «inmadurez» («el miedo al compromiso» lo llama María Lidia) lo que no termino de aceptar. Porque yo te prometo, Jorge, que cada vez que conozco a una mujer que me atrae, pienso que quizás ÉSA podría ser la que me haga cambiar de idea. El amor de mi vida, como dicen las novelas. Quizás ésta sea la mejor explicación de lo que pasó con Gaby, decidí apostar a que era ella. Creí que podría dibujar los círculos alrededor de las flechas, como en el cuento que nos contaste... Pero, finalmente, ya ves, nos comieron los jabalíes.

—Ni el «partido» de tu vida ni el de tus relaciones de pareja ha terminado. Quizá debas aprender a no sacar conclusiones respecto de los resultados, antes de que el partido termine.

—Puede ser... Pero entre tanto tengo mucho miedo, Gordo. ¿Voy a tener esta incapacidad para crear una pareja por el resto de mi vida?

—Por ahora, Demián, a mí no me queda claro si es una incapacidad o es una decisión. Hay muchas personas en el mundo, hombres y mujeres, que han decidido muy adultamente no estar en pareja, no casarse o aun casándose han decidido no vivir juntos o jamás tener hijos. ¿Por qué establecer tan lapidariamente que esto ES una incapacidad?

El Gordo no contestó a la pregunta y yo tampoco.

Capítulo 10

A veces, la vida se encarga de desbaratar todo, incluso los problemas que creemos tener. El mismo viernes, al regresar de Rosario, recibí una llamada urgente de mi primo Daniel. Su padre, hermano del mío, se había descompuesto y estaba internado. Por lo que me contaba parecía un preinfarto, que había superado, pero de todos modos quería que yo fuese a hablar con los médicos. Aunque mi especialidad es la nefrología, yo comprendo que para mis seres queridos cada vez que hay un problema médico y más cuando parece de gravedad, sea tranquilizador tenerme cerca; aunque más no sea para traducir lo que los especialistas cuentan en el lenguaje críptico que algunos de ellos manejan.

Cuando llegué a la clínica, afortunadamente, los médicos me confirmaron que tío Pedro ya había salido de la crisis aguda («el paciente se encuentra estable, aunque lo vamos a tener internado, en observación, por unos días»).

Una y otra vez en mi profesión uno siempre se sorprende al comprobar que cuando el peligro pasa, aparece amplificada la huella dejada por lo sucedido. Una mezcla de dolor y de temor retrógrado, ligado más a la idea de lo que podría haber pasado que a la fantasía de lo que podría pasar de aquí en más. En este caso esa desagradable mezcla de pena y fragilidad que ataca sobre todo a la familia más cercana, me incluía.

Pedro siempre había sido mi tío preferido, ése con el que se tiene afinidad desde pequeño y con quien, a pesar del paso de los años, se continúa manteniendo algo más. Algo que no está atado a ninguna vivencia especial, sólo a ese encuentro misterioso que define el amor sincero entre las almas.

Cuando terminaron de darnos el parte de la noche y pidieron a los familiares que se fueran, bajé con Daniel a la cafetería de la clínica.

—Gracias... —me dijo, y ante mi cara de no entender agregó—: Por venirte hasta aquí.

—Pero, Dani, ¿cómo se te ocurre que no iba a venir? —le respondí—. Además no vine por ti, vine por tu padre... Y por mí.

—Por supuesto, yo sé lo mucho que él te quiere y cuánto lo quieres tú; pero para mí es importante que sepas lo mucho que me ayuda saber que estás por aquí... —se interrumpió, como si le costara seguir—. Antes yo ni me preocupaba... No sé... No era que no lo quisiera, sólo que creía que no podía pasar nada malo... Pero desde que... Tú me entiendes...

—Si. Ya sé, desde que murió mi padre...

—Es otra cosa, sabes. Uno se da cuenta de que los padres se pueden morir y de que algunos...

—Te entiendo —y seguí, cambiando de tema—, pero por suerte éste no es el caso. Ahora hay que convencerlo para que se cuide en serio. No más cigarrillos, una dieta adecuada, nada de sal...

—Va a ser difícil, pero con el susto que se debe haber pegado, quizás esta vez podamos convencerlo.

—Sin duda.

—¿Y tu vida cómo va?

—Bien, con algunos líos, como siempre, pero en general estoy bien.

En ese momento llegó mi tía y Daniel se acercó a contarle que el horario de visita había terminado y que no podría ver a su hermano («pero quédate tranquila porque Demián lo ha visto y ha dicho…»).

Yo sonreí y aproveché para irme a descansar, aunque en verdad, no pude.

Ni esa noche ni las siguientes.

—A estas alturas yo creía que ya había superado la muerte de mi padre —le dije al Gordo, el viernes—. Pasaron tres años. Pero, no. Lo de tío Pedro logró removerme el dolor, sacarlo a la superficie de nuevo. Desde que lo vi en la clínica, la imagen de mi padre vuelve a mí con recurrencia. Lo veo tanto en sueños como despierto.

Yo lloraba.

El Gordo me acercó una caja de pañuelos de papel, me puso tres en la mano y no dijo nada.

—Lo recuerdo joven, como era cuando yo era pequeño.

—Cuando él tenía la edad que tú tienes ahora —señaló el Gordo.

—Sí… Cuando íbamos al estadio a ver a Racing, o cuando me llevaba a jugar a la casa de mis amigos… Y sobre todo lo recuerdo cuando íbamos al circo. Porque a mi padre le encantaba el circo ¿sabes? Mucho más que a mí, que aprendí a quererlo por sus ojos…

Me soné los mocos y paré de llorar al recordar los payasos y los trapecistas.

—Por supuesto que no me olvido de las palizas y los gritos —seguí—, tú sabes que yo no fui precisamente un chico modelo, pero ¡¿a quién le importa?!

—Sí que importa, Demi, aunque no sea lo único importante…

Me molestó el comentario de Jorge. Tuve la sensación de que estaba atacando a mi padre. Tuve la necesidad imperiosa de defenderlo, de todo y de todos, hasta de mi terapeuta...

—A veces me parece que vosotros los psicólogos exageráis cuando habláis de las consecuencias que podría tener un regaño o una reprimenda. Hacéis aparecer a los padres como un conjunto de villanos sádicos, víctimas a su vez de sus propios condicionamientos parentales, aun más macabros. Y no es del todo así. No lo es...

—Quizá tengas razón en lo de que a veces exageramos. Pero tengo dos excusas para nuestra conducta. La primera es que ciertamente nuestras neurosis han sido el resultado de nuestra educación y detrás de ella está la responsabilidad de los padres. La formación de nuestra identidad comienza (y termina) muy tempranamente, cuando todavía ni siquiera podemos defendernos de las neurosis de los demás. Somos, durante los primeros años, esponjas que absorbemos por igual lo bueno y lo malo, lo nutricio y lo tóxico, lo que sirve y lo que condiciona. Aprendemos a obedecer por igual a los permisos y a los mandatos. Esa es la principal razón de nuestra «acusación», a veces un poco desmedida, a los padres. Pero debo decirte también que en los últimos treinta años esto ha ido modificándose. Así como antes estaba instaurado en el ambiente «psi» que la culpa de todo era de los padres, ahora que la mayoría de los terapeutas ha abandonado esa línea, los de afuera siguen creyendo que los terapeutas no hemos evolucionado ni aprendido. Quizá se deba, como expuse alguna vez irónicamente en un congreso de psicoterapia, a que los terapeutas nos hemos vuelto más viejos y ahora ocupamos más el lugar de los «padres» responsables de todo, cuando hace medio siglo éramos solamente las víctimas de otros. Quizá sea, pues, un cambio de postura autoprotectora... Sea por lo que fuera, creo con sinceridad que, hoy por hoy, todos los terapeutas sabemos de la importancia de rescatar el mérito de madres y padres y con ello amigarse con su imagen introyectada. Todos trabajamos en esa dirección, aunque para ello haya que pasar primero por conectarse con el enojo, el rencor y la necesidad de deshacerse de los resentimientos sacándolos afuera. Sabes, Demi, me estoy acordando de un cuento, quizás el único que me contó Horacio, mi primer terapeuta, al que fui a ver cuando tenía 18 años. Yo vivía literalmente cabreado con mis viejos, inundado de la ambivalencia de mis sentimientos para con ellos, que, por otra parte, eran, por supuesto, un barril inagotable de amor y generosidad. Entonces Horacio, mi psicólogo, me leyó la historia del rey olvidadizo.

Un rey viajaba en una ocasión a través del bosque y fue atacado por una jauría de lobos hambrientos. El rey se dio cuenta de que no podría defenderse del ataque así que, espoleando su caballo, trató de escapar. Adentrándose en el bosque consiguió dejar atrás a los lobos, pero se perdió. Por mucho que trataba de orientarse no podía encontrar el camino de vuelta a la ciudad, y cuanto más buscaba, más se perdía. Pasaron las horas dando vueltas sin llegar a ningún sitio cuando tres atracadores le cerraron el paso. Era sabido que en esa situación difícil sería salir con vida, aun entregándoles lo poco que llevaba. El rey sacó su daga y alcanzó a herir a uno de sus atacantes, pero no pudo evitar que otro, desde atrás, lo tirara al suelo y con la ayuda del tercero lo inmovilizara mientras le revisaban el bolso. El rey se despidió internamente de la vida y dejando de forcejear se entregó a su suerte. Todo hubiera terminado con la muerte del rey, si no hubiera aparecido un quinto hombre en escena. Viendo el ataque al viajero, y a pesar de que estaba desarmado, se acercó a ayudar mientras gritaba

—Está aquí. Adelante. ¡Al ataque! Tres bellacos le están asaltando... Vamos por ellos...

Los ladrones no se detuvieron a investigar cuántos hombres llegaban. Rápidamente salieron corriendo y desaparecieron en la espesura.

El hombre ayudó al soberano a recomponerse, mientras éste miraba por encima el hombro de su salvador buscando a los demás que enseguida comprendió que nunca habían existido. Montado otra vez en su caballo y mientras lo escoltaba para salir del bosque, el hombre reconoció al rey y se ofreció a continuar cabalgando juntos de vuelta a palacio.

El rey lo recompensó con muchos presentes y valorando su coraje y su astucia lo nombró ministro de la corte.

Pasaron los años. Los celos y las rivalidades nunca estaban ausentes de las cosas del entorno real. Una traición o una mentira llevaron al ahora poderoso e influyente ministro al banquillo de los acusados por haber respondido de una forma que fue considerada, exageradamente, como un acto de rebeldía contra la corona. Los jueces, influidos por las mezquinas intenciones de quienes quizás aspiraban al cargo de ministro, lo sentenciaron injustamente a muerte.

Al leerle la condena, el rey le dijo:

—Por haber sido ministro de la corte te corresponde un último deseo antes de ser llevado al patíbulo para ser ejecutado. Pide cualquier cosa y se te dará.

El hombre replicó:

—Quiero vestir la ropa que llevaba cuando escolté a Su Majestad el día que lo encontré perdido en el bosque, y que Su Majestad también use durante la ejecución la ropa que vestía en ese momento.

El rey, de pronto, recordó. Conmutó la pena y le devolvió al hombre el cargo que nunca debió haberle quitado. El nuevamente nombrado ministro, por su parte, reconoció el error que había cometido y consiguió así del rey su definitivo perdón.

Sí. El Gordo tenía razón. La memoria es muchas veces demasiado parcial e injusta cuando juzga los hechos, tomando como únicos aquellos datos que avalan la conclusión a la que ya habíamos decidido llegar. No deberíamos olvidarnos tan fácilmente de lo que alguna vez pensaron, hicieron y actuaron otros para con nosotros.

—Pero ¿cómo hago para seguir adelante, Gordo? —pregunté—. Desde el lunes vivo con un nudo en la garganta. Esté donde esté, me invade la ola de recuerdos. Ellos me traen la nostalgia y ésta la tristeza. De repente, se me nubla la vista y siento que se me salen las lágrimas. Estoy peor que nunca, Gordo, porque ahora al desasosiego que traía, le tengo que sumar esta angustia.

Hice una pausa y un esfuerzo para dejar el tema.

—Hoy, cuando viajaba para aquí, en el autocar, ni siquiera me importó que Paula no subiera. Casi sentí alivio. No estoy en condiciones de conquistar a nadie.

—No confíes, Demi, a algunas mujeres el «*look* hombre desamparado» les hace perder la cabeza.

El Gordo sonrió y me abrió los brazos. Yo agradecí el gesto sin decir nada y me zambullí en su pecho.

Su calidez me hizo sentir bien, me calmó y pude seguir hablando sin desbordarme.

—Es raro, pensé que la angustia iba a tapar mi malestar anterior, y que mientras durara me iba a olvidar de lo otro; pero parece como si las dos sensaciones se hubieran mezclado...

—O como si fueran parte de lo mismo —sugirió Jorge.

—Sí, exactamente. Como si tuviera un gran dolor acumulado y fuera siempre el mismo. El dolor de la ausencia de papá. El dolor de su muerte...

—Y sobre todo... —dijo el Gordo para que yo terminara la frase.

—Y sobre todo el dolor de no tenerlo en este momento.

—Aunque también está... —empezó Jorge.

—Aunque también está el miedo de no saber cómo seguir y ser consciente de que él ya no está para decírmelo... —se me quebró la voz y el Gordo hizo silencio.

Yo ni siquiera me esforcé en contener las lágrimas.

Lloré tanto, tanto, tanto.

Más que cuando papá murió.

Capítulo 11

—Pocas actividades, creo, lo acercan a uno más a la muerte que la medicina. Desde el comienzo, en la universidad, cuando somos estudiantes contactamos con ella de un modo inevitable y brutal. Aprendemos a defendernos burlándonos de ella, a ignorarla y a ufanarnos de controlarla, pero sobre todo aprendemos a hablar de ella sin mencionarla. Interiormente todos lo sabemos: somos absolutamente incapaces de salvar una vida, cuando mucho aplazamos algunas muertes, que no es poco decir. Como dicen los nihilistas, de muchas maneras, ya estamos condenados, aunque nunca sepamos el día ni la forma de ejecución.

—Para los que somos médicos —siguió Jorge—, la experiencia de la enfermedad o la muerte de un ser querido es muchas veces incomprensible. La distorsión se produce porque el sufrimiento con el que solemos convivir casi a diario durante la carrera, siempre es ajeno y por lo tanto distante. La muerte que estudiamos y la enfermedad que intentamos curar jamás es la propia ni la de alguien cercano. Nos entrenamos para mirar la muerte desde lejos, aunque convivamos con ella, tomamos distancia para poder actuar. Es por eso que, cuando un ser querido muere, a pesar de nuestra aparente frialdad y entrenamiento, nos pasa lo mismo que a todos, pero un poco más: tomamos brusca conciencia de lo que ya sabíamos, de que la muerte existe, de que no es imposible que nos roce y que ha sucedido.

—Pero hay algo que no se me va, Jorge, y que no tiene que ver con la muerte. Es la tristeza de que papá no esté. Yo pensaba que ya había podido elaborar su ausencia. Han pasado tres años, y yo tengo cuarenta... Pero no.

Hice una pausa y seguí:

—Por supuesto que cada tanto me acordaba de él, pero bien, con alegría, con una sonrisa, incluso con algún insulto y sin culpa; papá cometió errores, conmigo, con mamá, e incluso con él mismo. Pero este vacío que siento ahora, Gordo, no lo tuve nunca. Esta sensación de que lo necesito, que quiero contarle lo que me pasa, que preciso de sus palabras, de sus consejos, de su mirada... Es estúpido decirlo, pero me siento verdaderamente huérfano.

—¿Y cómo te va con tu mamá, Demián?

—Con mi madre no es lo mismo. Ella no me entiende, como yo necesito que me entiendan. Él era tan pragmático. En los últimos años, nos entendíamos sin hablar. A veces, me veía mal y me preguntaba: «¿Vamos a tomar algo?». Y salíamos a tomar café, o íbamos a cenar o a caminar por la plaza, y mi malestar desaparecía.

—¿Cómo te va con tu mamá, Demián?

—Ah, mi mamá. Cada día está más pesada. Que por qué me separé de Gaby, una chica tan fantástica, que realmente me quería. Que yo no sé valorar nunca lo bueno que tengo ni a las personas que me quieren. Que por este camino nunca voy a sentar cabeza y, entonces, aquí aparece su verdadero drama... entonces, nunca le voy a dar nietos. Como si yo tuviera la obligación de tener hijos para que ella tenga nietos...

—Pareces muy molesto con sus comentarios... —sugirió Jorge.

—Me ponen furioso, por eso casi no le cuento nada, porque yo ya tengo bastante con mi propia cabeza, con mis propios reproches, como para escuchar los de ella. Va a tener que aceptar que yo soy así, que éste es el hijo que tiene...

—¿Con tu padre no tenías estos problemas?

—A veces sí, pero era distinto, él no se metía en los detalles estúpidos ni en los reclamos cotidianos.

—No. Claro. Para eso estaba tu mamá.

—Claro... —contesté casi enojado. Y por primera vez me di cuenta del chanchullo que mis padres habían montado. No supe si reírme o insultar.

Jorge se rió de lo que recordó y empezó a contar.

En la puerta de una iglesia, cada domingo se instalaban dos mendigos. Uno a cada lado del impresionante pórtico del antiguo edificio. Sobre el mediodía, cuando los feligreses salían de misa, los dos menesterosos empezaban cada uno con su súplica.

—Una limosnita para este pobre cristiano que no tiene para comer... —decía uno de ellos.

—Una limosna para este pobre judío que tiene hambre y frío... —plañía el otro a escasos veinte metros.

Casi todos los que salían de la iglesia, al escuchar el lamentoso pedido de ambos, se acercaban al mendigo cristiano y, con mucha naturalidad, dejaban una moneda en su sombrero. Solamente unos pocos dejaban una moneda en los sombreros de los dos.

La situación se repetía cada domingo. Era evidente que el mendigo cristiano se llevaba una mayor cantidad de ayuda que el otro.

El cura de la iglesia era un hombre de muy buen corazón y había notado esa situación con dolor. En su prédica dominical había incluido más de una vez una invitación a que la caridad de los que más pueden no discriminara a los ayudados. Intentaba con esto no sólo ayudar a la comunidad a su crecimiento espiritual, sino también a los mendigos de la puerta del templo.

Un domingo, cuando toda la gente de la misa ya se había retirado, el cura en persona salió a la puerta ,y acercándose al mendigo cristiano, le dejó una moneda en su sombrero mientras le hacía la señal de la cruz. Luego cruzó todo el portal y dejó una moneda igual en el sombrero del mendigo judío.

—Muchas gracias, padre —dijo el hombre.

—¿Puedo decirte algo, hijo mío?

—Sí, padre.

—A mí no me molesta que tú pidas limosna en la puerta de mi parroquia y estoy seguro de que a mis feligreses tampoco, pero quiero preguntarte, ya que debes mendigar y eso depende de la disposición del que da… ¿No sería mejor que pidieras frente a una sinagoga? O por lo menos, ¿no sería mejor que, cuando estás aquí, pidas sin hacer referencia a tu religión?

—Lo voy a pensar, padre, gracias.

—De nada, hijo mío —dijo el cura—, y que Dios te bendiga.

El cura entró en la iglesia y cerró tras de sí la vieja puerta de madera.

El mendigo cristiano levantó la vista hacia el otro y le dijo:

—¿Buen hombre, eh?

El otro mendigo lo miró y señalando con la cabeza hacia la puerta que se acababa de cerrar le dijo:

—Sí, Samuel. Pero mira si nos va a enseñar a hacer negocios a nosotros… ¿Eh?

Yo me sumé a su risa y comprendí mejor lo que sentía.

—Debe ser una razón más de esta nostalgia del viejo. Ahora que ha quedado uno solo de los dos mendigos, el truco ya no sirve.

—Sumado al hecho de que los que quedan siempre tienden a pensar que el mayor mérito era del que ya no está —comentó Jorge.

—Claro, Jorge, puede ser. Pero haya tenido el mayor de los méritos o el peor de los descréditos, yo siento como un hueco adentro desde que murió. En el espacio que ocupaba ahora no hay nada —a medida que hablaba sentía que el agujero se hacía cada vez mayor—. Él ya no está, recuerdo que tuve un padre, pero sé que ya no lo tengo. Ya no soy el hijo de él. Por eso digo que me siento huérfano, ¿me entiendes?

—Por supuesto. Pero paradójicamente, aunque él ya no sea tu padre porque ha muerto, tú sigues siendo su hijo, y además te recuerdo que está tu mamá.

—Sí, por ahora. La verdad es que si a ella le pasara algo, yo no sabría cómo seguir. Me convertiría en una boya sin raíces. No sé como explicarlo, semejante grandullón. Me parece que me voy quedando solo, desligado, sin pasado y sin futuro.

—A lo mejor, eso es lo que te quiere decir tu mamá, Demi. Tal vez, y sólo tal vez, ella te quiere prevenir de los riesgos de quedarse sin proyectos. De renunciar a la trascendencia.

—Pero si ella lo único que dice es que yo le tengo que dar nietos... Cómo voy a hacer algo tan definitivo en mi vida, para que ella se entretenga.

—¿Siempre usa el mismo argumento para decirte que tengas hijos?

—No, el otro es más absurdo todavía. Dice que me vendría bien a mí, que yo sería un buen padre y que en algún lugar del cosmos están las lucecitas de mis futuros hijos esperando por mi decisión... ¡Qué estupidez! Las mujeres tienen el instinto materno tan acentuado que si ven que alguien no quiere tener hijos, simplemente no pueden entenderlo.

No hizo falta más que una mirada de Jorge y su silencio para que me fuera del consultorio pensando que, tal vez, aunque me costara aceptarlo, mi madre podía tener un *poquiiiito* de razón. Subí al autocar con el recuerdo de aquella frase que mi viejo me soltó como al pasar el día que me gradué de médico:

—Tenerte a ti —me había dicho, sin afectación— es lo mejor que me pasó en la vida. Y eso nunca terminaré de agradecérselo a tu madre.

Capítulo 12

Había pasado más de un mes desde que la conocí. Yo no la había olvidado, pero cuando Paula apareció en el autocar, me pareció que estaba más bonita de lo que la recordaba.

Al verla subir, a pesar de mi corazón un poquito acelerado, empecé a pensar.

Era prácticamente imposible que le hubiera tocado otra vez el asiento a mi lado.

¿Debería acercarme? Y en ese caso, ¿cómo? ¿Hola? ¿O te acuerdas de mí? O: ¿Tú no eres Paula? O: ¿Te conozco de algún lado?... Yo parecía un adolescente en su primer baile.

Con una naturalidad increíble, se detuvo en mi asiento:

—¿Cómo estás, Demi? ¿Te parece que me siente aquí? —dijo mientras se acomodaba del lado de la ventanilla—. En todo caso, si sube alguien, me voy a mi asiento.

—No te esperaba. Hace tantas semanas que no viajabas... —señalé, y de inmediato detesté que mis palabras se parecieran demasiado a un reproche, a una queja.

—Sí —respondió lacónicamente, con una sonrisa que me pareció bastante forzada—. ¿Y qué tal tu terapia?

Aquella era la última forma que yo quería para empezar una conversación, así que hice un comentario superfluo y traté de centrarme en ella y de hacerle algunas bromas sobre su gusto por el misterio, por su actitud huidiza. De nuevo me pareció que mi comentario estaba fuera de lugar y evidenciaba que ella me interesaba y que yo no soportaba que manejara la situación. Con mucha lucidez, captó mi postura.

—Tú crees que yo juego a controlar, ¿no?

—No he dicho eso...

—Pero lo has pensado, estoy segura. Y es natural, porque es la conducta habitual y no me conoces...

—Y por este camino, dudo que lo consiga —quise morderme los labios por lo tonto de mi comentario, pero no pude evitarlo.

Ella siguió, como si no me hubiera escuchado.

—Es justo lo contrario, estoy tratando de no controlar nada. Por algunas cosas que me pasaron en mi vida, estoy tratando de aprender a dejar que las cosas sucedan, ¿comprendes?, que pasen lo más libremente posible. Ya te dije, darle una oportunidad al azar.

—¿Estás haciendo un experimento? —le pregunté casi con sorna.

—No, sucede que me he cansado de buscar determinar todo, de querer que todo pase como yo quiero, porque cuando trato de prevenir las cosas, de pautarlas, salen al revés y no soporto la frustración.

—Bueno, pero no se puede dejar que todo sea obra del azar, porque, por ejemplo, tú y yo podríamos no habernos vuelto a ver jamás. En cambio, si yo hubiera tenido tu teléfono y tú el mío...

—Para ti el destino es el nombre de un perfume, ¿no? —se burló sonriéndose.

—No. Para un primer encuentro, está bien. Estoy dispuesto a festejar la casualidad de que nos hayamos encontrado en el autocar. Ahora, dejar el resto librado al destino...

—Te pone nervioso.

—Sí.

—Fíjate, a mí, en cambio, me relaja, me tranquiliza. Prefiero confiar mi vida a las fuerzas desconocidas, que estar sentada durante horas frente a un teléfono que no llama.

No nos pusimos de acuerdo, aunque debo admitir que eso precisamente fue lo que más gustó de ella. Al despedirnos no pude evitar mi terquedad, le di mi teléfono y le pedí que me llamara.

Al llegar a lo de Jorge, Paula, desde luego, fue el tema de la sesión.

—Dime si no es una postura loca. Dejar que el destino nos reúna… Un delirio.

—Si por «loco» queremos entender lo que dice el diccionario, «todo lo que excede lo previsible», tal vez sea loco —dijo Jorge, después de consultar un grueso volumen—, porque parece que Paula es hoy, para ti, bastante impredecible.

—Es verdad, me despierta curiosidad. Pero me parece que lo mejor sería darme cuenta de que ésa es precisamente una de las cosas de ella que más me gusta.

—Verdad —dijo el Gordo—, pero también una de las cosas de las cuales tienes que aprender.

Se cuenta de cierto campesino que tenía un caballo de tiro ya viejo y casi ciego.

En un lamentable descuido, el caballo cayó en un pozo que había en las afueras del pueblo. El campesino oyó los relinchos del animal, y corrió para ver lo que ocurría.

Le dio pena ver a su fiel servidor en esa condición y trató de sacarlo. Tiró de las riendas con todas sus fuerzas, empujó al jamelgo desde atrás, hasta trató de hacer palanca con una larga vara para empujarlo fuera de la trampa en la que había caído. Pero no hubo caso, era imposible…

Después de analizar cuidadosamente la situación, decidió

que no había modo de salvar al pobre animal, y que más valía sacrificarlo. El campesino llamó a sus vecinos, y después de ponerlos al tanto de lo que estaba ocurriendo, les pidió ayuda para sepultar al caballo en el mismo pozo en que había caído. Si lo hacían rápidamente y entre todos evitarían que el animal continuara sufriendo.

Todos aceptaron prestar sus manos, sus palas y su tiempo para ayudar al vecino y al propio caballo. Al principio, el animal bramaba enfurecido cada vez que una palada de tierra le caía sobre el lomo. Sin embargo, a medida que el campesino y sus vecinos continuaban paleando tierra, el caballo se dio cuenta de que podía deshacerse de la tierra si se sacudía con fuerza. Una y otra vez, el animal recibía cantidades de tierra y una y otra vez se sacudía y se libraba de ellas. La tierra se acumulaba en el fondo del pozo y el caballo que coceaba y pataleaba todo el tiempo iba subiéndose sin quererlo sobre el nuevo nivel del fondo. No importaba cuán dolorosos fueran los golpes de la tierra y las piedras sobre su espalda, o lo angustiante de la situación, el caballo luchó contra el pánico, y continuó sacudiéndose mientras a sus pies se iba elevando el nivel del suelo. Los hombres, sorprendidos, captaron la esencia de lo que sucedía y esto los alentó a continuar paleando con fuerza renovada. Llegó un momento en que el pozo se había llenado tanto de la tierra que el caballo sacudía que el equino sólo tuvo que dar un pequeño salto para salir definitivamente del pozo. La tierra que se le tiró para enterrarlo se convirtió en su salvación, por la manera en la que el instinto del animal lo llevó a enfrentar la adversidad. El campesino se dio cuenta de lo mucho que tenía para aprender de su viejo caballo de tiro y empezó a quitarse de encima algunas cosas que cargaba en sus espaldas y a subirse a sus dificultades...

—Date cuenta, Demián, de que su manera de ser tan diferente, sea tal vez la forma de hacerte saber que se puede ser distinto que se puede ser un poco «loco» y que se puede, por supuesto, soñar con el encuentro deseado. Como en el cuento, hay que aprender que hay más de una manera de salir del pozo y que, a veces, tironeando no se consigue nada bueno. Posiblemente también sea ese aprendizaje por hacer lo que te engancha...

—Está muy bien eso que dices y debe ser una parte de la verdad... Pero quiero que sepas que antes que nada me gusta porque me parece hermosa, aunque suene prosaico. ¿Y te digo algo?, para ser sincero, también me gusta la sensación que tengo de que, a pesar de esa postura un poco fría, ella también siente «cositas» cuando me ve. Es verdad que es distinta, pero no sólo distinta de mí, es diferente también de todas las demás mujeres que he conocido en mi vida.

—Bueno... Sabiendo cómo te ha ido con ellas, esto es una buena señal —dijo el Gordo, riéndose a carcajadas.

—Sí —admití, compartiendo la risa—, aunque, de todas maneras, al dejarle mi teléfono, yo le tiré la pelota a ella y en todo caso en sus manos quedará lo que siga...

—Puede ser —dijo el Gordo, algo enigmático—, puede ser.

Capítulo 13

Pasaban los días y no podía dejar de pensar que, de algún modo, todo estaba relacionado. El problema de mi tío Pedro, el recuerdo de la muerte de mi padre, mis discusiones con mamá, la partida de Ludmila, mi relación con Gaby e incluso mi ansiedad respecto de Paula, esa nueva mujer que, desde luego, parecía decidida a no llamar.

¿Cuál era la conexión? ¿Mi desesperación frente a la soledad? ¿Mi inmadurez? ¿Mi microscópica capacidad de frustración? ¿Mi encubierta dependencia a la mirada calificadora de los demás?

Era domingo y el día amenazaba con ser gris, triste, largo y silencioso. Y como me sentía solo, empecé a pensar en la biografía de mi soledad. No era la soledad *del que está solo* como diferenciaba el Gordo, sino la de los que se sienten solos aunque estén rodeados de otros.

Esa sensación la conocí, como tantas otras cosas, de las buenas y de las malas, al lado de Gaby. Fue en el último año de nuestra pareja, cuando me sentí verdaderamente solo por primera vez en la vida. Mi matrimonio iba mal. Las discusiones se hacían cada vez más frecuentes y siempre terminaban en gritos o en portazos. Hoy comprendo que posiblemente por eso yo hacía todo lo posible por no estar en la casa. Dolorido y confuso, me llené de trabajo (el típico escapismo de todos los hombres, me había dicho María Lidia). Extendí el horario del consultorio, tomé más clases a mi cargo en la cátedra y hasta retomé la práctica hospitalaria (médico de sala de Nefrología cada mañana y dos días de guardia por semana, viernes y domingos). Los brevísimos períodos de tiempo en que coincidíamos con Gaby en la casa y yo no estaba durmiendo, los usábamos para pasar lista a su largo catálogo de reproches, para repetir mis gastados argumentos o justificaciones y para discutir sin escucharnos.

Pensándolo bien, no es extraño que tenga tan pocos recuerdos de aquella etapa. Casi un año de mi vida se resume en: salgo a trabajar a las siete de la mañana, vuelvo a las diez de la noche, como cualquier cosa que haya en la nevera sin calentarlo, me hago un café, discuto un rato con Gaby, le digo que tengo sueño, que estoy cansado y me duermo, a veces en el dormitorio, a veces en el sofá, a veces como un refugiado de vuelta en el hospital.

Aquel período es una enorme nebulosa en mi vida, que termina (¿termina?) una mañana cuando al salir del baño veo a Gaby haciendo una maleta. Me quedé mirándola sin decir una palabra, apoyado contra el marco de la puerta.

—La semana que viene vengo a buscar el resto de mis cosas —me dijo.

Se le caían las lágrimas, pero no tenía furia ni odio.

—Ocúpate tú de separar los libros y los discos —ordenó—, no quiero discutir más.

—¿Adónde vas? —pregunté, más por cortesía que por interés.

—He alquilado un apartamento. En el cajón de la cocina están la dirección y el teléfono, aunque si puedes evitar llamarme, mejor.

Y se fue. Sin un beso ni un adiós.

Hoy lo comprendo. En momentos como ése un simple

adiós verdaderamente hubiera sido poco y un beso seguramente demasiado.

Siempre se me mezclan dolor y vergüenza, cuando revivo la sensación de alivio que me inundó al ver que cerraba la puerta.

Me parece increíble recordar que al volver a casa las primeras noches siempre me acompañaba el temor de que Gaby estuviera esperándome arrepentida, como había sucedido tantas veces. Abría la puerta, encendía la luz y me detenía en el pasillo, sin terminar de entrar, escuchando el profundo y tranquilizador silencio del ambiente.

Por supuesto que, pasada la euforia inicial, después de disfrutar de mi soledad y de su ausencia, después de sentir que recuperaba mi libertad y mi independencia, después de felicitarme por no haberla llamado y regocijarme de no encontrar sus mensajes grabados en mi contestador, como era previsible, comencé a echarla de menos. Y era lógico echarla de menos. Había sido parte de mi vida durante tantos años que no podía pretender que se desvaneciera de ella en un par de meses.

—Nadie se dedica a recordar los malos momentos pasados si el otro ya no está allí para recrearlos —me diría el Gordo después—. Y entonces uno se queda a merced de sus «nadamásquebuenos» recuerdos, obligándose a hacer ridículos esfuerzos nemotécnicos para no olvidar el sufrimiento perdido. Aquella pena padecida que justifica frente a uno mismo el haber renunciado a lo que ya no está.

—Muchas veces, cuando pienso en estas cosas —le dije—, me pregunto si el autor del tango nos engañaba, se engañaba o solamente le pasaba lo mismo que a mí cuando escribió aquella letra: «No habrá ninguna igual, no habrá ninguna».

—Como dice Humberto Maturana —recordó el Gordo—, los científicos, los psicólogos y los filósofos no tiene más que preguntas, sólo los poetas tienen las respuestas. ¿Te acuerdas de aquel libro que me regalaste hace tantos años, la *Antología poética* de Hamlet Lima Quintana?

—Sí.

—Allí estaba la respuesta a nuestras preguntas de hoy.

> Nadie tiene el rostro de mi amada.
> Un rostro donde los pájaros
> distribuyen tareas matinales.
> Nadie tiene las manos de mi amada.
> Unas manos que se templan en el sol
> cuando acarician lo pobre de mi vida.
> Nadie tiene los ojos de mi amada.
> Unos ojos donde los peces nadan libremente
> olvidados del anzuelo y la sequía,
> olvidados de mí que los aguardo
> como el antiguo pescador de la esperanza.
> Nadie tiene la voz con la que habla mi amada.
> Una voz que ni siquiera roza las palabras
> como si fuera un canto permanente.
> Nadie tiene la luz que la circunda
> ni esa ausencia de sol cuando se abisma.
> A veces pienso que nadie tiene, nadie, todo eso
> ni siquiera ella misma.

Entendí todo, o creí entenderlo y quizá por eso en el camino de vuelta encontré poesía en aquello que me decía mi madre, cada vez que se enteraba de mis demasiado frecuentes peleas con Gaby:

Puedes pegar una cinta engomada en tu mano.

Y si lo haces con cuidado la unión queda firme y se mantiene.

Puedes despegarla y pegarla de nuevo,

pero su adherencia ya no será la misma que la primera vez.
Puedes repetir la operación más veces,
pero en cada ciclo el agarre de la goma será menor.
La razón es evidente… cada vez,
pedacitos de tu piel, pequeños e invisibles son arrancados
en el tirón.
Son estos desgarros microscópicos
los que impiden que la unión se vuelva estable o duradera.
Son esos pequeños desgarros sumados
los que finalmente, un día consiguen que la cinta no se
pegue más.

Llegué a Buenos Aires cerrando un circuito de mensajes (¿o debería decir mandatos?) dejados por las mujeres de mi familia. Llegué tarareando la copla que a veces cantaba mi abuela:

> Y por mucho que duela mi herida
> por mis ojos te puedo jurar
> que tu ropa jamás en la vida
> juntito a la mía se vuelve a lavar.

CAPÍTULO 14

Seguía viendo a Ludmila por el hospital, aunque sólo de lejos. Como ella ya había terminado de cursar Nefrología, nos cruzábamos únicamente en la distancia. Pensé que me la iba a encontrar en los finales, pero ni siquiera se presentó. A medida que pasaba el tiempo, cada vez podía explicarme menos cómo podía haberme involucrado con ella, que vivía en un mundo tan diferente del mío.

De muchas maneras mi pareja (¿podría llamarla así?) con esa jovencita había sido una excepción en el historial de mis relaciones con el sexo opuesto. Con ella no llegó a ser mi temor al compromiso (ni mi odio por la rutina) la causa de la ruptura. En este caso, me decía con cierta alegría, era precisamente ella la que no había querido involucrarse, a la que sólo le interesaba pasar un buen momento, la que quería estar bien sin que nada la complicara.

Ahora, con la percepción que siempre me daba la distancia (fuera física o temporal) podía darme cuenta de que el problema para mí no era el dolor de haberla perdido. Aunque me sonara un tanto cínico, esta vez no había sentido nada: ni alivio, ni pena.

Ahora mismo, ni la deseaba ni la echaba de menos. Sólo me molestaba una cosa, que esa semana quería hablar con Jorge.

—No entiendo cómo pude confundirme tanto con Ludmila. Cómo confundí lo que parecía ser con lo que era. No lo soporto.

—Quizá sea bueno que empieces a desenfadarte de tus confusiones. Después de todo, eres un experto.

—¿Experto?

—Sí. Te ha pasado otras veces. Incluso contigo mismo.

—¿Cómo es eso?

—Ay, Demián. Desde que te conozco te he visto por lo menos seis veces venir flotando en el aire, hablando de cuánto te habías enamorado de no sé quién y volver diez días después a contarme que lo que en un principio parecía ser un gran amor, había quedado al descubierto como una mera excitación o un fugaz enamoramiento.

—Es verdad. Pero yo no estoy hablando de eso. Hablo de cómo me creí la imagen que Ludmila vendía.

—Igual que te creíste la de Gaby... —me dijo Jorge, sabiendo que era un puntazo doloroso.

—No, nada que ver. Gaby no es hueca, ni indiferente —me defendí—, todo lo contrario, son como el agua y el aceite. No tiene nada que ver una cosa con la otra.

—Yo no he dicho que ella se pareciese a Ludmila, he dicho que te pasó igual con ambas.

—Te repito, Jorge, mi historia con Gaby es justamente la opuesta. Quizá no te acuerdas, hace tanto tiempo... Gaby buscaba compromiso, y además ella siempre estaba...

—Puede ser que yo no me acuerde, Demián, los años pasan —dijo el Gordo para mostrarme que no se le había escapado mi dardo envenenado—, pero ahora tú no me estás escuchando, Demi. Lo que te quiero decir es que también Gaby parecía ser de una forma, y después te diste cuenta de que era de otra...

Me quedé mudo. Nunca lo había pensado de esa manera. Era verdad. Cuando la conocí me había impactado de Gaby

95

su actitud independiente, pujante, autosuficiente. Parecía estar muy lejos de la mujer que quiere casarse porque cree que se le pasan los años, pero después...

—Pero después empezaste a ver otras cosas en ella —dijo el Gordo que a veces parecía que podía leer lo que pensaba.

—Igual que Ludmila... —dije.

—Sí —contestó el Gordo.

—Igual que mi padre, que mostraba cara de malo pero era un tierno.

—Sí.

—Igual que mi madre, que dice que quiere una cosa y está luchando por otra.

—Igual.

Yo hice un pequeño silencio y me empecé a reír.

—¿Qué te hace gracia? —me preguntó el Gordo.

—Igual que tú —le dije—, que dices que no quieres trabajar más, que no coges más pacientes, que estás retirado... Y te tiras sesiones de dos horas conmigo.

—Pues sí... Igual que yo —admitió el Gordo—, pero acuérdate de la historia de Nasrudín.

Su vecino había venido a pedirle que le prestara su burro para poder tirar del arado ese fin de semana. Su caballo se había herido una pata y no podía esperar que sanara. ¿Le haría ese favor?

Nasrudín sonrió y con mucha gentileza le dijo que él le prestaría su burro con todo placer, pero lamentablemente, el burro se lo había llevado su hermano para su campo y no estaba allí. Y le contaba cuánto lo sentía cuando, desde detrás de Nasrudín, se escucha «fuerte, claro» el relincho del burro pidiendo su comida.

—Usted me ha mentido —acusó el vecino—, si no me lo quería prestar, debió decirme que no me lo quería prestar y no inventarse que no lo tenía.

—Pero es que no lo tengo —insistió Nasrudín.

—¡Cómo me va a decir que no está aquí si lo estoy oyendo relinchar!

—Perdone, vecino, usted me ofende… Viene a pedirme algo prestado y después resulta que le cree más a un burro que a mí… Señor, hemos terminado. Adiós.

—Puede ser que mi actitud para contigo señale mi deseo de seguir trabajando —terminó diciendo Jorge, riéndose de sí mismo—, pero yo te pregunto: ¿Tú le vas a creer más a lo que hago que a lo que digo que quiero hacer?

Me fui de la casa riéndome del paralelo, pero agregando una gota más de preocupación a mi turbulenta cabeza.

¿Debía creerle más a mi declaración de buenas intenciones para con el futuro o a mis condicionamientos boicoteadores del pasado?

¿Qué sueños, expectativas e ilusiones estaría depositando en Paula?

¿La estaría viendo a ella, o su imagen sería apenas el reflejo de mi deseo? Y en todo caso, ¿debía confiar en lo que veía o mantenerme a distancia hasta que ella fuera capaz de demostrar que era tal cual se mostraba?

¿Cómo sería Paula en realidad?

Mientras regresaba a Buenos Aires, me tranquilicé pensando que, de todos modos, no valía la pena preocuparme demasiado por el tema. El hecho de que Paula no me hubiera llamado evidenciaba que no tenía demasiado interés en mí, por no decir ninguno.

Y para confirmar la teoría del Gordo de las apariencias y la realidad, el contestador guardaba un mensaje de Paula:

—Hola, Demián, ¿cómo fue el viaje a Rosario? Si puedo, te vuelvo a llamar, si no, tal vez nos vemos el otro viernes. Un beso.

Capítulo 15

Durante el fin de semana no me moví de casa. Tenía muchísimo para hacer, es verdad, pero también esperaba su llamada. Para jugar con mi ansiedad, recibí no menos de diez comunicaciones de venta telefónica («estamos llamando para avisarle de que usted ha salido favorecido en un sorteo... Ha ganado dos billetes a la sierra del culo de la mona para conocer unas hermosas cabañas recién estrenadas y muuuuuy baratas...»), seis llamadas a números equivocados (una de ellas en japonés) y dos de mi mamá («discúlpame que te vuelva a llamar pero no te escuché bien hace un ratito cuando hablamos»).

Finalmente, el domingo a las cinco el teléfono sonó por vigésima vez y era ella, charlamos un rato demasiado corto («te dejo porque se va a cortar y no tengo más monedas») y quedamos en vernos.

A eso de las ocho, después de no encontrarlo en su casa, llamé a Pablo al móvil. Estaba en Carambola, un barcito a pocas manzanas de casa, donde él solía jugar al billar. Acordamos que en media hora pasaba por ahí para tomar un café y charlar un rato... Me vendría bien hablar con él de lo que me estaba pasando.

—Me siento un tarado contento —empecé a decirle.

Ésa era la descripción que había elegido de mí mismo mientras esperaba que terminara el partido.

—Y debe ser una de las peores imágenes que se puede tener de uno mismo —seguí, mientras el camarero servía los cafelitos—. Soy un estúpido casi feliz. Lleno de expectativas que creo absurdas... —terminé, con ese aire de poeta bohemio y nihilista que ronda Buenos Aires los domingos al anochecer.

—Para el carro, macho —me abofeteó Pablo—, la semana que viene te vas a encontrar con una chica que te gusta, eso explica lo de contento, me parece lógico. Ahora lo de sentirte un tarado... No lo entiendo. ¿A qué viene eso?

—Te acuerdas que te conté que es una chica bastante especial y que me tenía loco con eso del destino y que no me llamaba...

—Sí. ¿Pero no me has dicho que te llamó y habéis quedado en encontraros?

—Eso, justamente. ¿No te das cuenta?

—No. Ni un poquito.

—Lo decidió ella. ¿Comprendes? Ella me llamó, ella dispuso cuándo, ella eligió el día y la hora… ¿Qué me dices?

Pablo hizo un silencio, levantó los hombros y me miró por encima de las gafas como diciéndome sin palabras que no entendía de qué me estaba quejando.

—Pero, Pablo, ¿qué te pasa? Es como si me robara la conquista. Ella es la que corta el bacalao, la que marca los tiempos, la única que tiene el número de teléfono. Tiene toda la baraja en la mano... No lo soporto.

—No lo soportas... —confirmó Pablo para estar seguro de lo que yo decía.

—Claro que no. Ni yo ni nadie —aseguré con vehemencia.

Ignoré su siguiente cara de «no sé ni de qué me hablas»

con la habilidad que me aportó mi instinto de autoprotección y que impidió que yo fastidiara con Pablo un momento como ese...

—Soy un estúpido. ¿Cómo le permito que me deje en esa situación? —pregunté retóricamente y me apresuré a explicar antes de que mi amigo hiciera algún comentario desestabilizador—. El viernes que viene, después de terapia, en teoría, nos vamos a encontrar... Pero hasta ese momento yo no sé dónde ni cómo localizarla.

—Ahhh... Y tienes miedo de que algo te pase y no poder ir... —creyó adivinar Pablo.

—¿Cómo no voy a ir? ¿Te has vuelto loco? Voy aunque sea en camilla.

—¿Y entonces?

—No me quiso dejar su teléfono. Me dijo que no tiene. ¿Te das cuenta? ¿Qué se cree, que soy estúpido?

—Bueno, según lo que dices, si se cree eso está de acuerdo contigo...

—¿Cómo?

—Claro. Tú también dices que eres un estúpido...

—No me fastidies, Pablo, que estoy que exploto. Le dije que me diera su número por si tenía algún problema y la muy capulla me dio el del móvil de la hermana.

—Bueno, es algo.

—Sería algo —lo corregí—, si no fuera porque en cuanto colgué con ella, llamé al número y estaba desconectado.

—¿Y para qué llamaste?

—¿Cómo para qué? Para confirmar si era real.

—Me parece que lo que es cierto es eso de que estás un poco loco —aceptó Pablo, mientras tomaba el café de un sorbo.

Ahora fui yo el que lo miró sin hablar, sin querer entender la broma y un poco acusadoramente.

—Como yo lo veo, lo único que hay que hacer es esperar a que os encontréis el viernes y ver...

—¡¿Esperar?! —grité, ante los ojos atónitos de Pablo que parecía querer desaparecer debajo de la mesa—. Eso es algo que no soporto. No, colega, caí en la trampa y tengo que salir.

—Me parece que te estás desmontando —insinuó Pablo, tratando de calmarme y hablando a tono con el ambiente y el lugar.

—¿Por? —pregunté.

—Ni siquiera sabes si la chica te interesa y ya estás pensando en escaparte... Estás batiendo tus propios récords...

El último comentario de mi amigo me hizo reír. Tenía razón. Quería salir corriendo antes de llegar. Qué locura.

—Ven, juguemos un partido de billar y olvídate un poco del tema. Al final la chica esa tiene razón. ¿Por qué no te relajas un poco y te dejas llevar?

—Claro, lo único que me falta, me dejo llevar por ella adonde ella quiera.

Desde la mesa de billar un tipo de unos sesenta, al que nunca había visto en la vida, nos miró mientras le ponía tiza al taco y dijo, con la colilla del cigarrillo entre los labios:

—Plántala, chaval... Y ya'stá.

—¿Dejarla plantada? —pregunté, casi asustado.

—Claro, ¿quién tiene los pantalones?

El tipo sopló el sobrante de tiza del taco de billar y se inclinó sobre el paño verde de la mesa.

—Déjala tirada —terminó diciendo ya sin mirarnos, justo antes del tiro—. Vas a ver como vuelve «al pie» con el caballo cansado.

Si sabía tanto de la vida como de billar no se equivocaba el veterano, porque la carambola a tres bandas que hizo era para aplaudir. Y en algo tenía razón, siempre podía no encontrarme con Paula. Después de todo, como dijo él, ¿quién tenía los pantalones?

Eso.

Aunque, también era cierto que ¿quién sería capaz de perderse la posibilidad de estar a solas con la dueña de aquellos ojos?

Indudablemente, los recordaba con demasiada claridad...

Ese viernes llegué a lo de Jorge hecho un despojo de nervios, ansiedad e incertidumbre. Le conté de mi angustia absurda y de cómo mi cabeza me hacía trampas. Le dije que me sentía fracasado y que Paula había logrado lo que jamás había conseguido ninguna otra mujer, que dudara de asistir a una cita.

—La indecisión es una de las mejores causas de los peores sufrimientos —había empezado a reflexionar el Gordo—, mucho más que las decisiones equivocadas.

Después de una larga pausa, me contó una historia que nunca olvidaré.

Jorge me explicó que se la había mandado una colega de Estados Unidos, asegurándole que era una historia verdadera.

Como decía el Gordo, pululando tanta fábula urbana era difícil de saberlo. Como también él decía, poco importaba. Cierta o no, la historia de Mark señaló en mi vida un antes y un después.

Mark había nacido con una gravísima enfermedad del sistema inmunitario. Un síndrome de deficiencia en las defensas, que una caprichosa alteración genética le había asignado para siempre. Los niños nacidos con esta grave anomalía, que por suerte es muy poco frecuente, tienen muy pocas posibilidades de sobrevivir, o por lo menos las tenían cuando Mark llegó al mundo. Dada su incapacidad para generar anticuerpos, cualquier infección, por banal que fuera para un individuo normal, podía terminar con su vida en pocas semanas. Su única alternativa era que se construyera a su alrededor un campo aséptico donde Mark pudiera vivir, a la espera de que la ciencia descubriese una solución diferente a su problema inmunitario. Una película filmada en los setenta mostraba el drama de un jovencísimo John Travolta que representaba a un niño nacido con esta anomalía. La película se llamaba *El muchacho de la burbuja de plástico*.

Hijo de un obsesivo y trabajador médico rural y de una maestra, Mark tuvo la oportunidad de sobrevivir a su primera infancia gracias al esfuerzo económico de sus padres, gracias a su propio temple y, sobre todo, gracias a la dedicación casi exclusiva de su madre. Viviendo en un dormitorio y un escritorio con un cuarto de baño entre ambos y aislado del resto de la casa y del mundo por enormes y herméticamente selladas cortinas de plástico, se pasó los primeros veinte años de su vida recibiendo contadas visitas en su espacio privado y protegido. Para evitar ingresar gérmenes que serían potenciales amenazas para la vida de Mark, nadie podía entrar a su perímetro sin lavarse las manos con antiséptico y utilizar ropa estéril: traje de cirujano, botas y barbijo. Durante esos veinte años, Mark había aprendido todo lo que sabía de las clases rigurosas y metódicas que le había dado su madre, de las conversaciones profundas y comprometidas con su madre, de algunos pocos libros que llegaban a sus manos (nuevos, limpios y esterilizados) y de lo poco que veía en la televisión. Fuera de eso, su único contacto eran cartas, fotos y algunas conversaciones telefónicas con el resto de la familia.

Fue justamente el día en que cumplió los veintiuno, que le pidió a su madre que se cambiara y entrara a su cuarto. Quería hablar con ella.

—Mamá —le dijo muy serenamente—, he tomado una decisión. Voy a viajar…

La madre se paralizó al escuchar a su hijo. Salir del ámbito aséptico de su cuarto era poner en riesgo serio su vida. De hecho, la única vez que había abandonado el cuarto fue cuando murió su padre y, pese a todas las precauciones, algún virus gripal que llegó a su cuerpo casi lo mata.

Durante dos semanas, nadie en el equipo médico que siempre lo atendió, ni el mismo Dr. Skoro, podía asegurar que superaría esa crisis.

—Hijo —le dijo por fin—, tú sabes que no puedes hacer eso. Yo daría mi vida y lo sabes, si con eso pudiera regalarte esa posibilidad, pero no es real y lo lamento.

—Fíjate, mamá —dijo Mark—, tengo veintiún años. Nadie con esta enfermedad ha sobrevivido más allá de los veintiséis, a pesar de haber tenido iguales o mejores cuidados que yo. Se supone que, pasado el desarrollo, el hígado y el bazo empiezan su deterioro progresivo e irreversible. Yo no quiero morirme, mamá. Pero menos quiero abandonar este mundo sin haber visto *La Mona Lisa*. No quiero morirme sin haber pisado nunca las arenas de una playa o sin bañarme en el mar aunque sea una vez. No quiero pasar para siempre sin visitar a la tía Gertrude y conocer su rancho en California. No voy a morirme, mamá, sin haberte abrazado sintiendo mi mejilla contra la tuya, sin nada en el medio, aunque sea una vez más.

La madre lloraba, pero le contestó:

—La ciencia avanza, Mark. Quizás en unos años, lo que hasta ahora es incurable se solucione o se resuelva. Espera un poco, hijo…

—Estoy dispuesto a escuchar al Dr. Skoro —dijo Mark—, si él dice que hay algo nuevo, si me da una alternativa, si tiene algún dato que yo desconozco, revisaré mi posición. Pero si no es así, mamá, te lo digo desde ahora: yo voy a salir de esta burbuja y me gustaría ir a Europa contigo, y a la playa y a la granja de tu hermana. No obstante, si no quieres ser mi cómplice, yo lo puedo entender y lo haré de todas maneras, aunque sea solo.

El Dr. Skoro tampoco estaba de acuerdo con la decisión. Le

dijo que exponerse al exterior significaría sobrevivir seis meses, quizás ocho, pero no mucho más. No obstante, no estaba dispuesto a mentir, de novedades no tenía nada.

Ante la decisión irrevocable de Mark, la madre decidió acompañarlo en su aventura final.

Casi un mes después, los dos se maravillaban contemplando en vivo, las esculturas del Louvre, las pinturas del Museo del Prado, las ruinas de Grecia y las fuentes de Roma.

De allí, volaron a California, Mark decía que no tenía demasiado tiempo y había mucho por hacer. La familia estuvo encantada de acompañar al joven en su primera cabalgata, de enseñarle a ordeñar una vaca y de compartir con la madre y el hijo el día que Mark lloró de emoción ante la inmensidad del mar.

Habían estado cuatro meses fuera de la casa cuando unas líneas de temperatura empañaron la alegría de todos. La madre le pidió a Mark que volvieran a la ciudad a visitar al Dr. Skoro y así lo hicieron.

Los análisis no mostraron nada que no fuera previsible. Un resfriado no era una complicación para nadie que no tuviera una inmunodeficiencia, pero en Mark significaba un cuidado extremo. El equipo médico recomendó volver al confinamiento plástico, pero Mark se negó. Los médicos sólo pudieron arrancar del paciente su palabra de que haría reposo en casa por unas semanas.

Fueron días de mucha angustia para la madre de Mark que se preguntaba si no se había equivocado. ¿Tendría que haberse opuesto con más firmeza? Quizás el planteamiento era un farol y sin la compañía de su madre Mark no se hubiera atrevido a dar el paso que ahora lo amenazaba con ser su última voluntad.

—Mamá —llamó su hijo desde la cama.

—Aquí estoy, hijo, ¿qué necesitas?

—Abrázame —le pidió y mientras pegaba su mejilla a la

de ella le dijo, como si hubiera leído sus pensamientos—. Te lo agradezco mucho, mamá. Yo sé cuánto te debe haber costado aceptar mi decisión, pero tu respeto por mí sólo se puede comparar con el amor con el que siempre me cuidaste.

—Quizá debí insistirte para que te quedaras...

—Lo hiciste, mamá... Me hubiera ido igual, aunque claro, no lo hubiera disfrutado tanto —dijo Mark sonriendo.

En dos semanas de reposo y cuidados maternales la medicación hizo efecto y el peligro pasó. Mark se levantó de la cama, primero con permiso para deambular por la casa y después para dar pequeños paseos por la ciudad.

Una de sus primeras salidas fue al enorme centro comercial cercano a su casa. Pretendía comprar unos libros sobre Israel y Egipto, sus siguientes destinos, según le dijo a su madre. Al pasar por la tienda de discos se le ocurrió que la música de esos lugares debía ser una excelente puerta de entrada a su geografía, y al entrar, la vio.

Era una jovencita de unos veinte años, con el pelo lleno de rizos, la piel morena y unos increíbles ojos verdes que a Mark le parecía que brillaban a la distancia. Atraído como por un imán se acercó hacia ella y se quedó pasmado mirándola.

Después de unos segundos la chica le preguntó:

—¿Te puedo ayudar?

Y él pensó en decirle: «Sí. Vamos a tomar un refresco. Salgamos a pasear. Déjame mirarte durante horas. Cuéntame algo de ti...»

Pero no pudo. Se le hizo un nudo en la garganta y tragando saliva sólo dijo:

—Quiero este CD —cogiendo el primero que saltó a sus dedos y entregándoselo a la vendedora sin verlo siquiera.

Ella sonrió tomando el CD y preguntó:

—¿Algo más?

Mark también perdió esa segunda oportunidad y sólo negó con la cabeza. El nudo ya no le permitía hablar.

La jovencita todavía preguntó:

—¿Es para regalar?

—No. Es para mí.

—¿Quieres que te lo envuelva para regalo de todas maneras?

—Ssssí —dijo el muchacho con un hilo de voz, dándose cuenta de que envolverlo llevaría un poco más de tiempo. A lo mejor en esos minutos...

Mientras ella envolvía la caja del CD, Mark pensaba todo lo que podría decirle, pero también supo que no se iba a atrever.

Al salir, su madre le preguntó si había encontrado lo que buscaba y Mark le contestó con un enigmático: «Sí. Supongo que sí».

Cuando llegaron a casa le contó a su madre todo el episodio y se maldijo frente a ella por no haberse atrevido a decirle nada. La madre lo tranquilizó diciéndole que podría volver a la tienda la semana próxima y tener el coraje de invitarla o pedirle su teléfono para poder llamarla. El joven aceptó que su madre una vez más tenía razón, podía volver, pero no en una semana sino al día siguiente.

Esta vez, removió algunos estantes haciendo que buscaba algo extraño para darse la oportunidad de mirarla. La vio aún más hermosa que el día anterior. Al aproximarse, ella pareció reconocerlo, porque con una sonrisa se le acercó y le dijo:

—Hola... ¿Te puedo ayudar?

Mark sintió que se ponía rojo y eso le avergonzó. Tosió, tragó saliva otra vez y finalmente dijo:

—Este CD.

—Otro regalo... ¿Para ti? —dijo la joven, mientras Mark descubría un pin con su nombre, Jennifer, y se alegraba de pensar que lo recordaba.

—Sí. Por favor... —contestó embelesado. Otra vez, la ceremonia de contemplar la espalda de la joven mientras manipulaba el papel y el moño del envoltorio. Otra vez, el infinitésimo roce con sus dedos al darle la tarjeta de crédito. Otra vez, el fugaz encuentro de sus miradas y sobre todo, otra vez, su silencio forzado por la timidez y la vergüenza.

Así, dos o tres veces cada semana, Mark siguió yendo a la casa de discos, cada vez pensando que se atrevería a hablarle, pero terminando con la compra de un CD, que una vez envuelto con coloridos papeles y cada vez más vistosos moños, llegaba a la casa y era guardado sin abrir en el armario del cuarto como símbolo de su falta de coraje.

Hasta que un día el joven tomó la decisión. Esta vez hablaría con ella, correría el riesgo, se atrevería a vivir su rechazo, después de todo, como decía su madre, no había nada para perder y mucho para ganar. Mark no se había estado sintiendo bien. Unas líneas de fiebre parecían decir que algún nuevo «bichito» estaba molestando por ahí. El lunes iría a visitar al Dr. Skoro.

Como todos los sábados, el centro comercial hervía de gente. Mark paseó sin rumbo esperando que fuera última hora y luego, cuando todos empezaban a irse, entró en la casa de discos y encaró directo hacia donde estaba Jennifer. Ella lo vio venir y sonrió.

—Quisiera… —empezó.

—¿Sí? —dijo ella.

—Quisiera… Este CD —dijo una vez más con una caja desconocida en la mano.

—Claro —dijo Jennifer. Y sin preguntar fue hacia el sector de empaque a embalarlo para regalo. Mark se maldijo en silencio. Pero antes de que Jennifer se girara a entregarle su CD, él se atrevió a hacer algo. Tomó el talonario de facturas que llevaba el nombre de la joven y escribió sin que ella lo notara:«Hola. Mi nombre es Mark. Vivo aquí. Me encantaría que tomáramos un refresco y charláramos. Éste es mi número 298-345688».

Y después de escribir cerró el talonario y terminó de pagar, saliendo como si nada hubiese pasado.

El lunes sonó el teléfono en casa del muchacho.

La madre lo cogió.

—¿Sí?

—Hola… Soy Jennifer, ¿podría hablar con Mark, por favor?

Se hizo un largo silencio en la línea, hasta que la madre recuperó el aliento para contestar.

—Lo siento, Jenny… Mark murió ayer.

Posiblemente porque no hubo otra venta ese día, o porque los domingos Jennifer tenía fiesta, el caso es que ella había encontrado la nota de Mark cuando era tarde.

La madre colgó el teléfono llorando. Y sin ninguna razón fue hasta el dormitorio, ahora vacío para siempre, de su hijo. Abrió el armario y miró la pila de CD's sin abrir en el primer estante. Por curiosidad o automáticamente abrió el primero de abajo para ver qué contenía. El CD tenía pegada una nota que decía:

«Hola. Soy Jennifer. Soy nueva en la ciudad.
No tengo ningún amigo,
¿quisieras tomar algo conmigo…?».

La madre abrió los demás CD's.

Cada uno llevaba pegada la nota que, a espaldas de Mark, Jenny había escrito y dejado oculta por el envoltorio. Posiblemente con el mismo miedo al rechazo que su hijo. Seguramente sin atreverse tampoco a correr el riesgo.

«Tienes unos hermosos ojos y una mirada triste,
¿no quieres que nos encontremos para charlar?»

«Me llamo Jennifer
y tengo verdadero deseo de conocerte…»

«Hola. Soy Jennifer… ¿No quieres ser mi amigo?»

Cogí el último pañuelo de papel que quedaba sobre el escritorio.

Yo que decía que casi ya no lloraba, terminé lleno de mocos y restos de clínex.

Pasó mucho tiempo hasta que terminé de digerir la historia de Mark, pero en ese momento sólo entendía lo más explícito de lo que me había querido decir Jorge.

Iría a la cita. Pero que no pensara el Gordo que iba a hacerle el jueguecito a ella de esperarla media hora como un payaso por si decidía venir tarde y hacerse desear, cosa que parecía ser su juego predilecto. No, señor, ¿esperar yo? Nada. Nada de nada. En todo caso mejor llegar tarde para que fuera ella la que esperara...

Y me fui diciendo:

—Y te prometo, Gordo, te lo juro, que si encima de llegar tarde ella no está... ¡Más de diez minutos no la espero!

CAPÍTULO 16

A veces me sorprendo de lo estúpidos que podemos ser los humanos. Sobre todo los hombres. Tanta preocupación y angustia, tanta tontería dicha y pensada, tanta saliva malgastada por una chorrada. Era obvio que si me había llamado para proponerme un lugar de encuentro era porque pensaba ir, tanto como era obvio que había elegido las ocho y media porque ésa era una hora que le quedaba más que cómoda para llegar hasta allí.

Pero yo no comprendí mi estupidez hasta las nueve menos cuarto, cuando bajé del taxi a veinte metros del bar de la estación y la vi en la puerta, sonriente y haciéndome señas de manera totalmente espontánea.

Siempre me burlé de la gente que vive diciendo cosas absurdas y de dudoso romanticismo de sus primeras citas.

Que sintió que la conocía de toda la vida...

Que fue como si en otra vida ya se hubiesen encontrado...

Que se intuían sin conocerse...

Y no sé cuantas estupideces más...

Será porque a mí nunca me pasaron ese tipo de cosas...

Hasta esta vez.

Conocer a alguien de toda la vida y que parezca un gran misterio es, por supuesto, una gran contradicción, pero así eran de ambivalentes mis sensaciones. Ella me transmitía al mismo tiempo la adrenalina de saltar al vacío y también la tranquilidad de ir planeando suavemente hasta alcanzar la tierra.

El viernes siguiente a nuestro primer encuentro fui a terapia lleno de entusiasmo, casi alborotado. Con Paula ya nos habíamos visto un par de veces y cada vez me sentía mejor con ella.

—No te imaginas, Jorge, tiene la mirada más maravillosa que he visto en toda mi vida. Es luminosa, abierta, sensible. Y la voz. Su voz parece una melodía… Bueno, como verás estoy fascinado.

—Fascinado… —repitió Jorge, mientras abría el diccionario—. Es decir, que «sientes una atracción irresistible…».

—Eso, sí, exactamente —acordé.

—O que eres víctima de «una especie de alucinación seductora y engañosa».

—No, no. La primera, la primera.

—¿Cómo lo sabes?

—La primera vez que nos encontramos, no pudimos ni siquiera salir del bar donde nos habíamos citado. Estuvimos juntos hasta que amaneció, conversamos, permanecimos en silencio, nos miramos. Tomamos el autocar de la mañana para Buenos Aires y seguimos hablando durante todo el viaje. Hace mucho, Jorge, que nadie me mueve estas cosas.

—Sí —admitió Jorge, algo lacónico—, pero recordaba aquello del ser y el parecer, lo de Gaby, lo de Ludmila, lo de los demás personajes de tu vida reciente, ¿te acuerdas?

—Por supuesto, pero no, esta vez creo que no estoy fantaseando ni imaginando nada. No puedo negar que es bastante misteriosa y que eso me seduce; y también el hecho de que no me hable demasiado de ella, me estimula…

—Como si fueras un investigador...

—Algo de eso debe de haber. Pero lo raro es que por ahora, lo único que quiero es que pase el tiempo.

—¿Y eso?

—Sí, Gordo, estoy superentusiasmado, contento, como si me hubiera inyectado energía y ganas de hacer cosas.

—Me encanta... Pero seguimos sin saber a cuál de las definiciones de fascinación tenemos que remitirnos. La atracción irresistible, la alucinación engañosa... ¿Una mezcla de ambas?

—Tú dices que quizás es ese enamoramiento que me pilla y a los tres o cuatro meses me canso y resulta que Paula se convierte en un peso, una carga, en alguien a quien ni siquiera quiero atender por teléfono.

—Podría suceder —admitió el Gordo—. ¿Y si así fuera?

—Es que no quiero más de eso, Jorge. Estoy harto. Me gustaría que por una vez no me pasara lo de siempre. ¿Qué te parece? Esta semana no he sentido ni angustia, ni desasosiego, ni nada. Era sólo pensar en ella y cualquier idea triste o retorcida desaparecía. Me gusta demasiado esto que siento y por eso tengo miedo.

—¿Miedo?

—Sí... Tengo miedo de esa segunda definición. Me asusta pensar que esto puede ser pasajero. No quiero pensar que es la ilusión de un momento y que en unos meses aparecerá la rutina o el aburrimiento. Y encima me doy cuenta de la ansiedad que me produce sólo pensar en que Paula pudiera no querer estar conmigo.

—Parece que te ha dado fuerte, ¿eh?

—No sabes cuánto. El viernes, cuando llegamos a Retiro, caminamos hasta la esquina de su casa. A cualquiera de las mujeres con las que salí le hubiese pedido que me invitara a pasar a su piso o le hubiera dicho que la invitaba a quedarse un rato conmigo en el mío; pero con Paula decidí que no.

Decidí que era mejor ir despacio, disfrutar de cada etapa, permitir que la relación se desarrolle sin la velocidad que yo solía imprimirle a todo en mi vida. Quizás es una tontería pero, no sé por qué, esa sola diferencia en ese primer encuentro me hizo pensar en que por una vez todo podía llegar a ser distinto

—No es ninguna tontería, Demián. Hace muchos años, justo antes de una charla que estaba por coordinar, Berta me contó este cuento, porque pensó que sintonizaba con el tema del debate. A mí me gustó y lo usé como conclusión ese día y después lo volví a utilizar muchas veces porque me parece que encierra mucha sabiduría.

Había una vez un señor que estaba haciendo una gira turística por Europa. Al llegar al Reino Unido compró en el aeropuerto una especie de guía de los castillos de las islas. Algunos tenían días de visita y otros horarios muy estrictos. Pero el más llamativo era el que se presentaba como «La visita de tu vida». En las fotos, por lo menos, parecía un castillo ni más ni menos espectacular que otros, pero se lo recomendaba muy especialmente… Se explicaba allí que, por razones que después se comprenderían, las visitas no se pagaban por anticipado, pero era imprescindible pactar anticipadamente una cita, es decir, día y hora. Intrigado por lo diferente de la propuesta, el hombre llamó desde su hotel esa misma tarde y acordó un horario.

Las cosas han sido siempre iguales en el mundo, basta que uno tenga una cita importante, con hora precisa y necesidad de ser puntual para que todo se complique. Ésta no fue una excepción y diez minutos más tarde de la hora pactada el turista llegó al palacio. Se presentó ante un hombre con falda a cuadros que lo esperaba y que le dio la bienvenida.

—¿Los demás ya pasaron con el guía? —preguntó, sin ver a ningún otro visitante.

—¿Los demás? —repreguntó el hombre—. No. Las visitas son individuales y no tenemos guías que ofrecer.

Sin hacerle mención al horario, le explicó un poco de la historia del castillo y le mencionó algunas cosas sobre las que debía prestar especial atención. Las pinturas en los muros. Las armaduras del altillo. Las máquinas de guerra del salón norte, debajo de la escalera, las catacumbas y la sala de torturas en la mazmorra. Dicho esto, le dio una cuchara y le pidió que la sostuviera horizontalmente con la parte cóncava hacia el techo.

—¿Y esto? —preguntó el visitante.

—Nosotros no cobramos un derecho de visita. Para evaluar el coste de su paseo recurrimos a este mecanismo. Cada visitante lleva una cuchara como ésta llena hasta el borde de arena fina. Aquí caben exactamente 100 gramos. Después de recorrer el castillo pesamos la arena que ha quedado en la cuchara y le cobramos una libra por cada gramo que haya perdido… Una manera de evaluar el coste de la limpieza —explicó.

—¿Y si no pierdo ni un gramo?

—Ah, mi querido señor, entonces su visita al castillo será gratuita.

Entre divertido y sorprendido por la propuesta, el hombre vio cómo el anfitrión colmaba de arena la cuchara y luego comenzó su viaje. Confiando en su pulso, subió las escaleras muy despacio y con la vista fija en la cuchara. Al llegar arriba, a la sala de armaduras, prefirió no entrar porque le pareció que el viento haría volar la arena y decidió bajar cuidadosamente. Al pasar junto al salón que exhibía las máquinas de guerra, debajo de la escalera, se dio cuenta de que para verlas con detenimiento era necesario inclinarse forzadamente sosteniéndose de la barandilla. No era peligroso para su integridad, pero hacerlo implicaba la certeza de derramar algo del contenido de su cuchara, así que se conformó con mirarlas desde lejos. Otro tanto le pasó con la más* que empinada escalera que conducía a las mazmorras. Por el pasillo de regreso al punto de partida, caminó contento hacia el hombre de la falda escocesa que lo aguardaba con una balanza. Allí vació el contenido de su cuchara y esperó el dictamen del hombre.

—Asombroso, ha perdido menos de medio gramo —anunció—, lo felicito, tal como usted predijo esta visita le ha salido gratis.

—Gracias...

—¿Ha disfrutado de la visita? —preguntó finalmente el de la recepción.

El turista dudó y por último decidió ser sincero.

—La verdad es que no mucho. Estaba tan ocupado tratando de cuidar de la arena que no tuve oportunidad de mirar lo que usted me señaló.

—Pero… ¡Qué barbaridad! Mire, voy a hacer una excepción. Le voy a llenar otra vez la cuchara, porque es la norma, pero ahora olvídese de cuánto derrama, faltan 12 minutos para que llegue el próximo visitante. Vaya y regrese antes de que él llegue.

Sin perder tiempo, el hombre tomó la cuchara y corrió hacia el altillo, al llegar allí dio una mirada rápida a lo que había y bajó más que corriendo a las mazmorras llenando las escaleras de arena. No se quedó casi ni un momento porque los minutos pasaban y prácticamente voló hacia el pasaje debajo de la escalera, donde al inclinarse tratando de entrar se le cayó la cuchara y derramó todo el contenido. Miró su reloj, habían pasado 11 minutos. Dejó otra vez sin ver las máquinas y corrió hasta el hombre de la entrada a quien le entregó la cuchara vacía.

—Bueno, esta vez sin arena, pero no se preocupe, tenemos un trato. ¿Qué tal? ¿Disfrutó la visita?

Otra vez el visitante dudó unos momentos.

—La verdad es que no —contestó al fin—. Estuve tan ocupado en llegar antes que el otro, que perdí toda la arena pero igual no disfruté nada.

El hombre de la falda encendió su pipa y le dijo:

—Hay quienes recorren el castillo de su vida tratando de que no les cuesta nada, y no lo pueden disfrutar. Hay otros tan apresurados en llegar pronto, que lo pierden todo sin disfrutarlo. Unos pocos aprenden esta lección y se toman su tiempo para cada recorrido. Descubren y disfrutan cada rincón, cada paso. Saben que no será gratuito, pero entienden que los costes de vivir valen la pena.

El Gordo hizo silencio y yo me levanté para irme. Al llegar a la puerta todavía me dijo:

—Deja que las cosas sucedan, cada una a su tiempo y nunca quieras empujar el río, como decía Barry Stevens.

Capítulo 17

—No lo puedo tolerar, Jorge. Aunque sea correcto, aunque ella tenga derecho, no lo soporto. No es una cuestión de opinión, es de sentimiento. ¡Cómo puedo aguantar que mi madre, «MI mamá», tenga un «amigo»! ¡No, no y no!

Yo había sufrido un *shock* y, pese a lo que Jorge pudiera opinar, no era para menos. Primero, por la sorpresa y después, por la noticia en sí, que me parecía un despropósito.
—¿Quieres contarme algo? —invitó el Gordo.

Pensar que había ido a lo de mi madre de muy buen rollo. Estaba tan contento con mi historia con Paula, que hasta me parecía que era el momento para contarle a mi madre sobre mí y sobre mis planes. Por primera vez en años, pensaba que ella, porque era mujer y porque tenía experiencia, me iba a poder dar algún consejo para manejar mejor mi relación con Paula. Después de todo, ella y mi padre habían estado casados toda la vida, más de cuarenta años, y aunque mi mamá no hubiera tenido ningún otro novio antes, en cuarenta años, pasa de todo. Para ayudarme a comprender mejor a Paula, era suficiente con que pudiera comprender el «alma femenina».
Así fue como llegué, ansioso por hablar con ella, por pri-

mera vez en mucho tiempo. Pero no me dejó, empezó a hablar ella primero. Me dijo que tenía algo que contarme y me preguntó si yo no había notado ningún cambio en ella en los últimos tiempos. Le dije que no, que me parecía que estaba igual, como siempre, bonita, atractiva, joven... Mientras le mentía, imaginaba que había tenido algún bajón por la edad, qué sé yo, ya estaba por cumplir los sesenta y cinco... Quizás había fallecido alguna amiga de su juventud. Tenía que tener cuidado de que no se me deprimiera justo esa noche en la que yo la necesitaba positiva y comunicativa. Le dije que, efectivamente, estaba más linda que antes, que se veía que se arreglaba más y se ocupaba mejor de ella misma. Lo cual era lógico, aseguré, porque ya debía haber superado el duelo por la muerte de papá y ahora era más que sano que pensara en ella, tal vez como no había hecho jamás. Ella había luchado mucho por papá, por mi hermano y por mí y se merecía disfrutar de todos los años que le restaban, que seguramente serían muchos... Me sentí orgulloso de mi discurso, sobre todo por la gran sonrisa de mamá y los gestos de afirmación que acompañaron mis palabras. Tardé un segundo más de lo necesario en empezar a contarle lo mío, y ella tomó de nuevo la palabra y me dijo:

—¡Qué suerte, Demi, que me digas esto! Nunca pensé que te dieras cuenta de que en mi vida, como en la tuya, y en la de todos, pasan cosas...

—Claro, mami. Por eso es que me encanta hablar contigo. Eres ahora la combinación perfecta de juventud y experiencia...

No sé si me escuchó. Respiró profundo, como si tomara coraje y continuó:

—Quiero que sepas que te agradezco con el alma que me lo hagas tan fácil, para alguna de mis amigas esta situación fue un trago amargo...

No venía por el lado al que yo miraba. Empecé a oler algo

raro. ¿Habría tenido algún problema de salud? ¿Querría ayuda económica para irse de viaje? O quizás...

—¿No estarás pensando en hacerte un *lifting* o alguna de esas cosas, no? —le dije sin pensar demasiado en lo que escuchaba, tan obsesionado como estaba en encontrar el hueco para hablar de Paula.

—Bueno, yo, desde hace tiempo... ¿Sabías que estoy yendo a clases de tango?

—Sí, mamá, ya me contaste —respondí molesto—. ¿Y qué pasa con eso?

—Bueno, a veces se organizan encuentros especiales, reuniones...

—¿Y?

—Y que en una de esas reuniones hace seis meses, una compañera de baile trajo a su cuñado. Un hombre muy bien, viudo como yo, tal vez un par de años menor... Se llama Francisco...

—¿Francisco? —la mención de un nombre masculino desconocido en labios de mi madre me punzó el oído.

—Sí. Nos hicimos muy amigos los cuatro.

—¿Qué cuatro? ¿Qué estas diciendo, mamá? —la indignación iba subiéndome el tono de la voz.

—Nada, que empezamos a frecuentarnos, Margarita, su novio, Francisco y yo. Como amigos, claro.

—Como amigos...

—Sí, al principio...

—Al principio...

—Lógico, al comienzo nos empezamos a ver socialmente, digamos.

—¡¿Y después?!

—Demi, tú sabes... Las relaciones...

—¿¡Las relaciones de qué!?

—Las relaciones humanas van cambiando, se modifican, crecen...

—Mamá, ¡no te atrevas a decirme que tienes novio!

—Bueno, «novios» es un término demasiado formal. A nuestra edad nosotros ya no pensamos en casarnos, sino en compartir nuestro tiempo...

A esa altura de la conversación, yo ya estaba casi desmayado. Me faltaba el aire. Sudaba. Y me había quedado absolutamente mudo.

—Desde luego, Gordo, que no pude ni quise contarle nada de Paula, porque creo que en ese momento e incluso ahora mismo, comparativamente, el tema de mi pareja carece de importancia.

Jorge sonreía... Debo decir, ¡¡¡como un idiota!!!

—¿No me dices nada, Jorge? Estoy indignado, enojado, cómo le puede hacer esto a papá, a mí, al resto de la familia. ¡Tiene sesenta y cinco años! ¡Por favor! ¿Para qué quiere un... un... una relación?, ¿para qué? ¿No le alcanza con la familia? ¿Con sus amigas? ¿No era que quería tener nietos? Fíjate si yo tuviera hijos ahora. ¿Qué les diría? ¿Eh? ¿Qué les diría?

—Supongo que les dirías: «Chicos, éste es Francisco, el novio de la abuela».

—Te has vuelto loco. Es hacer el ridículo, Gordo, el ridículo. Quiere nietos... ¿Para qué quiere nietos si en vez de querer quedarse a cuidarlos como cualquier abuela cariñosa tiene que ir al cine con su noviecito? En vez de disfrutar de sus nietos, que ya está en edad de hacerlo, se va a bailar tango a no sé qué local de mala muerte con su Panchito. ¡El ridículo!

—Que no es el caso —dijo el Gordo—, porque que yo sepa nietos no tiene...

—No es el caso, pero podría serlo...

—¿Cómo?

—Claro, se supone que alguna vez me voy a casar, se supone que algún día voy a querer tener hijos...

—Ahh... Claro. Se supone... Y supongo que tu propuesta es que tu madre funcione alrededor de esos supuestos y que supuestamente reaccione como se supone que hay que hacerlo.

—¡Por supuesto! —dije yo siguiéndole la broma.

Una vez Nasrudín, el de las mil caras y de los mil oficios, era abogado. Tenía a su cargo la defensa de los pobres, de los marginados, de los que menos tenían. Como siempre, Nasrudín sabía poco y nada de las leyes escritas, que ya en aquel entonces solían usarse como justificativos de las peores injusticias; pero utilizaba su inteligencia y su sentido común para darle la vuelta a los fallos más difíciles en contra de sus clientes y conseguir que se hiciera justicia.

Cuando este cuento comienza, nuestro héroe tiene a su cargo la difícil defensa de un pobre hombre que, desesperado por el hambre de su familia, robó dos gallinas de la cocina del dueño del corral. Varios testigos le habían visto entrar en la casa del demandante, destapar las ollas donde se habían empezado a hervir las aves y ocultarlas en una bolsa de patatas, para escapar finalmente a campo través en dirección a su casucha en las afueras de la ciudad. Cuando la guardia llegó, de las gallinas apenas quedaban algunos huesos que los perros, flacos como sus amos, roían con desesperación.

La ley era clara, pagar el valor de lo robado o ir a la cárcel por el robo. El tiempo de la condena era lógicamente proporcional al valor de lo robado.

El cliente no tenía dinero para pagar por esas gallinas, porque «si lo hubiera tenido no las habría robado», razonaba Nasrudín por los pasillos, y esto lo mandaría a la cárcel por lo menos por tres semanas. Pero una sorpresa le aguardaba al defensor en la sala. Los abogados del demandante habían decidido hacer del episodio un caso ejemplificador y entonces, ensañándose con el pobre hombre, pedían una compensación de cuarenta rupias por las dos gallinas (una pequeña fortuna).

—Es absurdo, señor Juez, aun cuando mi cliente admite, ya que no puede negarlo, haber robado las gallinas, no amerita que se le pida esa cantidad.

—De ninguna manera, señor juez. Es verdad que el valor puede parecer excesivo, pero se debe tener en cuenta que una gallina no vale sólo por su carne. Estas gallinas, especialmente, eran de las mejores ponedoras de nuestro cliente. Tenemos papeles que pueden demostrar que cualquiera de sus gallinas es capaz de poner doscientos huevos al año y que un diez por ciento de ellos pueden transformarse en pollitos que, por supuesto, serán nuevas gallinas. El daño real que este robo significa para las arcas del dueño es incalculable. Lo hemos acotado a cuarenta rupias porque hemos querido ser benévolos y consecuentes con este tribunal.

El juez, que no tan extrañamente tenía una cierta inclinación a fallar a favor de los ricos cada vez que podía, decidió que el argumento era válido y condenó al acusado a pagar el monto solicitado o ir a la cárcel por dos años.

Nasrudín, sin manera de alterar el curso de los acontecimientos, solicitó al tribunal que se le concediera tiempo para pagar el monto exigido.

—Aceptaremos su petición —dijeron sus adversarios en el tribunal—, si la parte demandada nos explica de dónde sacará el dinero el condenado para el pago de su deuda.

Nasrudín dijo:

—Es cierto que mi defendido ha robado. Pero aconsejado por mí y previendo esta condena, él ha plantado en el huerto de su casa dos panes. Su plan es esperar a que los panes germinen y den fruto, vender el pan que se coseche y con ese dinero pagar las gallinas.

—Señoría —gritaron los abogados—, Nasrudín se burla de todos nosotros. ¿Cómo vamos a esperar que dos panes germinen y den como fruto pan para vender? Esto es absurdo. ¿A quién se le ocurre que un pan puede germinar?

—Señoría —argumentó Nasrudín—, si este tribunal acaba de aceptar que dos gallinas hervidas podrían haber puesto doscientos huevos y tener pollitos, ¡no tengo dudas de que los panes germinarán!

—Y aquí estás tú, Demián, tan enojado y furioso, porque alguien no reacciona en sintonía con lo que alguna vez podría suceder... ¿Me estás hablando en serio, Demi?

—Por supuesto —afirmé otra vez, aunque era inútil seguir insistiendo. Jorge ya sabía y yo también que no transitaban por ahí mis emociones.

CAPÍTULO 18

Por un buen tiempo, lo de mamá me resultó algo imposible de digerir. Una de las preguntas que me aparecía sin respuesta era: ¿para qué me lo había dicho? Ella había estado seis meses saliendo con ese tipo sin que yo me enterara, y seguramente podría haber seguido así el tiempo que quisiera... Debía haber una razón y seguramente no era un embarazo (sería raro, pero podría ser, me había dicho el Gordo para fastidiarme... ¡Qué cabrón!).

Pronto lo supe. En el calendario que tenía colgado en el armario del hospital, yo tenía marcado un círculo en el jueves 28, y a su lado en letras de rotulador una nota «Mamá-65». Ahí entendí todo. Mi madre había querido contar lo de Francisco porque en un par de semanas era su cumpleaños y no quería tener que elegir con quién festejarlo. Una jugada astuta y manipuladora y, por cierto, absolutamente egoísta. Ella pretendía que mi hermano, yo y el resto de la familia nos enteráramos ahora para que ella pudiera disfrutar plenamente de su fiesta, invitando a su enamorado.

—La verdad es que todo lo que sucede alrededor de esta relación me da mucha vergüenza —le dije a Jorge.

—Vergüenza... —repitió Jorge que estaba sentado en postura de loto y no paraba de tomar mate—. ¿De qué?

—¡¿Cómo de qué?! —me agité—. Mis amigos conocen a mi mamá desde que teníamos seis años, siempre fue con ellos una señora y más que eso, para muchos, una madre adicional. Porque mi vieja, hay que reconocérselo, puesta a madre es la mejor de todas...

—Ahh... —me interrumpió Jorge—. Ahora hay que reconocer que es la mejor de las madres.

—Bueno, yo eso nunca lo negué. Aunque a veces se ponía difícil... Demasiado difícil, siempre fue única. ¿Sabes el episodio que mi madre más recordaba de su vida de soltera?

—No. ¿Cuál?

—Mi hermano y yo se lo debemos haber escuchado más de cien veces.

Mi mamá era hija de una pareja de campesinos de Entre Ríos. Nació y creció en el campo entre animales, pájaros y flores. Ella nos contó que una mañana, mientras paseaba por el bosque recogiendo ramas caídas para encender el fuego del horno vio un capullo de gusano colgando de un tallo quebrado. Pensó que sería más seguro para la pobre larva llevarla a la casa y adoptarla a su cuidado. Al llegar, la puso bajo una lámpara para que diera calor y la arrimó a una ventana para que el aire no le faltara. Durante las siguientes horas mi madre permaneció al lado de su protegida esperando el gran momento. Después de una larga espera, que no terminó hasta la mañana siguiente, la jovencita vio cómo el capullo se rasgaba y una patita pequeña y velluda asomaba desde dentro. Todo era mágico y mi mamá nos contaba que tenía la sensación de estar presenciando un milagro. Pero, de repente, el milagro pareció volverse tragedia. La pequeña mariposa parecía no tener la fuerza suficiente para romper el tejido de su cápsula. Por más que hacía fuerza no conseguía salir por la pequeña perforación de su casita efímera. Mi madre no podía quedarse sin hacer nada. Corrió hasta el cuarto de las herramientas y regresó con un par de pinzas delicadas y una tijera larga, fina y afilada que mi abuela usaba en el bordado. Con mucho cuidado de no tocar al insecto, fue cortando una ventana en el capullo para permitir que la mariposa saliera de su encierro. Después de unos minutos de angustia, la pobre mariposa consiguió dejar atrás su cárcel y caminó a los tumbos hacia la luz de la ventana. Cuenta mi madre que, llena de emoción, abrió la ventana para despedir a la recién llegada, en su vuelo inaugural. Sin embargo, la mariposa no salió volando, ni siquiera cuando con la punta de las pinzas la rozó suavemente. Pensó que estaba asustada por su presencia y la dejó junto a la ventana abierta, segura de que no la encontraría al regresar. Después de jugar toda la tarde, mi madre volvió a su cuarto y encontró junto a la ventana a su mariposa inmóvil, las alitas pegadas al cuerpo, las patitas tiesas hacia el techo. Mi mamá siempre nos contaba con qué angustia fue a llevar el insecto a su padre, a contarle todo lo sucedido y a preguntarle qué más debía haber hecho para ayudarla mejor. Mi abuelo, que parece que era uno de esos sabios casi analfabetos que andan por el mundo, le acarició la cabeza y le dijo que no había nada más que debiera haber hecho, que en realidad la buena ayuda hubiera sido hacer menos y no más.

Las mariposas necesitan de ese terrible esfuerzo que les significa romper su prisión para poder vivir, porque durante esos instantes, explicó mi abuelo, el corazón late con muchísima fuerza y la presión que se genera en su primitivo árbol circulatorio inyecta la sangre en las alas, que así se expanden y la capacitan para volar. La mariposa que fue ayudada a salir de su caparazón nunca pudo expandir sus alas, porque mi mamá no la había dejado luchar por su vida. Mi mamá siempre nos decía que muchas veces le hubiese gustado alivianarnos el camino, pero recordaba a su mariposa y prefería dejarnos inyectar nuestras alas con la fuerza de nuestro propio corazón.

—Es una historia bellísima, Demián.

—Sí. Pero eso no cambia nada de lo demás.

—Lo demás...

—Sí. Aunque mis amigos y el resto de la familia se hagan los modernos, estoy seguro de que van a pensar lo mismo que yo, que es un desatino que una mujer que fue la esposa de un tipo como mi padre y que tiene su edad...

—¿Estás seguro de que ellos coincidirían contigo? ¿Que tendrían la misma visión?

—No me lo dirían, pero lo sé, porque yo con ellos actuaría igual: me mostraría como un tipo abierto, total la madre y la vergüenza es de ellos.

—Ajá. ¿Y tu hermano? ¿Cómo se lo tomó tu hermano?

Debo reconocer que la pregunta de Jorge me hizo sentir incómodo. Si había algo de lo que no quería hablar era de la actitud de Gerardo. Porque ese animal inimputable, no sólo felicitó a mi madre, sino que de inmediato quiso conocer al tipo. ¡Y después le dijo que «Francisquito» le cayó bien!

Pero, de qué me podía sorprender, Gerardo siempre había sido una persona a la que todo le parece bien. Desde chicos, mi gran pelea con mi hermano mayor, era que él jamás quería discutir. Siempre fue el conciliador de la familia, el gran optimista, el que veía siempre el lado bueno de las cosas. El hombre de la botella medio llena.

Mientras yo me peleaba con el mundo entero, con las circunstancias, con mis amigos, él era el dialoguista, al que siempre todo le venía bien. Si íbamos a veranear a Córdoba, adoraba las sierras; si los papis elegían la costa, el mar era incomparable y si no podíamos salir de vacaciones empezaba a alabar la tranquilidad veraniega de Buenos Aires.

Y ahora era lo mismo: si mamá se quedaba sola, tejiendo escarpines para los posibles nietos, le parecía una maravilla; y si decidía tener un compañero, opinaba que no había cosa mejor para ella que volver a querer.

—Te prometo, Jorge, que esta vez pensé que Gerardo iba a reaccionar. Después de todo, él siempre fue el «niño» de mamá, el más mimado por ella. Yo tenía mejor relación con mi padre. Por eso, cuando hablé con él creí que iba a coincidir conmigo en que todo era una locura de mamá.

—¿Y no fue así?

—¡Qué va! Me dijo que yo era un troglodita, un tipo de la Edad de Piedra, que no me daba cuenta de que mamá era joven y que necesitaba sentir tanto como cualquiera. Que ya era hora de que rehiciera su vida, etcétera, etcétera.

—Pero sus argumentos no te convencieron...

—Me pusieron más furioso todavía. Porque para él es fácil, primero porque nunca se hace problemas por nada y después, porque para él lo de los roles no es importante. Él puede dejar salir su lado homosexual por donde le dé la gana. Pero para mí no es así. Yo no tengo ganas de salir corriendo a conocer a un tipo que quiere ocupar el lugar de mi padre muerto.

—¿El lugar de tu padre muerto? —señaló Jorge—. ¿A qué lugar te refieres exactamente? —me preguntó el muy bastardo.

Mis palabras en boca de Jorge sonaron totalmente insensatas.

—Es que no entiendo, Jorge —intenté argumentar—. ¿Con qué necesidad?

Era tan obvio lo que estaba pasando que los dos nos echamos a reír.

—Tienes razón, tienes razón —dije en medio de una carcajada algo triste—. Pero admíteme que es difícil aceptar que la madre de uno «además» es una mujer…

Y nos seguimos riendo, tronchándonos, durante un largo rato.

CAPÍTULO 19

Finalmente lo conocí. Ocurrió, como mamá lo había planeado, el día de su cumpleaños. Y, a decir verdad (lamento admitirlo), no estuvo mal. Sea gracias a mis charlas con Gerardo, a lo visto en terapia, o a los comentarios más que comprensivos de Paula (que sostenía que era una suerte poder tener una madre enamorada), el caso es que terminé agradeciendo que Francisco estuviera en ese cumpleaños. No tanto por él mismo, que de todas maneras se parecía mucho a la descripción de mamá, un buen tipo, agradable, culto y equilibrado, sino por cómo vi a mi madre esa noche.

Mamá tenía los ojos iluminados, una sonrisa hermosa y una paz en la voz que hacía años no le notaba. De hecho, desde que murió mi padre, nunca la había visto tan feliz. Una rara sensación de calorcillo y de complicidad me provocó un placer casi desconocido y me permitió llorar cuando mi mamá soplaba las sesenta y cinco velitas encendidas de su tarta.

Desde luego, que el viernes posterior al cumpleaños, no podía hablar de otra cosa.

Después de contarle todo con detalles y espiar cómo a Jorge también se le empañaban los ojos, una cosa más apareció:

—¿Sabes? Como todos, creo, a mí muchas veces me pasó que me alegraba por la felicidad de mis amigos, de mi hermano, de mis parejas; pero jamás me había sucedido algo así con mis padres. Y no es que yo quisiera que ellos fueran infelices. No. Sólo que era un asunto que no me preocupaba, simplemente jamás me detuve a pensar en eso. Como si fuera algo que no tuviera nada que ver conmigo... Creo que jamás me fijé si de verdad eran felices o no. Ni siquiera cuando murió papá... Por supuesto que, en los primeros tiempos, yo me acerqué a mamá mucho más. La llamaba por teléfono dos o tres veces por día y la visitaba cada noche... Pero hoy sé que lo hacía más por mí que por ella. Yo la necesitaba, yo estaba triste. Lo que a ella le pasaba era duro, seguramente, pero quedaba en un segundo plano, se había muerto mi papá...

—Sí, claro, Demián, tu papá y SU pareja.

—Es cierto. Su pareja de toda la vida.

—Y con ella, sus sueños, sus proyectos, sus fantasías, su intimidad.

—Sí, claro. Entiendo... Lo que pasa es que ahí es donde dejo de entender que se aparezca ahora con una nueva pareja...

—Te cuento un cuento...

La historia habla de un empresario muy rico que cada año suele enviar con su secretario un generoso cheque de contribución para la iglesia de su pueblo.

Un día, imprevistamente, el empresario en persona va a ver al párroco.

—Hijo mío, qué gusto me da verte, hace tiempo que no venías por aquí —le dice el cura.

—Bueno, la verdad, padre, es que no me traen buenas noticias. Vengo porque este último tiempo me ha ido realmente muy mal, en especial en los negocios; por eso, he querido traerle yo mismo el cheque de este año, como verá, es menos de la mitad que el de los años anteriores —dice el hombre, acongojado.

El cura, con un tono comprensivo, trata de tranquilizarlo:

—No te preocupes, hijo mío, Dios nos va a ayudar. A nosotros y también a ti, que parece que lo necesitas.

—No, no lo creo, padre, soy consciente de que ya no hay forma de salvar esta situación —responde el hombre, invadido por la desesperanza—. Ha habido demasiados errores y de todos soy yo el responsable.

Entonces, el cura, que comprende la difícil situación económica por la que atraviesa el empresario, le ofrece devolverle su contribución.

—Gracias, padre —le dice el hombre—, eso no cambiaría demasiado las cosas; lo único que le pido es que sepa comprender que a partir de ahora ya no podré seguir colaborando con la parroquia.

—No te preocupes por eso, nos apañaremos... —le dice el cura—. Antes de irte, déjame contarte algo que puedes tomar como consejo. Cuando nuestros ancestros se encontraban perdidos en medio de una crisis a la cual no le encontraban salida, solían tomar el libro de los Santos Evangelios con el lomo hacia arriba y lo alzaban unos cuantos centímetros por encima de una mesa. Ellos solían recitar algún salmo y, con toda su fe, lo dejaban caer para que se abriera, al azar, por el impacto. Entonces, con los ojos cerrados, ponían un dedo en el texto y leían el párrafo señalado. Allí, en esa frase del libro sagrado solían encontrar la respuesta a su problema. Ellos decían que sus manos eran guiadas por el mismo Dios, porque para Él siempre hay una salida.

El hombre escuchó la historia con recelo, agradeció y se marchó con una tibia sonrisa.

Seis meses pasaron desde aquella vez.

Una mañana, una limusina blanca, enorme, se estaciona frente a la puerta de la iglesia. El mismo hombre, finamente vestido, con otra templanza y una sonrisa que le desborda el rostro, baja del automóvil.

El cura lo reconoce inmediatamente y, después de un fuerte abrazo, le dice:

—Me alegra tanto que nos visites… Sospecho que te traen mejores noticias que la última vez que nos vimos.

—A mí también me da gusto verlo, padre —contesta el hombre, exultante—. En efecto, he venido con prisas a saludarlo y para traerle la mitad de dinero que no pude darle el año pasado. Es más, si no se ofende, me encantaría duplicar mi contribución de este año.

—Bueno, hijo, muchas gracias —contesta el párroco—, me alegra saber que te acuerdas de nosotros también en los momentos de alegría.

—¿Cómo no acordarme, padre? Después de todo, este cambio no habría sucedido si usted no me hubiera contado la historia de la costumbre ancestral de los Evangelios.

—¿Cómo es eso, hijo?

—¿Se acuerda que vine angustiado por el desastre en el que encontraba? Después de escuchar su historia le confieso que me fui casi riéndome de su ingenuidad. Mi problema es concreto y material, no del espíritu, pensé. Pero en casa me encontré tan desesperado que tomé los Evangelios del cuarto de mi madre y me animé a seguir su consejo… Al leer lo que mi dedo señalaba entendí todos mis errores y pude empezar a salir del horrible lugar en el que estaba. Una vez más, gracias, padre, ha sido un gran placer verlo. Nos volveremos a ver el año próximo… —Y dicho esto empezó a marcharse…

—Un momento, hijo mío, un momento… Estoy muy interesado en saber qué decía en la hoja que tu dedo señaló en los Santos Evangelios.

—Ah, claro, padre, decía: «Capítulo 19».

—Qué bien —responde el cura y agrega—: Perdona mi mala memoria, pero ¿qué dice el capítulo 19?

—¡Ah!, no lo sé, padre, nunca lo leí —responde el hombre.

—No lo entiendo —dice el párroco—, entonces... ¿Cómo te ayudó?

—Es que en ese momento me di cuenta inmediatamente, padre, de que más allá de lo que dijera el capítulo 19... el capítulo anterior, el 18, había terminado.

—¿Me estás diciendo que Francisco es su capítulo 19?

—Te estoy diciendo que tu mamá intenta escribir lo que sigue de su historia para no seguir leyendo el capítulo que para ella, irremediablemente, terminó con la muerte de tu papá.

Me quedé pensando en que una vez más el Gordo tenía razón...

—¿Qué mal, no? —dije al fin—. Jamás me puse a pensar si ella lo echaba de menos, si sufría, si lo necesitaba. Semejante estúpido, yo pensaba que a ella se le había muerto el padre de sus hijos. Qué vergüenza... Todos estos años ignorando a la persona que mi mamá es.

—¿Otra vez con la vergüenza?

—Sí, ya sé, Gordo. Pero es que ahora me doy cuenta de que quizás era ésta la vergüenza. La única vergüenza que de verdad sentía. Ahora me acuerdo de que el otro día, cuando la vi sonreír tan fresca al lado de Francisco, algo me hizo clic adentro. Creí que me había molestado estar presenciando una especie de infidelidad. Ahora me doy cuenta de que no era eso. Fue la extrañeza de ver a mi mamá en otra dimensión. Nunca en mi vida la había mirado realmente como a una persona, más allá de la familia, más allá de su rol de madre, más allá de ser la viuda de... Es raro y me siento horrible... Nunca supe escucharla... Parece como si acabara de descubrir a mi mamá. Siento que fui un tonto.

—Pero por lo menos, ahora eres un tonto consciente de ser tonto. Quizás eso te haga ser menos tonto...

—Sí, aunque no sea éste precisamente el mejor momento para ser tonto.

—¿Por Francisco?

—No. Es otro tema. Te lo cuento el viernes.

Capítulo 20

Aquel día no lo comenté, porque no se dio la oportunidad.

Hacía ya tres años que yo estaba pensando en irme a Estados Unidos o a Canadá a hacer un master en mi especialidad. Había mandado algunas cartas y cada vez que me acercaba a una opción real, algo de mi vida exterior impactaba tanto como para postergarlo o descartarlo. El primer aplazamiento había sido, por supuesto, la enfermedad y la muerte de mi padre.

Durante la última charla que tuve con mi hermano sobre el tema de mamá, Gerardo me había hecho un comentario respecto de un amigo suyo que estaba montando un proyecto médico de alta tecnología en Brasil.

En ese momento apenas le di importancia a la cuestión, pero en el cumpleaños de mamá, Gerardo sacó otra vez el tema, para aclararme que, por si no lo había entendido, estaban buscando un nefrólogo con experiencia en diálisis.

Durante la siguiente hora y media me contó detalles que había averiguado, más algunos de su amigo y de las condiciones económicas que le habían pasado para mí.

Mi hermano estaba en lo cierto, era una gran oportunidad.

Y no sólo para crecer en la profesión.

Más allá de la propuesta económica, que era de por sí tentadora, me atraía la idea de respirar un aire nuevo, darle un giro completo a mi vida cotidiana para hacer una real transformación.

Todo sonaba como una melodía fascinante, difícil de resistir.

—Ojalá no sea como el canto de las sirenas de Ulises en *La Odisea* —le dije al Gordo.

—Ojalá —dijo—, pero no nos olvidemos que Ulises justamente, que sabía del riesgo que corría, no quiso perderse la belleza de su canto y encontró la manera de protegerse del hechizo maldito de los monstruos de la costa sin dejar de escuchar la melodía.

—Es que hace ya varios años que me siento estancado profesionalmente. Hasta ahora, no me parecía urgente porque estaba tan tapado por mis problemas afectivos y cotidianos que todo eso de la realización profesional quedaba por el quinto plano. Parece que empezar a ordenarme en estos aspectos me trae a flote estas otras necesidades.

—¿Me estás echando la culpa a mí? —preguntó el Gordo.

—Sí —le dije sonriendo.

Le di un sorbo al mate y seguí.

—De verdad que en el hospital muchas veces siento como si hubiera alcanzado un techo. Puedo postular para ser Jefe de Sala y todo eso, pero es finalmente un cambio de fachada. Yo no voy a dejar de hacer lo que hago por ser jefe, ni voy a cambiar mi manera de relacionarme con los pacientes y los compañeros. Además, supongo que siempre viene bien oxigenar las ideas y nutrirse de nuevos proyectos...

—¿Y qué te frena?

—Sabía que me ibas a preguntar eso y creo que son dos problemas diferentes. El primero está centrado en la dificultad que tengo para tomar efectivamente la decisión de presentarme para la vacante.

—¿Y cuál es el problema de presentarse?

—No hay ningún problema, mi currículum parece justo para la búsqueda de ellos... Es más, el hecho de hablar portugués y de haber vivido un tiempo en Río me dan un poco de ventaja sobre los otros que postulen.

—¿Y entonces?

—Es que es una situación horrible. Si me presento y no califico para el puesto, me voy a sentir muy, pero muy mal. Con una frustración para dos años de terapia.

—¡¡¡Dos años!!! Entonces crucemos los dedos para que no suceda, yo te ayudo a estudiar...

—Qué gracioso... —acoté—. Aunque también puede suceder que obtenga la calificación y entonces...

—Y entonces...

—Me tendría que ir...

—¿Y no quieres?

—Ése es el segundo problema. No estoy seguro.

—A ver si entiendo: si no te eligen, te frustrarías; si te escogen, te sentirías obligado a irte y no estás seguro...

—Eso exactamente: me siento como entrampado.

—Bueno, recurramos a la sabiduría que aporta el humor. Un viejo dibujante cómico argentino llamado Landrú, decía: «Cuando esté en un callejón sin salida, no lo dude, salga por donde entró».

—Por donde entré es por la posibilidad de irme a hacer una experiencia afuera. Pero en este caso no creo que me sirva demasiado salirme del proyecto. Si al fin decidiera no presentarme y cancelar mi idea de viajar a otro país, voy a quedarme pensando que el miedo me impidió aprovechar la gran oportunidad cuando se presentó. Creo que ignorar todo lo que he dicho pienso que me dejaría en terapia por el resto de mi vida.

—Eso sí que hay que evitarlo —dijo el Gordo ahora riéndose ampulosamente—. A ver si encontramos un atajo en este cuento de *El Talmud*...

David era un hombre muy piadoso y observante. Un judío devoto y creyente.

Una noche, mientras dormía, un ángel se le apareció en sueños.

—David —le dijo—, vengo del cielo a concederte, en este sueño, un deseo. Dios ha decidido premiarte y me envía con este mensaje. Puedes pedir lo que desees y durante el sueño lo recibirás tal como lo pidas y lo experimentarás con tanta intensidad como si te estuviera pasando en la vida real. Al despertar lo recordarás como algo vivido y no sólo como un sueño. Pide, pues. ¿Qué es lo que más quieres?

David pensó un momento y luego recordó que había un tema que lo estaba persiguiendo últimamente, el tema de su propia muerte.

Animado por el ángel, pidió:

—Quiero que me digas, exactamente, qué día y a qué hora me voy a morir.

El ángel pareció ponerse más pálido todavía y dudó…

—Hmm… No sé si puedo decirte eso.

—Tú me dijiste que era el deseo que yo quisiera. Pues bien, eso es lo que quiero.

—También te dije que esto era un premio para ti y si te digo lo que me pides vivirás como un desgraciado contando los días que te faltan hasta el final. Eso no sería un premio sino un castigo. Elige otra cosa.

David pensó y pensó. Pero como siempre, cuando la idea de la muerte se adueña de la cabeza, es difícil erradicarla…

—Dime, aunque sea, el año de mi muerte —pidió.

—Eso sería aun peor, en lugar de contar días contarías años. De ninguna manera. Piensa en otra cosa.

No había manera.

—¿Y no podrías decirme aunque sea el día de la semana? —preguntó al fin.

El ángel se dio cuenta de que no podía hacer nada para

sacarlo de ese lugar y que, si no le contestaba, eso también sería no cumplir con su misión, que era premiar a David.

Pensando en todo eso, un poco a regañadientes, el mensajero aceptó:

—Ya que eres un buen hombre y un buen judío, te corresponde el honor de estar entre aquellos elegidos que mueren en el día más santo de la semana. Te morirás en Shabat.

Dicho lo cual el ángel se despidió y David durmió plácidamente hasta la mañana siguiente.

Al despertar, tal como su aparición se lo había anticipado, tenía el vivo recuerdo de lo que había soñado, y el halago de ser el único hombre que conocía que sabía por anticipado que se moriría en sábado.

Todo anduvo muy bien, por lo menos hasta el viernes. Porque mientras se preparaba para la llegada del sábado, David empezó a temblar.

¿No sería éste el sábado de su hora? ¿Sería ésa la razón por la cual el ángel había aparecido ahora? ¿Qué sentido tenía ir al templo el último día de su vida? Ya que se iba a morir, prefería que sucediera en la casa. David mantuvo los suyos rodeándolo toda esa noche y todo el día siguiente mientras él permanecía inmóvil en la cama, esperando su último suspiro.

El sábado, cuando apareció la primera estrella, David se dio cuenta, con alegría, de que no había muerto.

Después de festejar con los suyos, tuvo una semana de mucho trabajo hasta que el jueves tomó conciencia de que el fin de semana se acercaba.

Ese viernes y ese sábado fueron un martirio para todos. David entendió que había cometido un error. Sabía algo que hubiera preferido no saber, porque sólo le servía para sufrir y hacer sufrir a los que quería.

Dispuesto a buscar una solución, viajó para consultar con el gran Rabino lo que le pasaba.

—¿Hay alguna manera, Rav, de olvidarse de lo que uno sabe? —le preguntó después de contarle su problema.

—No —dijo el Rav—. Pero tienes otra solución si estás dispuesto a consagrarte a la lectura de la Torá.

—No entiendo —dijo David.

El gran Rabino trajo a la mesa El *Zohar* (un libro de altos estudios cabalísticos, numerológicos y esotéricos). Pasó las páginas hasta encontrar lo que buscaba y leyó:

«Ningún judío creyente en el Señor, nuestro Dios, muere mientras está leyendo la Torá».

—¿Comprendes? Si empiezas a leer la Torá cada viernes en la noche y lo haces sin detenerte hasta la primera estrella del día siguiente, la muerte no golpeará a tu puerta.

—¿Seguro, Rav?

—Lo dice El *Zohar*, hijo.

David tenía finalmente la solución.

Para un judío religioso, un ángel en un sueño es un mensajero de Dios y era impensable que el mensaje que dejaba fuera mentira, por muy molesto que él hubiera estado en sus preguntas. Por otra parte, El *Zohar* decía lo que el Rav le había leído y era imposible que el libro aseverara algo que no fuera cierto.

Por ende, como el Rabino había sugerido, cada viernes antes de comenzar el Shabat, el hombre subía al altillo para que nadie lo interrumpiera, encendía una vela, se despedía de su familia y leía sin detenerse hasta que, desde la ventana, veía aparecer la primera estrella de la noche del sábado.

Allí, cuando el Shabat había concluido, bajaba a reencontrarse con su familia, con sus amigos, con su hogar.

Pasaron dos o tres meses, quién sabe; y una mañana de sábado, mientras David leía sin parar el sagrado libro de la Torá, escuchó por la ventana la voz de alguien que gritaba desesperado:

—¡Fuego! ¡Fuego! Se prende fuego la casa. Salgan. Hay fuego... Rápido...

Era Shabat y él recordaba el mensaje del ángel, pero también recordaba que El Zohar aseguraba que en esa actividad estaba seguro.

Como para convencerse se repitió:

—Nada me puede pasar, estoy leyendo la Torá.

Pero las voces de la calle arreciaban:

—Los que están en el altillo... ¿Me escuchan? Salgan ahora, después puede ser tarde... Salgan.

David se repetía internamente que el ángel no podía haber mentido, que El Zohar no podía mentir. Qué sería de su fe y de sus creencias si desconfiara de eso.

El hombre que leía hubiera querido no escuchar más que la voz de su corazón, pero sus oídos le llevaron el grito del hombre desde la calle.

—Es su última oportunidad... ¡Los del altillo! ¡Salgan ya!

David tembló. Esto le pasaba por haberse querido salvar, por haber intentado burlar el destino. Finalmente, iba a morir víctima de su intento de salvarse.

—Quizá todavía esté a tiempo —se dijo finalmente. Y cerrando el libro de la Torá, miró a la escalera confirmando que el fuego todavía no había llegado allí. David bajó tratando de escapar de su muerte segura. Corría escaleras abajo, saltando los escalones de dos en dos para salir más rápidamente. Así fue como tropezó y rodó por la escalera hasta el suelo, golpeándose la nuca con el último escalón.

David murió en el acto, ese Shabat, sin enterarse de que el incendio era en la casa de enfrente y que nunca hubiera llegado a la suya.

—Vas a tener que escuchar a tu corazón, Demi, a lo mejor de eso se trata la vida.

Capítulo 21

Así es, de eso se trata la vida, de escuchar al corazón, de dejar de atender a las voces que vienen desde las ventanas y que dicen cosas que quizá ni siquiera son para nosotros.

Por supuesto que me presenté al concurso para la vacante de nefrólogo en Brasil.

Hacía mucho que no pasaba un examen, por lo menos en el área laboral. Me gustó comprobar que soy igualmente vacilante cuando soy examinado en mi profesión como cuando siento que me están evaluando fuera de ella. También me gustó confirmar que mis dudas sólo retrasan un poco mi decisión, pero cuando la tomo es con la convicción necesaria para sostenerla como pocos.

En las siguientes semanas traté de no pensar en las posibilidades de ser el elegido o no. Había aprendido que en una evaluación como ésa, no sólo juega lo que uno sabe y eso lo entiende cualquiera que haya sido mal evaluado. Por otra parte, al que da un examen siempre le parece que aquello en lo que falló o no supo contestar debía ser lo más importante para aprobar, y por supuesto que la mayoría de las veces no es así (ni en la medicina ni en la vida).

Mientras tanto, mi relación con Paula acababa de pasar exitosamente lo que yo consideraba otro gran examen: la comprometedora barrera de los cuatro meses. Lo notable y maravilloso era que no sólo no había signos de aburrimiento (lo que en mí era indudablemente un logro), sino que además, los dos sentíamos que «lo nuestro» (como lo llamábamos para evitar palabras aprisionantes), cada vez iba mejor.

Sin duda, la mayor parte de este triunfo se lo debíamos a ella.

Paula jamás perseguía, ni hostigaba, ni acosaba. Sabía pedir y podía aceptar algún no como respuesta; podía frustrarse, pero jamás levantaba el dedo para reclamar, ni juzgar, ni condenar.

Entre ella y yo (y esto era absolutamente sorprendente para mí) nunca hubo, en cuatro meses, un solo reproche.

Tampoco era indiferente. Era más bien la confirmación permanente de aquella imagen del bar de Rosario en nuestra primera cita: natural y espontánea. Era la guardiana ideal de nuestra decisión explícita de nunca pretender apresurar los tiempos. Nunca dejó que yo, más atolondrado, la enredara con mis escandalosamente entusiastas proyectos, a veces fuera de foco.

En otras palabras, Paula era maravillosa. Y montada en toda su «maravillez» ella lograba hacer de nuestra relación algo franco, sencillo y sin demasiadas complicaciones.

Seguramente por eso me transmitía esa tranquilidad increíble.

Con ella sentía que podía ser yo mismo y mostrarme tal cual era, porque en sus opiniones y comentarios nunca había un tono de enjuiciamiento ni de pontificación, por encontradas que fueran nuestras posiciones.

Y, claro, hablando de encuentro y de posiciones, es necesario recordar que compartimos unos encuentros sexuales por lo menos gloriosos.

El sexo era, como queda claro, encantadoramente importante en nuestra relación, pero creo que hubiera sido un detalle más si no fuera por lo que verdaderamente me sorprendía y cautivaba: lo mucho que nos reíamos cuando estábamos juntos.

Todo era de diez, salvo por un detalle…

De vez en cuando yo desconfiaba un poco. ¿No sería una estrategia…?

Lo hablé con Jorge, entre mate y mate, exactamente la semana anterior a recibir la respuesta de Brasil.

—A veces pienso que Paula es la persona más maravillosa que pude haber encontrado viviendo en el sensual cuerpo de la mujer más hermosa que conocí en mi vida. En esos momentos, por supuesto, me siento agradecido por la suerte única que tuve. Pero en otros momentos empiezo a sospechar, a comerme el coco. Me viene la paranoia, como dices tú, y pienso que en realidad es como todas. Que lo que pasa es que simula mejor. En el fondo, seguro que tiene escondido que quiere casarse, y etcétera, etcétera, etcétera.

—¿Y ella qué dice?

—¿Sobre mis sospechas? Nada, no se las comento.

—¿Y sobre el matrimonio y etcétera, etcétera?

—Del matrimonio, etcétera, etcétera no habla demasiado. Una vez salió el tema, creo que yo lo traje a colación. Se ve que me puse tan en guardia y circunspecto que a ella le dio un ataque de risa y yo no podía ni hablar. Al final yo terminé contagiándome con ella y tuvimos que dejar el tema pendiente porque no podíamos parar de reírnos.

—¿Y no lo volvisteis a hablar?

—Sí. Al otro día. Después de hacer el amor, Paula se sentó en la cama y me dijo algo así: «Oye, Demi, yo creo que hay mucha gente equivocada, buscando ansiosamente por el mundo alguien con quien casarse, tener hijos y formar una familia. Ellos y ellas salen a buscar un marido o una mujer que les encaje, para su proyecto. Yo creo que se olvidan de que casarse y todo lo demás debería ser en todo caso una consecuencia posible del amor, pero que no puede ser su objetivo. Lo que yo quiero, Demián, es saber que amo verdaderamente a alguien y sentirme realmente querida por él. Si eso me sucede, estoy casi segura de que con esa persona yo podría soñarlo todo, inclusive un matrimonio, una familia o hijos. Si no me sucede, no me creo capaz de programar ni las vacaciones de invierno».

—Qué bien... ¿Y tú?

—Y yo en ese momento me llené de emoción y la besé hasta el cansancio. Aunque hoy, mientras te lo contaba, pensaba que al final era lo mismo de todas... Un planteamiento un poco más sutil que el de las demás chicas, pero con el mismo resultado...

—Por supuesto que no es el mismo, Demián —me interrumpió Jorge, un poco alterado.

El Gordo se levantó y empezó a caminar a mi alrededor mientras me hablaba, cosa que solía hacer cuando buscaba las palabras exactas para decir EXACTAMENTE lo que quería decir.

—Las relaciones entre las personas —me dijo— son infinitamente distintas, porque las personas son infinitamente distintas entre sí. Si las personas no son idénticas, sus proyectos tampoco lo serán, salvo aquellos planes que hayan nacido y crecido en el espacio creado por ambos. Es por eso que es igualmente válido que algunos quieran casarse aunque no tengan hijos, otros sean partidarios de una relación en casas separadas, y otros más llenen sus apartamentos de críos... Yo coincido absolutamente en que el amor es lo primero y sólo después aparece el proyecto. En todo caso, eso es lo sano y no a la inversa. Quizás esté equivocado en mi posición pero tengo la certeza de que ¡NO ES LO MISMO!!

—Está bien. Está bien... Pero dicho por Paula es diferente. Reconozco que en su boca me genera cierta inquietud.

—¿Por qué...? —me increpó—. Si tú mismo dices que estás de acuerdo. Si tu primera reacción fue llenarla de besos, como me contaste, ¿qué significa esta postura horrible de desconfianza que muestras ahora?

Hice un largo silencio. Paula me había dicho lo que siempre quise escuchar de labios de una mujer, había repetido aquella noche palabras e ideas que cientos de veces yo mismo había defendido, una vez más había mostrado su aspecto más fascinante, su capacidad de combinar madurez y claridad con ternura infinita y presencia.

—¿La verdad, Gordo? Porque es demasiado bueno para ser cierto. Tengo miedo. Mi fantasía es que si le creo, voy a ser el responsable de despertarme una mañana con una bruja a mi lado, que se desdiga de todo y me confiese que lo único que siempre soñó es tener una casita en el campo con un marido fiel y diez hijos.

—Estás un poco rebuscado hoy... Me haces acordar de un cuento que siempre repetía mi tío Rafa...

El chisme es en el pueblo la única forma de transmisión de las noticias y todos se ocupan de no ser sus víctimas aunque no les moleste ser victimarios.

Dos hombres que se encuentran en la estación de trenes. Uno llega, el otro se va...

Son sólo vecinos, aunque se llamen amigos. Han compartido muchas cosas menos una verdadera amistad. Se conocen bien, se celan, se controlan, se vigilan.

Desde hace años, para cada uno de ellos ganar bien es sinónimo de ganar una moneda más que su vecino.

Sin embargo, se llenan la boca de sonrisa cada vez que se cruzan y registran en su memoria los colores de la ropa que tienen y el estado de conservación de los zapatos que usan.

Al verse se detienen y aparatosamente se abrazan, para que todos los vean…

Después, uno le dice al otro:

—¿Adónde vas con esas maletas?

—A Ucrania —contesta el otro.

—¿A Ucrania? Ja… Yo te conozco mucho, mi querido amigo. Tú me dices que vas a Ucrania para que yo crea que NO VAS a Ucrania, pero YO SÉ QUE VAS a Ucrania… ¿Por qué me quieres engañar a mí, que soy tu amigo?

La carcajada de Jorge retumbó en el cuarto:

—Y con un razonamiento por el estilo prefieres desconfiar...

—Claro, para que no me pille tan de sorpresa.

—Ay, Demián… Tú sabes que yo te quiero mucho… —Hacía años que el Gordo no me decía que me quería y me encantó escucharlo—. Pero si desde mi amor pudiera desearte solamente una cosa, creo que hoy pediría que tus ganas de hacer pareja, tu deseo de casarte o tu decisión de parir hijos aparezcan siempre y solamente inspirados por la mujer que esté a tu lado y nunca al revés.

—O por el hombre que yo elija —acoté—… para no ser excluyentes.

El Gordo sonrió.

—Verdad —dijo el Gordo—, para no excluir. Pero yo hablaba de ti y por ahora no te veo la pluma, como se suele decir. Claro que podrías llegar a ponerte en pareja con un hombre, si así lo decidieras, aunque para casarte posiblemente tendrías que esperar un poco, por lo menos en Argentina… De todas maneras, Demián, te contaba de mi deseo y no de lo que debería pasarte.

—¿Te estás volviendo homófobo?

—No. Creo que me estoy volviendo viejo.

Capítulo 22

Al recibir la respuesta del trabajo, me di cuenta de que los temores respecto de Paula no eran sólo los que había confesado.

Si lo quería, el puesto era mío.

Si lo quería, en dos meses debía preparar todo y partir.

Si me decidía a irme, iba a enfrentarme a mi único y verdadero temor:

perder a Paula.

Antes de seguir comiéndome el tarro preferí sentarme con mi amigo Pablo, por si acaso estaba rodeándome de fantasmas inexistentes. Nos encontramos en el bar de siempre a tomar una cerveza, y le conté de mis miedos. Pablito se mostró superoptimista y expuso sus irrefutables argumentos:

—Tú me dices que Paula te alentó para que te presentaras, que estuvo totalmente de acuerdo con que para ti era una gran oportunidad...

—Completamente, incluso me ayudó a preparar el currículum, me hizo trámites. Se portó maravillosamente.

—¿Y entonces? ¿Cómo piensas que se va a enfadar porque hayas obtenido lo que querías?

—No, Pablo, yo estoy seguro de que se va a poner feliz por mí, porque Paula es una mujer diez, más allá de ser mi pareja, es alguien que cualquiera elegiría a la hora de tener una buena amiga. Pero yo no tengo miedo de que se enfade, sino de que lo nuestro... se termine. Las relaciones a distancia no funcionan, al principio, puede ser, pero con el tiempo...

—¿Cuánto dura tu contrato? ¿Un año?

—Sí. Pero con muchas posibilidades de renovación.

—A ver si te entiendo, tienes miedo de que, después de un tiempo, ella decida no seguirte esperando...

—No, Pablo. Tengo miedo de que... —casi no podía poner en palabras lo que sentía. Lo repetí para animarme—. Tengo miedo de que no quiera venirse conmigo.

—¡Achalay! —dijo Pablo, a quien la sorpresa le rescató el indio que llevaba en la sangre—. Por ahí van los tiros... Caray, no pensé que estabas tan metido. Irse juntos... ¡Coño!

—¿Me entiendes ahora?

Pablo se quedó en silencio y luego se le iluminó la mirada, como si hubiera hallado una respuesta infalible:

—Entonces, tienes que encarar el tema por otro lado, Demi. Yo estoy seguro de que todas las mujeres, incluso las diferentes como Paula, tienen una capacidad «genética» para el amor y por eso son capaces de seguirlo adonde quiera que vaya. Nosotros no lo podemos entender porque, comparados con ellas, los hombres somos una basurita desafectivizada.

—Ya lo sé, Pablo, pero Paula ni piensa en casarse. Ella jamás se iría detrás de un hombre —dije con un extraño tono de tristeza que incluso me sorprendió a mí mismo.

—Yo no hablo de un hombre, ni de un matrimonio, tonto. Hablo del amor. ¿Comprendes? Del amor. Para todas las chicas que he conocido en mi vida, lo más importante siempre es el amor. Y te digo más, cualquiera puede ir adonde sea por lo que más le importa. Fíjate en el caso de Pupo, mi amigo Pupo. Se casó, tuvo tres hijos, una bonita casa y un trabajo seguro. Pero para el Pupo lo más importante siempre fue la pasta y, entonces, cuando le ofrecieron un montón de dinero para trabajar de camarero en uno de esos cruceros internacionales, éste ni lo pensó, lo abandonó todo y se fue. Le debe seguir yendo muy bien, porque no ha vuelto nunca… A mí mismo, consígueme un contrato como entrenador de fútbol en Tanganika. Y vas a ver como me subo al avión, con lo puesto.

—No sé, Pablo, ojalá tengas razón.

Por supuesto, ese viernes viajé a Rosario, por un lado exultante y, por otro, bastante nervioso y angustiado.

—Mira, Jorge, éstos son los folletos de la clínica de Brasil. Es la tecnología más avanzada de toda América. Los aparatos de monitorización y de diálisis no los encuentras ni en Estados Unidos. En muchos sentidos, estoy viviendo como en un sueño, es un logro muy, muy importante para mí. Un paso profesional decisivo. Aunque vuelva en un año, sería uno de los pocos que han tenido el privilegio de trabajar con lo último en nefro.

—¿Qué quiere decir «aunque» vuelvas? ¿Te piensas quedar?

—No lo sé, Gordo. Siempre me resuena eso que me dice Paula desde que la conozco: «Déjate llevar, no planifiques tanto, deja que la vida te sorprenda…» Y lo estoy intentando, pero es justamente con ella con quien no quisiera tener sorpresas.

—¿Qué pasa?

—Pasa que no quiero separarme de ella. No puedo dejarla, no quiero que me deje. Mañana se lo voy a plantear en firme. Quiero proponerle que se venga conmigo, que vivamos juntos, que nos casemos si ella quiere.

—Bueno, bueno... Cómo has cambiado...

—Sí, estoy enamorado, y creo que esta vez es en serio. Y posiblemente por eso, por primera vez, tengo miedo de que sea ella la que no esté dispuesta... Te lo digo y te prometo que ya estoy temblando.

—No lo hablaste entonces.

—No. La verdad es que hasta que no recibí la confirmación del puesto, no me di cuenta de cuánto me dolería separarme de ella. Ni lo había pensado.

—Es decir, cambiaste tu proyecto con esta oferta de Brasil y ahora quieres que ella se adapte a tu nuevo plan de vida.

—Dicho así parece terriblemente egoísta.

—¿Parece?

—Está bien, como lo que es. Pero si me quiere, si en verdad me ama como dice, antes o después, va a aceptar irse.

—Me parece que eso no coincide demasiado con lo que ella cree que es una pareja, según me contaste el viernes pasado, y mucho menos con lo que significa hacer proyectos juntos.

—¿Y entonces qué lugar le dejamos al amor? —pregunté, recordando mi conversación con Pablo—. Si uno ama terminará irremediablemente pendiente de las decisiones y los proyectos de alguien más.

—Amar sin depender es, sin lugar a dudas, uno de los grandes desafíos de la lucha diaria por una vida plena. Y no depender tiene costes que no son para nada baratos. Un individuo autodependiente, como me gusta llamarlo a mí, siempre será acusado por aquellos que todavía transitan espacios de cómodas o previsibles dependencias, de ser soberbio, tonto, cruel o agresivo, cuando no reprochado por antisocial, desamorado o egoísta. Aquellos que han aprendido a no depender tampoco permiten que otros dependan de ellos.

Saben que de cualquiera de los dos lados de la cadena, el esclavo y el amo son víctimas de la esclavitud, y la rechazan de plano. Reniegan de ser percheros de sombreros ajenos y no quieren apoyarse en otros para escalar posiciones. Quiero contarte este viejo cuento y después, si quieres, lo hablamos...

En el jardín de una vieja casona abandonada, brotaron el mismo día los tallos de una enredadera y de un roble.

La primera se dio cuenta enseguida de que su camino era el cielo y su destino el sol, gracias al cual había nacido. Debía consagrar todo su ser para dirigirlo a la luz. Y fiel a su decisión, se arrastró con un poco de asco hacia el muro, el único muro que quedaba en pie de la vieja casa y empezó a trepar por él.

El segundo tallo, el del roble, sintió que debía toda su existencia a la tierra, al agua y a los minerales que lo habían nutrido en su época más oscura. Sabía que necesitaba del sol, pero no podía dirigir sus ramas a él si no fabricaba antes un tronco firme sobre el cual desarrollarlas, y su intuición le señaló que necesitaba primero raíces firmes.

Durante un tiempo los dos nuevos habitantes del jardín se ocuparon cada uno a su modo de su propio crecimiento.

Desde lo alto, un día la enredadera descubrió al sudoroso roble, que apenas despuntaba entre la hierba.

—Hola, enanito —le dijo burlándose—, es una lástima que no puedas disfrutar el paisaje que se ve desde aquí...

—Sí... —dijo el roble—. Pero debo ocuparme de mis raíces si quiero tener un tronco sólido para crecer con él.

Pasaron los meses y después los años. La enredadera, poderosa, cubría casi todo el muro y seguía burlándose de vez en cuando de la pequeñez del gordo roble, pura madera y burdas raíces.

Una noche, sucedió lo que nadie esperaba. Una terrible y furiosa tormenta se desató sobre la vieja casona.

La enredadera se aferró con sus pequeñas raíces al muro para no ser arrancada por el viento y el granizo. El roble se afirmó con sus raíces profundamente metidas en la tierra y las hojas buscaron la protección del propio tronco.

Todo sucedió en un momento, un relámpago iluminó la noche y como en una cruel fotografía iluminó el instante en el que la última pared de la casa que quedaba en pie, se derrumbaba estrepitosamente y con ella dejaba en tierra los más altos tallos de la enredadera.

—¿Quién es el roble? —pregunté casi temiendo la respuesta.

—Los dos sois robles, Demián. Y por supuesto que podéis crecer en el mismo jardín, pero, como dice Khalil Gibran, «Ninguno a la sombra del otro».

«Como enseña el cuento,
ninguno de estos dos árboles podrá crecer enredado en el otro,
ninguno, trepando a una pared para poder llegar más alto,
ninguno, pendiente de la fuerza de afuera para poder sostenerse,
ninguno, apoyado en otra cosa que no sean sus propios pies.
El amor es crecer juntos, Demián, uno al lado del otro.
Se mide en el renovado deseo de crecer que obtengo de tu compañía, en el placer de compartir la luz y en el gozoso encuentro de nuestras raíces y nuestras ramas.
Pero el amor nunca se mide por la decisión de arriesgarte a que te arrastre en mis caídas».

Capítulo 23

Como siempre, o casi siempre, el Gordo había acertado.

Paula no me reprochó nada, no me señaló con el dedo acusador ni argumentó a voz en cuello que yo me lo había montado solo (como hubiera hecho Gaby) ni se quejó de no haber sido más consultada.

Ni siquiera me dijo que le pedía que se fuera conmigo como si ella fuera una más de las maletas que iba a cargar en el avión.

No.

Y tal vez por impredecible me dolió tanto su actitud.

Cuando le conté que había conseguido la vacante estábamos en su piso, el sábado a la noche. Paula se puso muy contenta. Me dio un beso casi maternal en la mejilla y enseguida trajo dos copas y una botella de champaña bien fría, que me pareció intuir, tenía preparada para la ocasión. Me pidió que descorchara la botella y sirviera las copas mientras ella acercaba unas servilletas de papel.

Luego levantó su copa y me dijo:

—Te felicito, Demián, no sabes cuánto me alegra lo que te pasa. Te deseo todo y más.

Hoy creo que en cuanto entré en su casa, debí imaginarme su respuesta.

Si bien estaba hermosa, no se había vestido de manera especial, ni se había maquillado como para dejarme sin aliento. Si ella (como sugería la botella de champaña lista en la nevera) ya intuía lo que yo le iba a decir, esa actitud no era un dato menor.

Paula no estaba dispuesta a seducirme para hacerme difícil mi decisión ni a rogarme para que la postergara. Ella estaba allí, nada más y nada menos que para celebrar sinceramente mi logro y brindarme su apoyo. Nada menos y nada, nada más.

A la semana siguiente le pedí a Jorge si podía adelantar la sesión. Estaba desmoronado y necesitaba hablar.

—Ya lo sabía. Incluso tú me lo advertiste, pero de cualquier manera no pude evitar la sorpresa, ni mucho menos el dolor.

—¿Qué te dijo? —preguntó el Gordo verdaderamente interesado.

—En principio, el tema no es lo que dijo, sino lo que no dijo y lo que no hizo. En algún lugar de mis más recónditos Demianes infantiles, yo debía estar esperando que saltara a mis brazos diciéndome: «¡Qué guay! ¡¿Cuándo nos vamos?!».

Sólo recordar el momento me producía una punzada en el estómago y me anudaba la garganta.

—Y me dijo que no.

Oí el ruido de la garganta del Gordo, cuando tragó saliva. Registré su mirada cálida y contenedora y valoré su silencio, absolutamente comprometido.

—Dejó flotando un quizás inconcluso —dije después de una larga pausa—, que ahora no me parece más que un acto de piedad hacia mí.

El Gordo se sentó a mi lado y yo apoyé mi cabeza en su hombro y nos quedamos ahí, inmóviles y mudos por más de una hora.

Finalmente me dijo:
—¿Te quedas a dormir?
Acepté. No tenía fuerzas ni ganas de viajar a Buenos Aires.
Con el café, el Gordo me enseñó algunas fotos de sus viajes... O quizá debería decir algunas puestas de sol fotografiadas en unos pocos lugares del mundo.
Puestas de sol en nuestras playas atlánticas, en la Cordillera, en las playas de Cancún, en Key West, en Nerja, y sobre todo muchas puestas de sol en Turquía, en Grecia y en Sicilia.
Estas últimas eran evidentemente sus favoritas. Por las fechas me di cuenta de que pertenecían a un mismo viaje. Por interés, por curiosidad o por no hablar de mí le propuse:
—¿Me cuentas este viaje?

Las puestas de sol siempre han sido experiencias trascendentes en mi vida.
Quizá tenga que ver con mi estructura melancólica, quizá sea el rastro dejado por El principito, aquel mágico personaje de Saint-Exupéry que un día vio ponerse el sol 47 veces trasladando su silla unos metros en su pequeño planeta, quizá, por fin, sea sólo porque una puesta de sol es en sí misma una experiencia estéticamente desbordante.
El caso es que con la complicidad de nuestros amigos Héctor y Graciela, partimos, mi esposa Perla y yo, rumbo a nuestro primer destino: Estambul.

No voy a ahondar en detalles sobre lo que significa llegar a Turquía, pero imaginaos aterrizando en un aeropuerto desconocido donde nadie o casi nadie habla inglés, ni francés (ni qué decir del español), atestado de gente que conversa incansablemente mientras gesticula ampulosamente y corre para todos lados como si tuviera urgencia de salir; ninguno de ellos, turcos, croatas, griegos y rusos, podía y posiblemente no estuviera demasiado interesado en esforzarse para entender lo que preguntábamos pasaporte en mano. Seguramente la policía del aeropuerto hubiera podido ser de ayuda, pero lleva un tiempo en Turquía comprender que esos uniformados de bigote ancho y gesto adusto son amabilísimos anfitriones. En ese primer momento el pensamiento de todos huía irremediablemente a las escenas de *Expreso de medianoche*.

Esta pequeña inquietud inicial termina reducida a «un detalle para contar» que hasta cuesta recordar, cuando minutos después uno empieza a mirar desde la ventanilla del taxi la maravillosa Estambul. O quizá deba decir «las Estambules», porque la ciudad es en verdad varias ciudades, por lo menos tres, separadas por dos ríos navegables: el Cuerno de Oro y el Bósforo. Sobre la ladera de una de las orillas del Bósforo almorzamos en un hermoso restaurante que no en vano se llama Sunset y esperamos la primera puesta del sol del viaje. Yo no recordaba nada de mi fugaz paso por la geografía, pero Estambul es la única ciudad que está en dos continentes, de hecho, el otro lado del río era Asia. Para contarlo como convinimos en contárselo a nuestros amigos «... terminamos de comer en Europa, nos tomamos un taxi y nos fuimos a tomar el café a Asia... Como volver en taxi era muy caro, nos tomamos un autobús hasta el puerto y volvimos a Europa en barco». Si uno no supiera que todo eso duró menos de dos horas podría creer que estuvo viajando dos años.

A las puestas de sol de Estambul siguieron las de Atenas, una en Acrópolis y otra desde el monte Lycos.

Creíamos que nada podía superar esas sensaciones.

Pero nos equivocamos... La siguiente puesta de sol la vimos en Mykonos, y nos quedamos paralizados frente a la belleza; hasta que la isla de Santorini nos hizo conocer la perfección. Al norte de la isla, en un pequeño pueblecito pesquero llamado Ios, asistimos a lo supremo. Una puesta de sol que 45 fotos disparadas por nosotros cuatro no alcanzaron a retratar.

No queríamos ver nada más. Esa noche, durante la cena, pensamos en interrumpir el resto del viaje y quedarnos en Santorini para volver a Ios dos o tres tardes más.

Afortunadamente no lo hicimos, nos esperaba una sorpresa.

Santorini-Atenas, Atenas-Roma, Roma-Palermo y de Palermo en coche al paraíso... Taormina.

Nada que pueda ser dicho en palabras puede describir esa bellísima ciudad de Sicilia.

Los paisajes, la gente, la ciudadela en lo alto (donde no entran automóviles) y por supuesto el Etna, el volcán que, humeando constantemente, recuerda que está dormido, pero vivo.

Después de caminar un día por la ciudad, uno comprende algunos dichos de Pirandello y aquel título de Silvina Bullrich de la novela *Te acordarás de Taormina*.

Me acordaré por muchas cosas de este viaje, pero sobre todo me acordaré por una pequeña conversación que tuve con Giovanni, un señor de unos treinta y ocho años que atendía un pequeño bar en el pueblo que está enclavado en la ladera este del volcán. El Etna tiene dos laderas, una volcánica y otra llana, una por donde el volcán derrama lava cuando entra en erupción y la otra más segura, adonde la lava nunca llega. Para mi sorpresa, el pueblo de Giovanni está construido en la ladera peligrosa. El pueblo se reconstruyó siete veces, una después de cada erupción del Etna.

—¿Por qué reconstruyen este pueblo aquí, una y otra vez? —pregunté adivinando la respuesta.

—Mire, mire —me dijo Giovanni—. Mire el mar, y la playa, y la montaña, y la ciudad... Este es el más bello lugar del mundo... Mi abuelo siempre lo decía.

—Pero el volcán está en actividad... Puede volver a entrar en erupción —le dije.

—Mire, *signore*, el Etna no es traicionero, el volcán siempre avisa, nunca estalla de un día para otro, y cuando está por «lanzar» nos vamos —me contestó, como si fuera obvio.

—Pero, ¿y las cosas?: Los muebles, el televisor, la nevera, la ropa... —protesté.

Giovanni me miró, respiró profundo, apelando a la paciencia que los sabios tienen con los que sólo la jugamos de ilustrados y me dijo:

—¡Qué importan las cosas, *signore*! Si nosotros seguimos con vida, todo lo demás se puede volver a construir...

CAPÍTULO 24

Me había ido de Rosario con la palabra construir retumbando en mi cabeza. Debía proponerle con claridad a Paula que viajara. Pedirle de una vez que se quedara viviendo conmigo en Brasil.

—Por lo menos tres meses —le dije—, después vemos.

Mentía, detrás del plural de «vemos» estaba oculta una velada aseveración, era más un «después ves». Y ella, que se dio cuenta, no dijo nada.

Mi pedido había sido por una vez concreto y contundente y por eso su respuesta había sido categórica.

—No —me dijo—. Escúchame, Demián, a mí me parece fantástico que te vayas, que vivas esa experiencia. Pero yo no me voy a ir. Mi lugar está aquí.

Esa frase fue el primer dolor. Quizás el único importante hasta ahí. Pero una sola herida profunda hace más daño que muchas superficiales, decía mi jefe de guardia del Instituto de Cirugía.

—Yo creía que nosotros estábamos enamorados, que tú me amabas.

—Y sabes que te amo, Demián. Pero no a costa de dejar

todo lo que quiero, todo lo que me importa. No para abandonar mis proyectos, mi familia, mi trabajo, mis amigos. Aquí es donde yo vivo, Demi, y en esta ciudad está gran parte de lo que le da sentido a mi vida...

—Yo también formo parte de ese sentido, ¿o no? —le dije casi gritando.

—Sí, como tú dices, formas parte, pero no eres la totalidad del sentido, no eres lo único que le da sentido, y eso es muy bueno para mí. Entiéndeme, Demi, así como yo no te puedo pedir que te quedes, no debo permitir que resignes esta oportunidad y no quiero que dejes de crecer, tú tampoco me lo pidas a mí.

—Quizá yo hubiera preferido que me lo pidieras. Sería la confirmación absoluta de que te importo.

—La confirmación de cuánto me importas es privilegiar tu beneficio antes de mi más que egoísta deseo de que te quedes conmigo.

—Yo pensé que podíamos empezar, con esta excusa, a construir nuestro proyecto —Lo dije con un tono casi de súplica, sabiendo que todo estaba perdido de antemano—. Vente... Venga, mujer —agregué en un miserable último intento manipulador.

Paula era una diosa. Ni se inmutó. Sólo me miró a los ojos, muy adentro y me dijo casi cuchicheando:

—Sabes, Demi, para mí el amor es tan importante en la vida, que creo que no hay nada que pueda oponerse a su fuerza... Si de verdad nos queremos... Si de verdad nuestro amor conduce a que estemos juntos, ocurrirá... No sé cómo, pero ocurrirá.

—Y al ratillo, Gordo, ya estaba otra vez con la idea de no forzar, de dejar que las cosas sucedan y no sé cuántas tonterías más. Al final, yo quería poco menos que insultarla.

—Pero ¿por qué, Demián? Quizá las cosas verdaderamente importantes no dependan de parámetros tan estrechos como los que no se pueden controlar lógica ni geográficamente. ¿No te parece que merece la pena hacer la apuesta? Quizá no esté tan mal la propuesta de Paula y tengas que dejar que la vida te sorprenda. Quizás el *big-plan* de la conciencia global, de Dios o del orden cósmico de las cosas, pasa por otros lados.

—Sí, ya lo sé. Pero también sé que hay momentos donde todas las puertas se te cierran; situaciones donde todos tendemos a pensar que ya nada hay para hacer, que las agoreras predicciones anticipadas, catastróficas, se cumplirán irremediablemente y que el fracaso es el sino. Momentos donde entregarse a la sorpresa es condenarse al fracaso...

—Ese es un buen punto. ¿Se lo dijiste?

—Sí y me dijo que yo le tenía demasiado miedo al tiempo y a la distancia. Que yo no confiaba... Y terminó de destruirme cuando dijo que, si en última instancia, nuestro amor era tan vulnerable como yo lo describía y no podía subsistir una separación temporal, quizá no valía tanto y era bueno que terminara.

—Ése también es un buen punto. A lo mejor tiene algo de razón...

—¡Qué va a tener razón, no me fastidies! —Yo ya estaba harto de tanta comprensión a sus posturas—. A nadie le gusta toparse con una situación insoluble. Tanto menos si en ella se juega algo importante para uno, para alguien que uno quiere o está en juego la mismísima relación entre ellos.

—Es verdad, pero fíjate cómo estás de enfadado, refunfuñando, irracional... Puede ser, y de hecho así sucede, que frente a la frustración nuestra primera respuesta sea el enojo, la ira y hasta la furia; pero esa «reacción natural» es un disfraz emocional de nuestra intolerancia a la propia impotencia. Y lo peor es que, desde el punto de vista práctico, es una pésima estrategia.

—No entiendo que me hables ahora de estrategias —protesté, por protestar.

El Gordo respiró profundamente y siguió:

—El enfado y el berrinche no sólo difícilmente ayuden a encontrar alternativas, sino que antes bien dificultarán su aparición. Hace un par de años, con motivo de la presentación de uno de mis libros en Costa Rica, conocí a Marta Morris. Un día, en una cena, me contó un episodio de su vida que, según dice, cambió su actitud frente a las dificultades.

De nacionalidad costarricense, Marta vivía y trabajaba en Estados Unidos como abogada de cierre de operaciones inmobiliarias. Ella y su marido alquilaban una enorme casa en las afueras de Nueva York y en el momento de estos hechos había sido designada para elaborar y fiscalizar la firma de un contrato muy importante entre dos enormes empresas americanas. Había trabajado durante semanas puliendo ese contrato para que todo llegara a buen término.

El lunes pactado para la firma, como lo hacía habitualmente, ella despidió a sus hijos y a su esposo, tomó su maletín y salió, cerrando la puerta detrás de sí.

Al bajar la escalera de la entrada, se dio cuenta de que se había olvidado el contrato en casa. Volvió sobre sus pasos y, mientras buscaba en su bolso, se dio cuenta de que las llaves también habían quedado adentro.

Desesperada por lo que representaría para su futuro profesional no firmar el contrato ese día, empezó a empujar la puerta para ver si conseguía abrirla.

Estaba angustiada. Había trabajado durante años para llegar a ese momento y ahora una puerta cerrada le interrumpía el paso.

Intentó hacer palanca con una rama, miró buscando una ventana olvidada abierta, quiso girar la cerradura con una horquilla, pero no tuvo éxito.

Marta cuenta que empezó a gritar de furia, tanto que el cartero que traía la correspondencia se detuvo a preguntarle qué le pasaba. Marta Morris le contó toda la historia y el hombre conmovido intentó ayudarla, pero la puerta no cedía.

—¿Y su marido? —preguntó el cartero.

—Mi marido está en otra ciudad y no tengo cómo encontrarlo hasta el mediodía.

—¿Nadie tiene otra llave? —se le ocurrió al hombre del correo.

—Sí, mi vecino —contestó Marta—, pero tuvo la mala idea de irse fuera el fin de semana.

—Me parece —dijo el cartero— que sólo hay dos soluciones: romper la puerta o llamar al cerrajero.

Marta le dijo que ella debería irse y sin puerta la casa quedaría abierta, por otro lado el cerrajero nunca terminaría antes de un par de horas y para entonces todo se habría perdido.

Realmente apenado, el cartero dijo que lo lamentaba, dejó sus cartas y se fue.

Marta volvió todavía a patear la puerta, pero no pudo abrirla. Y después se sentó en el primer escalón de la entrada llorando desconsolada por lo que le parecía un mundo que se derrumbaba. Tanto esfuerzo, tanta ilusión, tanto trabajo, para nada.

De reojo miró la correspondencia y vio un sello de Australia, donde vivía su hermana Nancy. Quizá para huir de su angustia, Marta abrió la carta y leyó:

«Querida hermana:

»Te escribo esta carta para contarte lo bien que me sentí estas dos semanas que pasé con tu familia, pero también para pedirte disculpas. Resulta que el jueves anterior a mi partida llegué muy temprano a la casa y como no había nadie me atreví a pedirle la llave de tu casa al vecino. Qué te voy a decir que en la emoción de la despedida me olvidé de devolvértela. Dentro del sobre te envío la llave que me traje, ojalá no te haya ocasionado problemas mi descuido...».

—No te creas, Jorge, que yo no entiendo lo importante que es no enfadarse con las cosas —me defendí—. Pero yo la quiero, Jorge, y todos sabemos muy bien cómo terminan estas historias de amor en la distancia. Con el tiempo todo se diluye. La falta de cotidianidad, de contacto, no se puede reemplazar con nada. ¿Me quieres decir cómo esta mujer no entiende que las relaciones se enfrían, que la gente va cambiando con el tiempo? Si ella no viaja en tres meses y yo conozco una mulatona deslumbrante o ella se enamora de cualquier otro, todo se terminó. Es así.

—Empieza a parecerme que Paula tiene razón en no querer forzar las cosas, Demián. ¿No es obvio que aunque ella decidiera ahora que SÍ se va contigo a Brasil, nada ni nadie podrían garantizar que estando ella allí tú no conozcas a la fascinante mulatona o que ella no se enamore de un morenazo impactante?

El razonamiento de Jorge era impecable, pero yo no terminaba de conformarme.

Sentía el dolor en el pecho que me dejaba la angustia.

No es justo, me decía.

Si Paula se viniera conmigo, por una vez tendría todo.

¿Por qué no me era dado tener la tranquilidad de saber que todo estaba en su sitio?

Y sin embargo...

Quizás «estar en su sitio» no tenía que ver con la certeza de los hechos futuros, sino con la confianza de los propios recursos.

Como decía Jorge, el temor es el resultado de la idea prejuiciosa de que uno no va a poder afrontar lo que se avecina.

Todo estaba en línea con la frase que más recordaba de

todas las que alguna vez me habían dicho. Aquellas palabras que escuché de boca de Paula al despedirnos el día en que nos conocimos...

Darle al destino su oportunidad.

Capítulo 25

El sábado siguiente, por la tarde, después de ir al gimnasio me encontré con Marily.

Dijera lo que dijese ella, un poco de hierros, algo de cinta, bastante sudor y un buen chapuzón siempre lograban despejar un poco los problemas. Además, teniendo en cuenta los antecedentes, el ámbito de esas modernas máquinas había demostrado ser un lugar más seguro para mi pobre cuerpecito de médico sedentario, que un inocente partido de fútbol con amigos (definitivamente otro esguince no me ayudaría en lo más mínimo en ese momento de encrucijadas). Ya cuando salí de la ducha, y mientras me secaba, había empezado el trabajo de control mental necesario para soportar la crítica despiadada que esperaba de mi amiga...

Ella, siempre idéntica a sí misma, no esperó a que me sentara en el bar, para empezar a descargar su discurso.

—¡Irte a trabajar a Brasil! Ay, Demi, tú sí que eres una iglesia abandonada.

—¿Eh? ¿Qué eso de la iglesia abandonada?

—Que no tienes cura, ni arreglo. ¿Me quieres decir cuándo vas a empezar a darte cuenta de lo que buscas? Porque de carcamal, ya tuviste bastante.

—¿Pero no te das cuenta, Marily? ¡Me han contratado en

el Centro Médico más importante de Brasil, que además de ser «lo más» en riñón de toda América tiene un prestigio mundial de aquellos! Si todo sale como espero, en un par de años puedo estar entre los nefrólogos más destacados internacionalmente. No es sólo pasta, ¿me comprendes? Es animarse a empezar el camino de la excelencia. Tengo que hacer cosas que me permitan desarrollar mi potencial. Andar picoteando aquí y allá para mantener las cosas como están me parece de un gatopardismo siniestro. Estará muy bien en política —y me permití una brevísima pausa, para molestarla—, pero en una especialidad donde cada día se descubre, se inventa o se investiga algo nuevo, no seguir actualizándose es criminal.

—Yo no pongo en duda tu capacidad, Demi, te conozco bien y siempre supe que naciste para destacar, pero, como amiga...

La interrumpí para llamar al camarero y dilatar un poco el sermón, que invariablemente comenzaría después de la cláusula «como amiga», pero ella no esperó.

—Como amiga tengo que decirte, casi como un deber moral, que no sabes ni dónde tienes los...

No terminó el exabrupto porque el camarero sirvió los cafés en ese mismo momento.

—Ni dónde estás ubicado —acoté en su ayuda.

—Eso —negoció Marily—. Mucho currículum, mucho nombramiento en el exterior, mucho camino brillante, pero en el medio queda una cuestión sin resolver. No hace falta ser psicóloga para darse cuenta de que este viaje se te ocurre justamente cuando por fin te cruzas con una chica como la gente. ¿Cuándo piensas crecer?

—¿Cuando vuelva del Brasil? —pregunté en tono de gracia.

A veces me pregunto por qué a las mujeres no les gustan mis ironías...

María Lidia ni hizo acuse de recibo:

—Estás en una relación importante, con una chica a la que, discúlpame, sólo por cómo la describes, no le llegas ni a los talones y a ti se te ocurre pensar en el «crecimiento profesional»...? ¡No me fastidies, hombre!

En esa línea continuó sus comentarios (sin mala intención, desde luego), siempre tratando de que yo despertara de no sé qué letargo en el que me había sumido (al parecer, el día de mi nacimiento) y terminó con un par de frases que no por archiconocidas dejaron de tener un realismo demoledor:

—La cosa está bastante clara, doctorcito de pacotilla. Si de verdad eres capaz de querer a Paula como un verdadero hombre quiere a una verdadera mujer, sólo tienes dos opciones: te arrastras por el pasillo de su casa, limpiando el suelo con la cara si hace falta, hasta convencerla de que se vaya contigo y, si no lo consigues, renuncias a ser el médico nefrólogo más reconocido y mejor pagado de la galaxia y te conformas con ser «mi amigo Demián», uno de los hombres más felices de la Tierra. ¿Está claro?

Y dicho esto, sin probar el café y sin esperar respuesta, se levantó y dijo sus últimas palabras:

—¡Tú sabrás lo que tienes que hacer!

El viernes, en Rosario, tuve mi segunda sesión de la semana. Esta vez con Jorge. Por lo menos este terapeuta no me maltrataba...

Le conté mi conversación con María Lidia y me distendió ver a Jorge divertidísimo imaginándose la escena del bar...

—Pero ya está, Jorge, lo tengo decidido, voy a aceptar el cargo. No pienso dar marcha atrás. Ya no soporto esto de deshojar la margarita: me quedo, me voy, me quedo, me voy. Paula ya eligió y yo tengo que aprender a decidir por mí mismo. Quizá sea eso lo que más me molesta.

—¿Cuál de las dos cosas, decidir en soledad o que ella ya lo haya hecho?

—Todo me molesta. Pero creo que lo que de verdad me tiene mal es que ella tenga todo tan claro, que no haya dudado para nada...

—¿Y cómo sabes que no dudó?

—Hombre, eso se ve. En ningún momento me habló de que estaba evaluando la posibilidad de venirse.

—Una sola pregunta más: ¿Ella sabe de tus dudas, de que estuviste evaluando quedarte?

—¡¡No!! —le grité, como si tuviera miedo de que Paula lo estuviera escuchando—. Cómo le voy a decir que por un momento pensé en no viajar, ni loco.

—Perdón, una sola pregunta más: ¿Y no has pensado en ningún momento que, tal vez, a ella le pasó lo mismo? Quizá también ella se debatió en la duda. Quizá también Paula tomó la única decisión que pudo, harta de deshojar SU margarita. Quizás ella tampoco quiso admitir que dudaba...

—¡Ay, Gordo! No la conoces. No la escuchaste cuando describió lo del sentido de su vida. Paula sabe perfectamente lo que quiere, está donde quiere estar, y hace lo que le da la gana. Ella no padece de esta ambivalencia mía, tan intolerable. Ella fue muy clara, como siempre. Quizá Marily está en lo cierto y no es casual que yo haya decidido presentarme a este puesto en el preciso momento en que mi relación con Paula pasaba con éxito la «barrera» de los cuatro meses...

—Y quizá Marily también está en lo cierto cuando te propone pedirle con más humildad que te acompañe...

—Claro, pero en todo caso, ¿cómo saber cuál es la actitud correcta, la que abre la puerta deseada?

—Eso. Y encima de todo, ¿cómo saber si lo mejor es saberlo?

—¿Qué se supone que quieres hacer, terminar de confundirme?

—Me propongo alejarte todo lo que puedo de tus autoexigencias, de tus conductas más destructivas, de la odiosa idea de que uno siempre tiene que saber qué es lo mejor, dónde está el camino, cuál es la respuesta, quién es la persona indicada... Los sufíes saben desde hace milenios cómo uno se pierde buscando la salida. ¿Te acuerdas de nuestro amigo Nasrudín?

Cuentan que un día Nasrudín golpeaba a las puertas del cielo de los iluminados.

—¿Quién es? —preguntaron desde adentro.

—Soy yo —dijo Nasrudín—. Ábreme.

—No tengo lugar para ti, vete.

Nasrudín insistió.

—¿Quién es? —volvieron a preguntar desde dentro.

—Soy tú —dijo Nasrudín—. Ábreme.

—Si de verdad eres yo, ya estás de este lado, no hace falta abrir, vete.

Por tercera vez Nasrudín golpeó.

—¿Quién es? —se escuchó preguntar.

—Somos nosotros —dijo Nasrudín—. Tú y yo. Ábreme.

—No hay espacio para los dos, vete.

Por última vez, Nasrudín golpeó.

—¿Quién es? —fue otra vez la pregunta.

—No lo sé —dijo Nasrudín.

Y la puerta se abrió...

Capítulo 26

Ya tenía prácticamente todo preparado, desde las maletas hasta los trámites burocráticos. Por unos meses, iba a dejar mi piso cerrado (hasta que tuviera más claro el panorama). Si me quedaba más de un semestre, entonces mi hermano se encargaría de alquilarlo.

Mi mamá se tomó muy bien la noticia. Y creo que eso es algo más que tendré que agradecerle a Francisco. De hecho, ella ni siquiera me sugirió que lo pensara, y mucho menos que me quedara. No hizo ningún comentario negativo, no mencionó lo mucho que me echaría de menos y ni se imaginó que no volvería a verme. En absoluto. Incluso dijo que en tres meses, cuando me hubiera instalado, ella aprovecharía para visitarme y también para conocer Brasil (siempre le pareció un lugar fascinante). Cuando me despedí de ella me di cuenta de que había recuperado a mi mamá. Me besó en la frente y me dijo:

—Estoy muy orgullosa de ti —y agregó—: Y tu padre también debe estarlo si de alguna manera te puede ver.

Por suerte, para no irme preocupado con la idea de que mi madre sufría algún tipo de demencia senil que estaba terminando rápidamente con su esencia, cuando subí al taxi me gritó:

—Acuérdate de llevar la leche de bismuto, que en Brasil se come muy mal...

Con Paula las cosas tampoco cambiaron demasiado. Desde aquella discusión sólo habíamos tocado el tema del viaje un par de veces y en ambas únicamente nos atrevimos a hablar de la profesión, de mis expectativas y de mis posibilidades. A pesar de que los dos sabíamos que en poco tiempo nos íbamos a distanciar, habíamos acordado, sin decirlo, no tocar el tema. Vivíamos el vínculo como si nada pasara, aunque desde aquel día, los dos terminábamos llorando abrazados cada vez que hacíamos el amor...

Finalmente, unas semanas antes de la partida, me di cuenta de que había pensado en casi todo, menos en mi terapia. ¿Qué haría de ahora en más? No me sentía preparado para dejarla justamente ahora, pero parecía algo inevitable. Aunque a veces Jorge viajaba a Brasil, era obvio que no se podía sostener un tratamiento en esas condiciones. También con mi terapia, «salvando las distancias», me parecía injusta la separación en un momento tan especial de mi vida. En mi terapia, como en mi pareja, «salvando las distancias», me angustiaba no encontrar ninguna salida.

Así se lo comenté el viernes, cuando fui a verlo.
—¡Otra bofetada! —exclamé—. Y van... Cuando más voy a necesitarte, me tengo que despedir. ¡No puede ser!
—Demi, me parece que te estás ahogando en un vaso de agua.
—¿Ah, sí? No me vengas con que es el resultado directo de una elección mía, absolutamente libre, que podría no haber tomado y que, como lo hice, tengo que aceptar las consecuencias de mi libertad, etcétera, etcétera, porque no me parece justo. Ya bastante tengo que abandonar, como para

que tú también entres en esta lista. Y la verdad, tú, por lo menos tú que eres mi terapeuta, tendrías que haberme alertado...

—¿Alertado? No entiendo, Demián, ¿alertado de qué?

—¿Cómo de qué? Tendrías que haberme avisado. Yo ni me di cuenta de que también iba a perder mi espacio de terapia. Que también me iba a tener que separar de vos.

—A ver si entiendo. Me quieres decir que yo tendría que haberte dicho algo así: «Oye, Demián, si aceptas el puesto en Brasil, si decides cambiar tu vida, dejar a tu pareja, a tus amigos, tu ciudad, a tu familia y tu casa, te advierto que también te vas a separar de mí».

Yo no estaba de humor para las ironías de Jorge, pero él siguió:

—O mejor: «Demi, está bien que abandones todo y a todos, pero piensa en mí... Y en tu terapia».

—Está bien. Tienes razón. Pero no sé, una mención, como para que me diera cuenta, para que lo pusiera en la balanza. Sabes que para mí no es sencillo encontrar ayuda. Cuando era joven lo intenté muchas veces antes de conocerte, y después volví contigo porque sabía que necesitaba auxilio, pero no el de cualquiera. Me duele pensar que otra vez te pierdo el rastro. No creo que esté exagerando demasiado.

—Dime, hombre desesperado, ¿cómo te vas a contactar con tu familia, con tus amigos, eventualmente con Paula?

—Pues... Por teléfono, por conferencia telefónica, por *mail*, chateando. ¡Qué sé yo! Hoy no es ningún problema comunicarse...

—Por eso.

—No te entiendo.

—Me parece que pueden ser alternativas para estar en contacto. Desde luego que no va a estar el cuerpo, ni el mate de por medio... Pero no es lo mismo que perderse. Ya te dije una vez, hace años, que contabas conmigo, ¿no?

—Gracias, Jorge —le dije mientras me acercaba a abrazarlo.

La entrevista con el Gordo me alivió y me quitó parte de la angustia que sentía.

La alternativa no era cómo hacer terapia, yo lo sabía, pero en ese momento fue como encontrar un oasis, sentir que me llevaba un poco del Gordo conmigo en este camino que ya comenzaba a mostrar una de sus caras más amargas: la soledad.

Me subí al bus. Hacía mucho que no me iba de casa del Gordo sin un cuento. Quizá como entrenamiento me lo busqué en mi recuerdo y me lo conté solo.

Siempre recordaba aquella noticia de la visita de la Madre Teresa de Calcuta a Seattle. Se dice que, al bajar del avión una limusina blanca la estaba esperando para llevarla a uno de los mejores hoteles de la ciudad. La invitación era de un poderoso empresario de multimedia, que se decía fanático admirador de la obra de la religiosa. Cuando le dio la bienvenida y le puso todos los medios a su disposición, la Madre Teresa de Calcuta le agradeció diciéndole que no se sentiría cómoda en uno de sus hoteles de cinco estrellas si había venido a la ciudad a hablar de los *homeless*, de los sin techo y que prefería viajar en la furgoneta de la congregación que la había venido a buscar. El hombre le dijo que lo lamentaba pero que lo comprendía. Le rogó que por lo menos aceptara su invitación a cenar en su residencia, había allí gente muy importante que quizá podría colaborar mucho con su orden en la India. La Madre Teresa le volvió a agradecer y le dijo que no podía ser, que ella había venido por los desposeídos, por los sin techo, por los que pasaban hambre en las calles de las ciudades y no para recaudar fondos para su orden. El hombre se sintió decepcionado, con verdadero deseo e ignorancia preguntó (debía haber algo que él pudiera hacer por ella…). La respuesta fue:

«Sí. Hay algo que puedes hacer por mí. Sal en tu coche mañana muy temprano, recorre tu ciudad y aparca cerca de alguno de los que duermen en los zaguanes de las casas o en los bancos de las plazas cada noche. Baja del coche, siéntate y háblale. Quédate a su lado todo el tiempo que sea necesario y no te vayas hasta que no estés seguro de haberlo convencido de que no está solo».

Capítulo 27

Como a la mayoría de la gente, no me gustan las despedidas. De ninguna clase. Y mucho menos ésta, en la que tanto mis amigos como mi familia e incluso Paula, tenían una gran sonrisa en el rostro, como se suponía que debía ser, aunque no fuera.

Yo no.

En Ezeiza estaba ansioso por partir, por volar, por aterrizar. Seguramente porque sabía que yo no embarcaba camino a Brasil, como decía mi billete, sino que empezaba el viaje hacia un mundo nuevo, un espacio desconocido y una aventura cautivante en muchos sentidos.

Pero no estaba contento, no podía sonreír ni hacer bromas. Apenas era capaz de evitar que se me nublara la vista y que los labios me temblaran. Cuando anunciaron el vuelo saludé con la mayor rapidez que pude («nos vemos pronto») y pasé a la sala de preembarque («subo ahora porque quiero comprar un perfume en el *free-shop*»).

Por un rato no quería pensar y sobre todo no deseaba sentir.

Ya en el avión, en cuanto pude, abrí el portátil y comencé a escribirle un *mail* a Jorge. (Una especie de diario instantáneo de emociones intensas.) Traté de ser gracioso porque, si me lo tomaba en serio, mi prisa por escribirle me daba bastante vergüenza.

¡Hola Jorge! Ya ves, aquí estoy, apenas despegando y ya te fastidio con mis rollos. Siento una angustia tan grande que si fuera posible detener el avión y bajarme lo haría (aunque les pediría que me esperen para volverme a subir). ¿Tendré el síndrome del porteño melancólico que en cuanto pone un pie en el avión ya está deseando tomarse unos matecitos con cruasán y dulce de leche? ¿O será el síndrome del neurótico Demián quesabequetienequeirseperosiguedudandodetodocomosiemprelohahecho?

Gordo, no quiero mentir, me dio mucha tristeza la partida. Ver a Pablo, a Marily, a mi madre, a Gerardo y a Pau saludándome a lo lejos. Creo que hasta me dolió despedirme de Francisco, fíjate.

Cuando traspasé la puerta, sentí que un frío me recorría el cuerpo. ¿Será que por más que imaginemos una situación, por más que la fantaseemos una y otra vez, no la conocemos hasta que la vivimos?

En este momento, Jorge, siento un dolor tan profundo que casi resulta inexplicable. No te lo puedo describir, ni justificar, pero me duelen hasta las uñas.

¿Sabes una cosa rara que me pasa? Por más que me digo y me repito que esto dura lo que yo decida y que está en mí la decisión de regresar o no y de cuándo hacerlo, yo siento que acabo de realizar algo definitivo, tal vez por primera vez en mi vida. Es como si hubiera estado caminando por la cima de un precipicio, mirando el agua, abajo, deseándola, pensando en lo maravilloso del salto y, de pronto, sin ninguna razón verdadera, hubiera decidido hacerlo. En este instante, Gordo, acabo de tomar impulso y mis pies empiezan a dejar de sentir el sostén de la piedra. Estoy en el aire (literal y metafóricamente), y sé que el agua está allá abajo y me espera, pero todavía no percibo lo maravillosa que es.

Así me siento, Jorge, en medio de un salto al vacío, lleno de incertidumbre respecto del futuro y también del pasado.

Ya no dudo, pero sé todo lo que ignoro de lo que sigue y me deseo suerte.

Algunos cuestionamientos subsisten, otros acaban de comenzar, pero ninguno me hace dudar de mi decisión. Yo no sé si he hecho bien, pero por fin ahora entiendo lo que siempre me decías, eso de que nadie es tan estúpido como para tomar otra decisión que no sea la que él cree que es la mejor en ese momento. Ese razonamiento conjura la posibilidad de arrepentirse.

Y no quiero evaluar las cosas en función de cómo me vaya, porque de todos modos será, si yo me lo permito, una experiencia fantástica.

Ya sé, me vas a decir que de eso se trata la vida, pero aun así no puedo dejar de pensar que elegir siempre tiene su costado oscuro, su parte dolorosa. La que te contacta con lo que quedó atrás, con lo que no cabía en la mochila, o con lo que cabía, pero no quiso entrar...

Como verás, parezco un tango. ¿Será que con el carcamal también uno adquiere los tics de sus ancestros?

En fin, Jorge, te dejo y te prometo que no espero tu respuesta. No sabes, o mejor dicho SÍ sabes, lo que necesitaría que estuvieras ahora aquí, conmigo, y me dieras un gran abrazo de oso, de esos que sólo me puedes dar tú.

Te mando uno yo, no es de oso pero allá va.

Demián

En el vacío.

Así me sentía.

En el aire, planeando hacia un sitio incierto y alejado de todo lo que había significado algo en mi vida, alguna vez.

Y aunque la decisión había sido mía, me preguntaba cuánto habían hecho los demás para que la tomara.

Muchísimo, me dije. Todos habían contribuido a que me lanzara al agua que en este momento se parecía bastante a la nada. Mis amigos, mi familia y hasta mi terapeuta de alguna manera o de otra me habían estimulado para que me fuera.

Nadie me había puesto piedras en el camino, nadie había llorado rogándome que me quedara. Ni siquiera Paula, hasta ayer mi pareja, me había hostigado con la idea de que mi viaje podía significar nuestra separación definitiva (¿y qué querías?).

Si se hubieran opuesto, de seguro, me habría quejado, habría despotricado contra la falta de apertura mental, contra los sentimientos egoístas que no me dejaban crecer ni hacer lo que deseaba.

Es verdad, pero este vacío era más duro que aquella presión.

Me daba cuenta de lo mejor, yo no era imprescindible para ninguno de ellos. Mi madre tenía su pareja; mi hermano, sus amigos, mi novia, sus proyectos (¿y yo?, ¿qué tenía yo ahora mismo?).

Faltaba casi una hora para aterrizar y no había podido descansar ni un segundo. Apenas podía reprimir el llanto, me sentía insignificante, sin valor alguno. Era libre, sí. No tenía ataduras, ni raíces. Estaba volando hacia algún lugar, completamente incierto, y sin brújula. «Después de todo, nunca la has tenido», pensé que me respondía Marily, impiadosa, como siempre. Pero su voz no era más que parte de mi imaginación.

Volví a abrir el ordenador. Y de nuevo comencé a escribirle a Jorge, especulando que recibiría este segundo *mail* después del anterior, a pesar de que los enviaría al mismo tiempo al tocar tierra:

Supongo que ahora acabas de leer el mail que te escribí hace un par de horas. Todavía estoy en vuelo, pero tienes que disculparme, me siento horrible, solo, y con mucho, mucho miedo. Un miedo misterioso más relacionado con lo que dejo que con lo que sigue.

Te voy a contar un cuento.

Se trata de un enano gigante. Me dirás que no puede ser, que si es un gigante no puede ser enano y que si es un enano no puede ser gigante y tendrás razón, pero el protagonista de este cuento es un enano gigante. Creció como todos en un hogar normal de una familia normal. No habría mucho para contar de su historia que no sea parecida a la de todos y por lo tanto no se justifica perder el tiempo en su relato. Lo que importa es que un día se dio cuenta de que debía partir. De alguna forma, él esperaba esta llamada espiritual y estaba preparado para acudir. Sin embargo, le decepcionó descubrir que la llamada no era con clarines y fanfarrias, que no venían carruajes con tesoros para compensarlo por su partida y que ni siquiera se le encomendaba el rescate de ninguna princesa ni la muerte de algún dragón. Era solo una llamada. Triiiin. Y ya está. Pero el enano gigante no podía desoírlo. Debía partir. Se preparó mil argumentos sobre el deber, sobre la responsabilidad y sobre el sacrificio que utilizaría para responder a todos los que le rogaran que se quedara. Ensayó gestos de desprecio para los que le ofrecieran dinero por quedarse y besos inocentes para dejar en la frente de las damas que trataran de entregarle su virtud a cambio de su renuncia a partir. No tuvo que usarlos, porque a la hora de su partida no había nadie.

La calle estaba simplemente desierta.

Quizá si hubiera sido un enano enano le hubiesen pedido que se quedara. Tal vez, de ser un gigante gigante le hubieran rogado lo mismo. Pero a él no. Él no era ni una cosa ni la otra. Ni siquiera era ninguna de las dos. Él era la suma de todo y eso no se podía comprender.

Se fue en silencio, con la cabeza baja, cosa que no le costaba mucho porque era enano, y la frente bien alta, que le era sencillo por ser gigante.

Se preguntaba: «¿Cómo es posible que nadie llore mi partida? ¿Cómo he llegado a no ser necesario para nadie? ¿Cómo puede ser que todos puedan vivir sin mí? ¿Cómo pueden saber todos que me voy por tanto tiempo y ninguno pedirme que me quede?».

A medida que andaba hacia la montaña se dio cuenta con dolor de que ciertamente los que quedaban tampoco debían ser tan imprescindibles para él, porque si no, se dijo con sinceridad, si no, no se estaría yendo.

A medida que caminaba se iba sintiendo cada vez más pequeño y esto paradójicamente lo hizo saberse cada vez más grande.

Un *abrazo*,

Demián

Hice clic en Enviar y cerré el portátil. Recliné el asiento y fijé la vista en la ventanilla. Volábamos entre las nubes. La tierra y el cielo habían desaparecido.

Capítulo 28

Finalmente puse los pies en tierra. Aunque en realidad muy brevemente, porque me esperaba todavía un trayecto al norte en autocar. Con sorpresa dormí allí, en el autocar, todo lo que no había podido dormir en el avión. Quizá tuviera que ver con que había llegado.

Qué lugar tan maravilloso, y qué poco se parecía a lo que yo recordaba de Brasil. Extraña vivencia para quien no sólo no llegaba por primera vez al país, sino que había estado viviendo allí.

Claro, aquello había pasado muchos años atrás, cuando yo todavía era muy joven y aún creía que se podía vivir casi sin trabajar.

Había vivido en Río, en São Paulo, y hasta podía ufanarme de haber vivido unas semanas en Brasilia, la gran capital. En cada lugar hacía lo que podía, sólo cuando era estrictamente necesario para comer, para vestir o para viajar. Vender artesanías, lustrar coches o pasear perros, daba igual.

Pero aquel pequeño pueblo donde estaba la clínica era completamente distinto. Yo me había transformado. No era ni un mochilero ni un turista, era lo que llamaría «un viajero».

Una diferencia cualitativa más que cuantitativa, una disposición mental diferente, que me era completamente ajena. Lo percibí en cuanto puse un pie en la estación de buses.

Un moreno me esperaba con un cartel con mi nombre (o casi, decía D. MIHAN y me hizo mucha gracia). El chofer no entendía de qué me reía y a pesar de que quise explicarle, mi portugués pareció no ser suficiente.

La dirección a la que iba no era la de un hotel, sino la de un «apartamento» que me habían «rentado».

Llegar, dejar las cosas sobre la cama y salir a caminar por el pueblo fueron un solo movimiento.

A medida que pasaban las horas, percibí que empezaba a recordar mi olvidado portugués y a escuchar la particular musicalidad de esta zona del norte, no con el asombro de un curioso, sino con el interés de alguien que busca comprender exactamente lo que le dicen y asimilarlo. La musicalidad pueblerina no sólo me parecía simpática, sino que parecía transmitir el sereno ritmo de la vida de quienes me rodeaban.

No debía abusar, así que después de una brevísima llamada a mi mamá, para avisarle de que había llegado y que estaba bien («¿tienes agua corriente?, ¿y gas?»), le mandé a Jorge los *mails* que había escrito en el avión y terminé de instalarme en el más que lujoso apartamento que hasta ese momento ni había visto en mi ansiedad de caminar por el pueblo en el que viviría.

Después de la ducha me quedé profundamente dormido.

A la mañana siguiente me despertaron los golpes en la puerta. Una joven morena, empleada de la arrendataria, preguntaba si todo estaba a mi gusto y necesidad («encontrará un poco de fruta y zumos en la nevera»), me daba la bienvenida («*bem-vindo*») y me dejaba los números de sus teléfonos por cualquier cosa.

De allí y en adelante, me pareció estar viviendo dentro de alguna de esas series americanas. Todo era nuevo, bonito, suave y musical. También el coche pequeño, pero con aire acondicionado, que estaba a mi disposición estacionado en el garaje trasero del edificio. Y también la clínica donde iba a trabajar, que conocí ese mediodía y de la que me enamoré perdidamente. El paraíso de la medicina, le dije a Jorge por teléfono una semana después, y un oasis para los investigadores, agregué.

—Por el momento estoy viviendo en una montaña rusa, todo me da vueltas. Es tanta la información que quiero captar, tantos los datos que quiero atrapar, que siento como si la vida cotidiana se me hubiera convertido en una tarea tan enorme como escalar una montaña, pero tan placentera como deslizarse en un tobogán.

Todo nuevo, los paisajes, los sabores, la música, las palabras, los tonos, los olores, la manera de pensar de la gente... Siento como si tuviera que recomponerme la cabeza todo el tiempo. Estoy abrumado.

Jorge hizo silencio del otro lado de la línea. Finalmente dijo:

—Pero ¿tú cómo te sientes?

—No sé. Es que es demasiado, y no puedo parar y relajarme ni para pensar cómo estoy. Imagínate que todavía no tuve tiempo de echar de menos a Pau. Éste es un lugar tan diferente, aunque parezca mentira. Es como si tuviera que desaprenderme de todo lo que sé, pero no en la medicina, sino en la vida. Como si tuviera que borrar mi disco duro y volver a cargar otra información. Por un lado es una experiencia agobiante, pero, por el otro, tengo que admitir que es como si mi cabeza estuviera a punto de abrirse, como si de golpe hubiera salido de un letargo...

—Como un despertar.

—Exacto, pero no es un despertar simple, es bastante complejo. Es más como un proceso, no como una revelación. Algo desde adentro me dice que en algún momento la revelación llegará y las cosas se acomodarán de otra forma, más definitiva. Sin embargo, todo esto es una intuición, porque nada parece indicar que así será.

—¿Cómo es eso?

—¿Recuerdas que muchas veces yo te digo que estoy como entrampado? Bueno, la sensación que tengo es que el muro del encasillamiento mental que me tenía atrapado ha empezado a resquebrajarse y que muy pronto se derrumbará. Creo que sin esa pared empezaré a ver las cosas desde otro lugar, podré interpretarlas desde otros puntos de vista.

—¿Desde otros o desde otro, Demi?

—¿Es importante la diferencia?

—Quizá sí.

—No te entiendo, te digo que el muro se cae, ¿y tú haces hincapié en un plural? —dije ofuscándome un poco.

La línea volvió a quedarse muda. Y enseguida, él retomó la palabra.

—Escúchame, Demi, para mí lo importante no es que cambies de manera de pensar o de percibir. Porque trampas hay en todos lados. Lo importante, es que sepas que puedes cambiar, ¿entiendes? Cambiar. Porque esa capacidad es parte de ti. Siempre la has tenido y hoy la estás usando para adecuarte al medio donde estás. Eso no es definitivo, sino transitorio. Seguramente habrá más cambios y quizá más sustanciales todavía que el de hoy. Tienes que saber que lo fundamental es la capacidad de cambiar y no el cambio en sí. ¿Me comprendes? —la línea empezó a hacer ruidos y Jorge me dijo—. Hay un cuentecito muy cortito que a mí siempre me pareció encantador, te lo mando ahora por *mail*.

No me acosté hasta que no recibí el *mail* de Jorge.

El cuento se llamaba «El hombrecito azul» y decía:

En una ciudad azul,
donde todo era azul,
debajo de un árbol azul,
descansaba sobre el césped azul,
un hombre azul
todo vestido de azul.
El hombre azul se desperezó
y abrió sus ojos azules al cielo azul.
De pronto vio recostado a su lado
a un hombre verde,
vestido de verde.
El hombre azul, entre sorprendido y asombrado le preguntó:

—¿Y usted qué hace aquí?

—¿Yo? —contestó el hombre verde—. Me escapé de otro cuento porque allí me aburría.

Lo leí con atención, aunque me quedé algo confundido. Si bien podía captar el sentido de las palabras, creo que aún no estaba en condiciones de darles su exacta dimensión.

Capítulo 29

Después de tres meses de trabajar y vivir en Brasil, comencé a tranquilizarme, al menos respecto de las cuestiones cotidianas. La rutina, no la que agobia, sino la que permite que nos sintamos parte de un sitio conocido y que no vivamos en permanente estado de sorpresa, empezó a desplegarse. Me acostumbré a la *feijoada*, a la *caipirinha*, al aire sin contaminación y a repetir *tudo bem* como si jamás hubiera hecho algo distinto en mi vida.

Tal vez fue por mi enorme deseo de adaptarme al medio, que me volví una esponja o quizá por el fuerte enamoramiento que sentí por ese lugar, por su gente, sus costumbres y sus tradiciones.

Si al partir había sentido que me quedaba sin raíces, al llegar empecé a intuir que no las necesitaba. Aquí la gente establecía relaciones absolutamente presentes, que en todo caso eran capaces de extenderse en el futuro, pero no arrastraban el pasado, por bueno o malo que hubiera sido.

El día que Pablo no me reconoció la voz por teléfono y se sorprendió de mi acento, supe que algo había cambiado no sólo para mí, sino también para los demás.

Una tarde, después del trabajo, lo hablé con Jorge. Mientras lo saludaba y le contaba de lo mucho que aprendía en el trabajo, le explicaba ese gestaltismo «natural» de los del pueblo.

—Y debe ser cierto que los polos opuestos se atraen —le dije—, porque aquí estaba yo en la otra punta del mapa, demasiado lejos del país donde nací, y también en el polo opuesto de mí mismo, que viví gran parte de mi vida pendiente de mi pasado y cerrándome al presente y al futuro.

Mientras le decía esto escuchaba el ruido de bombilla chupada con fuerza.

—Debo reconocer que te escucho tomando mate y me da un poco de envidia.

—¿No te llevaste yerba y un mate, Demi? —me preguntó Jorge, sorprendido ante mi comentario.

—Sí, pero no lo tomo. No es lo mismo. Aquí no tengo con quién tomar mate. En Brasil se toma, pero más al sur.

—Sí, mucho más al sur, en una provincia de Brasil que se llama Misiones.

—No jorobes, Gordo, que me agarra la nostalgia y a ésa la quiero bien lejos, al menos por ahora.

—Veo que lo tienes todo planificado —comentó con cierto sarcasmo.

—No, pero si la puedo ir pateando, mejor. Además, créeme que no tengo tiempo. Estoy a mil, trabajando y aprendiendo todo lo que puedo. No quiero desaprovechar lo que veo. Estando aquí se abren un montón de oportunidades, sabes, Gordo. Si yo realmente quisiera, antes de cumplir un año aquí, ya podría pensar en trabajar en clínicas nefrológicas de Estados Unidos o de Europa. Llegan invitaciones cada semana. Vamos a ver.

—Y por eso vas pateando la nostalgia.

—Claro, porque si me permito pensar me atrapa la *saudade* y quizá se hunde todo.

—¿Qué se hunde?

—Mis planes actuales. Si empiezo otra vez a plantearme si vuelvo o no, me complico. Prefiero no pensar. Quiero disfrutar este momento a pleno, darme la posibilidad de vivir con todo. Porque estoy deslumbrado. El otro día se lo decía a Pau y también a mamá. Les estoy insistiendo a las dos para que vengan, en especial a Paula.

—¿De paseo?

—En principio, sí. Pero te aseguro, Jorge, que esto es tan pero tan maravilloso que no tengo dudas de que si Paula se viene, no va a querer volverse a Argentina.

—Ojalá, Demi. Pero por las dudas, mejor tener dudas, ¿no?

La princesa le dijo a su padre el rey:

—Alteza, estoy enamorada de lord Gunfold. ¿Me autorizáis a casarme con él?

—Ah, mi querida hija —dijo el rey—, una princesa no debe entregarse a cualquiera que la solicite en matrimonio. Deberá demostrar su valor y su inteligencia para aspirar a tu mano.

—¿De qué manera, padre?

El rey llevó a la princesa hasta el establo y allí le mostró unas puertas verdes numeradas del uno al cinco.

—Si tu pretendiente es capaz de matar al tigre encerrado tras alguna de estas cinco puertas, será tu esposo y, por lo tanto, el futuro rey. Pero eso no será fácil. Si acepta el desafío deberá abrirlas una tras otra en riguroso orden, comenzando por la número uno. De uno de estos cuartos saldrá por sorpresa un tigre. Gunfold no podrá saber detrás de qué puerta se encuentra el tigre hasta que la abra y, por ello, atreverse a este reto será difícil. Si lo enfrenta será la prueba de su estirpe. Si lo pasa se habrá ganado el mejor de los premios, la boda contigo.

Lord Gunfold se enteró por su enamorada de los planes del rey y, sabiendo que el monarca jamás mentía, razonó:

—Si llegase a abrir las cuatro primeras habitaciones y las encontrase vacías, yo sabría en ese mismo momento que el tigre me espera tras la quinta puerta. Pero eso no es posible porque el rey dijo que el encuentro del tigre sería inesperado… Por lo tanto no puede haber tigre tras la última puerta, no sería una sorpresa.

Contento con su razonamiento, el novio siguió:

—La quinta está descartada, así que el tigre debe estar en alguna de las otras cuatro. Pero ¿qué sucedería si abriera yo las tres primeras habitaciones y estuvieran vacías? El tigre debería encontrarse por fuerza en la cuarta. Pero si así sucediera otra vez no habría sorpresa ninguna. Así que también la número 4 está eliminada.

Con igual razonamiento, Gunfold llegó a la conclusión de que el tigre no podría encontrarse tras la puerta número 3, ni tras la número 2. Y concluyó por fuerza en que, si había un tigre, debía estar en la primera puerta.

«El rey nunca miente y ha dado su palabra de que la aparición del tigre sería inesperada —pensó Gunfold—, pero ¿qué clase de sorpresa sería encontrarlo en el único lugar en el que podría estar?»

Lord Gunfold saltaba de alegría.

Llevó a la princesa al jardín y le dijo:

—Dile a tu padre que acepto el reto porque creo en su palabra.

—Pero el tigre… Saltará sobre ti… Te matará —lloriqueó la princesa.

—Tranquila —dijo el joven cortesano—. ¿No entiendes? No hay ningún tigre detrás de esas puertas. Si lo hubiera no sería sorpresa, como aseguró el rey. Y tu padre siempre cumple su palabra.

El día de la prueba, sabiendo con certeza que no había tigre alguno, Gunfold fue abriendo las puertas una tras otra sin dudar un instante. Inesperadamente, al abrir la puerta número tres un tigre le saltó encima y se lo comió.

Fue una gran sorpresa.

El rey había cumplido su palabra.

Capítulo 30

Tener dudas podía ser bueno, pero en verdad estaba tan eufórico con todo lo que me sucedía que se me hacía muy difícil abandonar mi certeza optimista.

Mi trabajo era sumamente estimulante; un desafío cotidiano que yo lograba sortear casi siempre con gran éxito. Era la primera vez que me sentía realmente valorado entre mis colegas. Y sumamente respetado por la institución de la que formaba parte.

Percibía una diferencia abismal respecto del medio que hasta entonces me había rodeado. La competencia ciertamente existía, pero parecía más leal. Posiblemente eso conducía a un trabajo de equipo que se desarrollaba sin ninguna de las acostumbradas disputas egocéntricas que había visto tan asiduamente en el pasado. Allí valía la pena trabajar duro, porque en verdad existían posibilidades de destacarse, de sobresalir, de dar un gran salto en el camino de ayudar mejor a más personas.

Así iba yo, afianzándome como profesional en un ámbito de excelencia, con las mejores perspectivas futuras, cuando sin buscarlo y, sin darme cuenta de lo que no debía hacer, me encontré asistiendo a un «asado» que organizaba un grupo de argentinos. La invitación me llegó a través de Beatriz que, invocando el nombre de Pau, me contó que era una amiga suya de la infancia y que vivía en Brasil desde jovencita. Acepté porque no pensé demasiado, porque era una reunión de gente vinculada al tema de la salud, aunque había más psicólogos que médicos y también porque era una forma de sentirme cerca de Paula. Me equivoqué.

Al llegar, empecé a sentirme como sapo de otro pozo, aunque consciente de que no desconocía esa manera de ser, ya que yo había sido así veinte años antes.

Fue verlos y retroceder en el tiempo. Música vieja, palabras antiguas, preocupaciones arcaicas. Y la ropa... Una exótica mezcla de harapos «hippindigenistas», varias boinas y barbas de burda y obvia significación política y un par de infaltables camisetas del Boca.

Me senté en un rincón, dispuesto a comer lo más rápidamente posible y huir despavorido de aquella atmósfera «psicobolche» que me oprimía el cerebro. Ni Marily hubiera tolerado tanta pasión política inútil.

¿Cómo Paula, conociéndome, me había vinculado con esa gente?

Más allá de lo desagradable de la reunión y de la mala compañía, sentí un profundo fastidio con Pau.

Cuando llegué a casa, preferí darme la oportunidad de hablar con Jorge, antes de hablar con ella. Decididamente sería mejor para los dos.

—No entiendo —le dije a Jorge— cómo pudo suponer que a mí me podía interesar encontrarme con esa sarta de cretinos que se juntan para cantar «que la tortilla se vuelva» con la boina del Che... Pero viven aquí disfrutando de las ventajas de trabajar en una economía capitalista y soñando en realidad con conseguir una tarjeta verde para irse a los Estados Unidos... Parece que no me conociera. Ella sabe lo que pienso. Es más, muchas veces discutimos sobre ese tema.

Yo no juzgo lo que hacen los demás, pero de ahí a mandarme a una reunión como ésa, ¡es para matarla!

—A lo mejor pensó que podía ser una forma de ayudarte a no echar de menos a los argentinos o a algunas de nuestras costumbres...

—O de colocarme en el túnel del tiempo, Gordo. Yo ya estuve ahí, y no quiero volver atrás, me niego... Esa reunión era como encontrarme de nuevo conmigo mismo, pero el «migo» de hace veinte años.

—¿Y qué tiene de malo que te encuentres de cara con el que fuiste?

—No tiene nada de malo, salvo que hoy mi escala de prioridades ha cambiado, hoy quiero luchar para conseguir que un chico de Bolivia con una insuficiencia renal grave tenga alguna posibilidad aunque sea remota de sobrevivir y no usar ese tiempo y esa energía en cantar canciones de protesta esclarecedoras. Hoy quiero ser el mensajero de la ayuda de la ciencia y no más el de la revolución, hoy creo que lo social pasa por la igualdad de oportunidades y no por la dictadura del proletariado.

—¿Y por eso hace falta enfadarse?

—No sé si hace falta, pero estoy muy enfadado. Qué suerte que Pau no está conmigo, porque si no, hoy alguno de los dos dormía en la plaza...

—Sí, es una suerte que no esté ahí —me dijo el Gordo, para tratar de hacerme sonreír—, a ti siempre te da alergia cuando duermes al aire libre.

Cuando corté ya no tenía necesidad de hablarle a Paula (evidentemente, estábamos en momentos diferentes). Yo me encontraba contento con mis logros profesionales y encantado con el apartamento donde vivía, uno bastante amplio, luminoso y cercano a la clínica donde trabajaba; no quería permitir que una situación menor, como la del asado, lograra desestabilizarme. Y aunque jamás pensé que podría decir lo que sigue, me ayudó la visita de mamá, que viajó a visitarme durante mi cuarto mes de estancia.

Se quedaría una semana conmigo y luego Francisco vendría para que recorrieran juntos algunas de las maravillas de este país. Yo aproveché para tomarme un par de días de licencia, que no hubo inconvenientes en conseguir, por lo que pude disfrutar con ella y de ella.

El encuentro con mamá fue como la continuación del descubrimiento de su persona que ya había hecho en Buenos Aires. Una mujer con la que se podía hablar y tenía mucho para decir sin pretensiones de manejar mi vida, una madre distinta, que podía aconsejar con placidez y hasta con sabiduría. Yo, quizá por primera vez, era capaz de escucharla sin prejuzgar, sin encasillarla y sin oponerme de inmediato a lo que decía.

Un mediodía, mientras comíamos en un restaurante del pueblo, me hizo saber que lo único que le preocupaba un poco de mí era lo que ella denominó mi «inquietud de espíritu».

—Yo sé que soy algo tradicionalista, Demi. Por más que me esfuerce en ser moderna, seguramente por educación y por formación, yo creo que la felicidad no tiene nada que ver con el movimiento constante. No es que piense que la vida siempre tiene que ser igual, para nada. Pero tampoco, me parece, hay que cambiar por cambiar.

—Es que esta es la manera en la que yo quiero vivir, mamá.

—Pero hijo, si el problema no es que yo no comparta tu manera de vivir, nadie tiene la receta perfecta. El tema es que no te veo del todo feliz, no te siento pleno. ¿Sabes la sensación que tengo? Creo que todavía estás buscando algo, y me da mucho miedo por ti cuando pienso que ese algo quizá no exista. Antes vivías cambiando de trabajo; después de pareja; ahora, ¿qué vas a hacer? ¿Mudarte constantemente de país...?

Le sonreí para tranquilizarla.

—Entiendo perfectamente lo que quieres decirme, mami; e incluso sé que hay mucho de razón en tus temores. Quiero contarte un secreto, si me prometes que esto no te asustará más todavía —me acerqué a ella y le susurré al oído—. En algunos momentos yo mismo no tengo la certeza de que exista lo que busco... Y aún convencido de que existe, a veces no sé si no es un sueño imposible.

—Mi amor... —dijo mi mamá y me acarició la cara mientras me decía con la mayor de las aperturas—, ¿no quieres volver a Buenos Aires? No hay nada que demostrar...

—No, mami. ¿Has leído alguna vez a Álvaro Yunque?

—¿El de *Barcos de papel*?

—Sí, ése.

—Sí, un poco. ¿A qué te refieres?

—Escribió un cuento hace muchos años en un libro que creo que se llamaba *Los animales hablan*, que te quiero contar.

Mi mamá aplaudió como una nena, y apoyando la cabeza sobre sus manos se dispuso a escuchar.

Había una vez un gusano que se había enamorado de una flor.

Era, por supuesto, un amor imposible, pero el insecto no quería seducirla ni hacerla su pareja. Ni siquiera quería hablarle de amor. Él solamente soñaba con llegar hasta ella y darle un beso. Un solo beso.

Cada día y cada tarde el gusano miraba a su amada cada vez más alta, cada vez más lejos. Cada noche soñaba que finalmente llegaba a ella y la besaba.

Un día el gusanito decidió que no podía seguir soñando cada noche con la flor y no hacer nada para cumplir su sueño. Así que valientemente avisó a sus amigos, los escarabajos, las hormigas y las lombrices que treparía por el tallo para besar a la flor.

Todos coincidieron en que estaba loco y la mayoría intentó disuadirlo, pero no hubo caso, el gusano llegó arrastrándose hasta la base del tallo y comenzó la escalada. Trepó toda la mañana y toda la tarde, pero cuando el sol se ocultó sus músculos estaban exhaustos. «Haré noche agarrado del tallo, pensó, y mañana seguiré subiendo.» «Estoy más cerca que ayer», pensó aunque sólo había avanzado 10 centímetros y la flor estaba a más de un metro y medio de altura. Sin embargo, lo peor fue que mientras el gusano dormía, su cuerpo viscoso y húmedo resbaló por el tallo y a la mañana el gusano amaneció donde había comenzado un día antes. El gusano miró hacia arriba y pensó que debía redoblar los esfuerzos durante el día y aferrarse mejor durante la noche. De nada sirvieron las buenas intenciones. Cada día el gusano trepaba y cada noche resbalaba otra vez hasta el suelo. Sin embargo, cada noche mientras descendía sin saberlo, seguía soñando con su beso deseado. Sus amigos le pidieron que renunciara a su sueño o que soñara otra cosa, pero el gusano sostuvo con razón que no podía cambiar lo que soñaba cuando dormía y que si renunciaba a sus sueños dejaría de ser quien era. Todo siguió igual durante días, hasta que una noche… Una noche el gusano soñó tan intensamente con su flor, que los sueños se transformaron en alas y a la mañana el gusano despertó mariposa, desplegó las alas, voló a la flor y la besó.

Cuando terminé de contar el cuento, mi mamá lloraba con una increíble sonrisa en los labios.

Lloraba por mí, por mis sueños, por los suyos y seguramente también por la pobre mariposa de su infancia.

Se acercó otra vez a mí y me besó en la frente. Un beso muy largo que nunca olvidaré.

Capítulo 31

En ningún momento hablamos mamá y yo de otra cosa que no fuera de nuestra relación y de lo que a cada uno le estaba pasando, incluso con nuestras parejas... Sólo la noche anterior a su partida, se me ocurrió preguntar casi «de oficio» cómo estaban todos por Buenos Aires, la familia, los amigos, Gerardo... Gaby. Le pregunté por Gaby porque sabía que mi madre y ella se cruzaban frecuentemente (vivían a dos manzanas una de otra) y se querían sinceramente. Pero cuando mencioné a mi ex, me pareció notar que mamá se sentía algo molesta. Empezó a acomodarse en la silla, a toser, a buscar un pañuelo en la cartera y a rehuirme la mirada...

—¿Qué pasa, mami? Puedes contármelo... Yo a Gaby la quiero mucho y la recuerdo bien, pero lo nuestro terminó hace ya mucho tiempo. ¿Qué pasa?

—No pasa nada. Sólo que yo no quiero estar en medio de la relación entre vosotros.

Intenté que me contara algo más, pero fue inútil. Cuando se lo proponía, mamá sabía ser intransigente.

Si bien es cierto que estuve a punto de enfadarme con ella y estropearlo todo, me di cuenta enseguida de que estaba equivocado, desde algún punto de vista, en este caso, mamá tenía razón. ¿Por qué tenía que trabajar de mensajero «corre-veidile»? A mí sinceramente me molestaría que le contara a Gaby algunas de las cosas que habíamos charlado.

Aflojé la presión y le dije sinceramente:

—Tienes razón, mami. Perdóname.

Francisco llegó puntualmente a mi apartamento, y su llegada trajo a mi vida una buena noticia y una sorpresa imprevisible. A pesar de que se cuidaron de efusivas demostraciones de afecto, yo noté lo contenta que mi madre estaba de su llegada y eso era una buena noticia; la imprevisible sorpresa fue su alegría al separarse de mí. Novedad absoluta, en cuarenta años nunca había sucedido antes...

Después de decirle adiós a ambos y agradecerle a mi mamá que hubiera venido, me adapté de nuevo a estar solo en la casa y me senté a escribirle un *mail* a Jorge. Todavía faltaban un par de días para la llamada que semanalmente le hacía, y yo me daba cuenta de que me había quedado inquieto con la conversación acerca de Gaby.

...No me imagino por qué mamá no quiso contarme nada sobre Gaby. ¿Le habrá pasado algo malo? ¿Tendrá algún problema? ¿O simplemente «su problema» seré yo, como siempre? Hace mucho que no la veo, desde aquel día en que fue a casa con la excusa de buscar los papeles del divorcio. Por supuesto que fue lo mejor que pudo suceder, porque con ella dando vueltas cerca de mí, quizá no hubiera podido enamorarme de Pau.

Pero, de todos modos, definiendo el querer a alguien como la importancia que para uno tiene su bienestar, yo te puedo asegurar que la sigo queriendo aunque no elija ser su pareja.

La verdad, Gordo, es que no sé qué hacer. No quiero obsesionarme con el tema, pero tampoco engañarme diciendo que no me interesa. Es obvio que mamá sabe algo que no me quiere decir... Y está en todo su derecho. ¿Será que Gaby no quiere que me entere? ¿Tal vez le pidió a mamá que guarde silencio? Puede ser, pero sobre qué. ¿Qué es eso de lo que no me puedo enterar?

Dime algo, ¿de acuerdo? Un abrazo.

Durante los siguientes días le escribí a Gaby un par de *mails* preguntándole cómo estaba y contándole brevemente mi experiencia en Brasil, pero Gaby siguió sumida en un silencio parecido al de mamá. Mandé una carta por correo pensando que quizá su *mail* había cambiado, pero no me atreví a llamarla por teléfono, porque me pareció demasiado invasor.

Pensándolo bien, siendo Gaby quien era, mi interés brusco en lo que le pasaba le parecería una suerte de golpe bajo («¿qué le pasa a éste?»). Yo, que ni siquiera me había despedido al irme, estaba llamándola desde Brasil desesperado por saber de ella («por fin Demián se ha dado cuenta de lo que perdió»). Y encima con el riesgo de avivar alguna esperanza si es que todavía Gaby la tenía, sin ninguna clase de fundamento ni piedad.

Después de tres semanas, volví a intentar con otro *mail* y esta vez, la contestación llegó al día siguiente. No era un simple acuse de recibo, pero se le parecía bastante:

Me alegro de que estés bien. Yo ídem.
Saludos, Gaby

Me reí solo. Parecía un telegrama: «Me alegro estés bien. Stop. Yo, ídem. Stop. Saludos. Stop».

Menos mal que esa tarde pude hablar con Jorge, porque poco a poco, cuando la risa fue cediendo, me quedé sólo con la tristeza, una especie de congoja suave pero persistente.

—Le escribí a Gaby porque pensé que le sucedía algo y que nadie me lo quería decir. ¿Te has dado cuenta de que muchas veces a la persona que está lejos no se le dicen las cosas malas, para no herirla? La gente piensa para qué hacerla sufrir en la distancia, si total no puede hacer nada. Bueno, yo creí que era algo así y te aseguro que por eso le escribí. En el primer *mail* me disculpé por no haberle avisado de que viajaba. No le inventé ninguna excusa, ni le expliqué nada, sólo le pedí disculpas. En los otros dos le conté un poquillo de mi vida, a título informativo y le pregunté por la de ella. Es más, precisamente para evitar malos entendidos, no la llamé por teléfono.

La voz de Jorge se escuchó clara desde el otro lado del ordenador:

—¿Y qué pasó?

—Al principio ni me contestó y yo me empecé a preocupar más todavía. Finalmente le mandé un *mail* con confirmación de lectura y me respondió con un *mail* tipo telegrama. Me alegro. Estoy bien. Saludos.

—Y tú te enfadaste.

—No sé si es enfado. Es indignación. Es el cabreo frente a lo injusto. Yo no me merezco este maltrato. Y ahora me queda una gran tristeza. Es la sensación de que lo poco que quedaba del amor que nos tuvimos desapareció definitivamente. La chica que manda ese *mail* no es la Gaby que yo conocía, la mujer con la que estuve casado cinco años…

—¿Y cuál hubiera sido la actitud de Gaby, la que tú conocías?

—Llamarme, insultarme porque me fui sin despedirme, mandarme un *mail* o una carta de cien hojas, pidiéndome explicaciones, amonestándome hasta lograr que le pidiera perdón de rodillas... No sé. Gaby, aquella Gaby que yo conocí hubiera sido incluso capaz de viajar hasta aquí para insultarme. Cualquiera de esas cosas hubiera sido más de su estilo que el silencio o esta respuesta de oficina administrativa.

—Hace muchos años me contaron este chiste bastante machista —me dijo—, que ahora me viene a la memoria.

Se trata de un hombre que después de mucha seducción, de mucho cortejo, de mucho tiempo y de mucha paciencia, consigue llamar la atención de una mujer.

Eufórico porque ella finalmente ha aceptado cenar con él, se acicala como nunca, se perfuma, se peina y hasta le compra un enorme, hermoso y carísimo ramo de rosas.

Para no hacer demasiado larga la historia, el amor surge también en ella que, quizá por su decisión de llegar virgen al matrimonio, acepta casarse con su pretendiente, sin darse el tiempo de conocerlo en profundidad.

La noche de bodas, después de la fiesta, ella espera con ansiedad su primera experiencia sexual, pero ésta se limita a unos pocos besos superficiales y a unas tibias caricias. Ella le pregunta si pasa algo y él le confiesa su drama. Le dice que no se atrevió a decírselo por temor a perderla, pero que tiene un problema serio con su genitalidad. Ella rompe a llorar, pensando que es impotente, que ella no le gusta o que está enamorado de alguien más. Pero no es eso. Su marido le confiesa que ha tenido experiencias sexuales anteriores y que siempre que amó a alguien verdaderamente le ha pasado lo mismo, no así con prostitutas o relaciones intrascendentes. Si su amada no le permite insultarla groseramente él no consigue excitarse. Ella vuelve a llorar, ahora con un motivo real. Su marido se acerca y le dice que si ella quiere, se puede deshacer el matrimonio, que él lo comprendería. Ella quiere averiguar un poco más. («¿No podría él intentar hacerlo sin esa condición? ¿Será un trastorno definitivo? ¿Ha consultado a algún médico?») El hombre le dice que está en tratamiento pero que no tiene muchas esperanzas, aunque está dispuesto a hacer lo necesario para librarse de esa maldición. Finalmente ella se da cuenta de que tiene pocas posibilidades, separarse, renunciar a su sexualidad o aceptar aunque sea transitoriamente las condiciones humillantes de ser insultada por su marido antes de tener relaciones. Acertadamente o no, elige esta última opción y durante años el matrimonio crece y se comporta en todo momento como una pareja normal, salvo por la noche, cuando en el secreto de la alcoba se actúa según lo pactado. Pese a que no se veía ninguna señal de evolución, una tarde el marido llega a casa con un ramo de flores aún más grande, más hermoso y más caro que aquel de aquélla, su primera cena. Le cuenta a su esposa que está dado de alta y para demostrarlo la levanta en sus brazos, la besa suavemente y mientras le murmura palabras tiernas y poemas románticos al oído, hacen el amor, como nunca. Después del clímax, ella llora y mirándolo a los ojos le dice: «¿Ya no me amas, ¿verdad?».

—Te pareces a la mujer del final del cuento. Como Gaby no hace esas barbaridades que tú le conocías, porque no te exige, no se queja y no manipula... Ahora sientes que te maltrata... Un psiquiatra no debería decir esto ni en broma, pero me parece que este tema te pone un poco loco.

—¿Y entonces? ¿Cómo sigo? Porque si la llamo para preguntarle qué le pasa y todo eso, ella va a pensar que la quiero seducir y que la quiero dejar enganchada conmigo por si acaso...

—Y lo peor —dijo el Gordo— es que no sólo lo va a pensar, se va a dar cuenta de que es así...

Sonreí y preferí callar. De lo contrario hubiera tenido que admitir que yo ya no tenía remedio.

Capítulo 32

Las semanas se sucedieron con velocidad, inmerso como estaba en un torbellino de actividades. Y el tiempo se encargó de reafirmar que mi vínculo con Gaby había terminado. Yo había contestado su *mail*-telegrama con un tibio reproche a su frialdad y con una mención a mi apertura a nuestra amistad, pero Gaby volvió a sumirse en el silencio. Poco a poco debí aceptar que no era yo el único que tenía derecho o necesidad de transformaciones: los demás también podían cambiar sin permiso y sin avisar. Durante aquellos días, hubo un momento en que mi soberbia me llevó a creer que lo de Gaby no era sino una nueva estrategia para atraerme. Me acordé entonces de nuestro último encuentro. Siempre había pensado que aquello había sido planeado por Gaby como una estrategia para forzar un encuentro. Ella había llegado hasta mi casa con la excusa del acta de divorcio, me había esperado en la sombra, sin entrar a la casa, había querido olvidarse el suéter... Todo análisis conducía en esa dirección y hasta me daba pena su frustración.

Desde mi ventana, mientras recordaba ésa, nuestra última noche, miraba la sierra, sin ver.

Esa actitud y el sol que se filtraba en la sala, llevaron mi memoria a aquella otra mañana. Gaby, frente a la ventana de mi apartamento en Buenos Aires, mirando sin ver, como escapada de un cuadro.

No sé por qué, pero en ese momento lo comprendí.

Gaby no había ido esa noche a tratar de reconquistarme como yo lo había creído siempre.

Gaby había ido a despedirse.

Aquel encuentro no era una propuesta; era un adiós.

Un adiós a su manera.

Seguí allí junto a la ventana durante horas, sorbiendo lentamente una copa de vino y recordando. A medida que pasaba el tiempo me daba cuenta de cómo encajaba todo. Hasta el olvido del jersey.

Ese abrigo no era un abrigo más. Ése era el regalo que le di a Gaby el día que le propuse casarse conmigo.

—Yo no quiero darte un anillo, para simbolizar nuestra mutua esclavitud —le había dicho—, quiero que nuestra pareja sea para los dos un lugar de protección y calor.

El vino, el cansancio y la tristeza empezaban a desvanecer mi claridad y yo hacía esfuerzos intentando traer a mi mente una y otra vez cada escena para grabarlas en mi memoria, y que los detalles se imprimieran a fuego. No quería olvidar aquella mañana, la última. Se me hacía difícil aceptarlo. Gaby y yo jamás volveríamos a estar juntos.

Recordé antes de quedarme dormido:

> Tu ropa juntito a la mía
> jamás en la vida
> se vuelve a lavar.

Por suerte al día siguiente no tenía trabajo, así que me quedé en la cama hasta tarde y sobre el mediodía, sabiendo que era una buena hora para pescarlo, volví a llamar a Jorge.

Cuando le conté lo que había descubierto, Jorge hizo un silencio y me dijo:

—Bueno, bueno... Te felicito, Demián, es una gran demostración de lucidez y de madurez poder darte cuenta de todo esto. Creo que ya no vas a tener que usar tanto el teléfono. Tal vez esta llamada sea también una despedida... A tu manera.

—No te hagas ilusiones por ahora, Jorge. Esto acaba de empezar. Dentro de un par de semanas Pau viene a verme. Y yo estoy lleno de expectativas con su viaje. Jamás me había planteado un encuentro genuino con una mujer sin la certeza de que de todas maneras, si esa relación no funcionaba, siempre estaba Gaby, que me querría... Siempre. Éste es mi primer salto, sin red. Una especie de prueba. Deséame suerte.

—«Una especie de prueba» ¿Sabes? Así se llama un cuento de amor que uso cada vez que me hablan de las nuevas relaciones que se montan por internet.

—Cuéntame —le pedí.

Es la historia de Juan Carlos y Eugenia. Él, un mecánico industrial contratado en las plantas de ensamblado y montaje de electrodomésticos en Tierra del Fuego. Ella, una empleada administrativa de una empresa productora agrícola en Salta. Uno, en una punta del país; la otra, en el lugar más lejano posible, en la otra punta.

Se conocieron por internet, chateando, de casualidad. Juan Carlos adoraba el espacio virtual, pasaba allí gran parte de su tiempo libre, sobre todo en el durísimo invierno del sur, con temperaturas de más de 20° bajo cero y noches larguísimas. Eugenia, recién incorporada al ciberespacio, lidiando todavía con algunos comandos y algunos términos de la configuración que pensaba que nunca llegaría a descifrar. El caso es que desde el primer día que intercambiaron dos frases, algo se había abierto entre los dos. Charlaban de sus trabajos (oficinas y galpones), de sus opiniones políticas (peronistas y radicales), de sus gustos por la música (tango y barroco, coincidiendo en Joan Manuel Serrat) y muchas veces (cada vez más) de sus problemas personales. Se hicieron verdaderos cómplices primero, y sinceros amigos después. Se brindaban un genuino apoyo mutuo a pesar de la distancia y de que nunca habían hablado por teléfono ni se habían intercambiado fotografías. («¿Para qué?», había dicho ella. «¿Es importante acaso?») Hasta aquel día en el que su amistad estuvo a punto de ser amenazada por una contingencia que nada tenía que ver con ellos. La empresa donde Juan Carlos trabajaba había comenzado con un plan de reducción de horarios para poder sostener la crisis del sector. Esto significaba un recorte de salario que, para los que vivían solos, significaba dedicar el noventa por ciento del sueldo a pagar el alquiler. Cuando Juan Carlos se lo contaba a Eugenia, le avisaba que no podía distraer el dinero que no tenía para mantener su apetencia por el chat y que, por lo tanto, iba a desaparecer de la red, hasta que regularizara su situación en la empresa o consiguiera un nuevo trabajo. En pocas semanas lo que era una dificultad se volvió un drama, cuando la fábrica finalmente cerró. Juan Carlos se encontró con Eugenia en la red para despedirse y ella le pidió su dirección para mandarle un libro, que ella pensaba que le ayudaría. Poco después Juan Carlos se enteraría de que la ayuda no era un libro sino un giro de dinero a su cuenta llegando de Salta. Su orgullo lo tentó para rechazarlo, pero aquellos a los que él debía, también necesitaban el dinero. «La única condición que te pongo», le había escrito Eugenia, «es que no pierdas esta relación que hemos creado, no tengo tantos amigos como para que me los robe una empresa que ni conozco en la otra punta del país». Juan Carlos recibió el giro durante tres meses, el tiempo que le llevó hacer algunos contactos para conseguir un nuevo trabajo. Pero su paciencia tuvo un premio. El nuevo puesto era lo que siempre había deseado conseguir y el sueldo casi doblaba el anterior. Con el primer sueldo, Juan Carlos devolvió el dinero que había recibido de Salta y con el segundo envió una encomienda con una cajita de madera tallada dentro de la cual había un dije de plata con la palabra «Gracias» y una nota que decía: «Señorita Eugenia, su amigo de la otra punta, la invita a almorzar en Salta el día que usted quiera...». Después se enteraría ella que Juan Carlos había postulado para viajar por el interior en representación de la nueva empresa y había escogido la zona del norte del país. Eugenia eligió el día y lo invitó a encontrarse junto al monumento a Güemes en la plaza central de Salta Ciudad. («¿Cómo te voy a reconocer?», había preguntado él. «Tendré una flor blanca en la solapa», había dicho ella. «Y yo un libro en la mano», había contestado él. «¿No quería mandar una foto?» «No, no quería.»). En los últimos tiempos, Juan Carlos se había dado cuenta de que su interés por encontrarse con Eugenia era más que el mero deseo de conocer a su amiga. Se sentía con ella como con nadie, comprendido, querido, cuidado. Recordaba algunas conversaciones del *chat* de los últimos días donde ciertos mensajes seductores y bromas de suave insinuación fueron recibidos por Eugenia con lo que él quiso definir como una pequeña aceptación de propuestas. Distraído en su pensamiento y movilizado por su deseo de encontrarse con Eugenia, se bajó del bus una parada antes y tuvo que correr con la maleta al hombro para tratar de llegar a horario a la cita. Media manzana antes de llegar a la plaza miró su reloj, estaba llegando diez minutos tarde. Apresuró el paso y casi se llevó por delante una impresionante mujer de cabello castaño vestida muy elegantemente con un trajecito azul. Por un momento deseó que fuera Eugenia, pero no. No tenía la convenida flor en la solapa. La chica sonrió frente a su torpeza con las maletas y siguió su camino. Juan Carlos llegó a la plaza y corrió hacia el monumento. Y allí estaba. Bajita, regordeta, aparentando bastante más de los treinta y ocho que decía tener y por supuesto con su flor en la solapa. Instintivamente, Juan Carlos escondió el libro detrás de la espalda. Se sentía decepcionado. Tantas ilusiones. Se dio cuenta de que no estaba obligado a presentarse. Después de todo ella no lo conocía. Ella no había querido enviar las fotos y ahora entendía el porqué. Si se iba, pensó, siempre podría inventar una excusa para decirle que no pudo llegar al encuentro. Juan Carlos empezó a retroceder y entonces se dio cuenta. ¿Qué estaba haciendo? Ésta era la chica que lo había acompañado más que nadie en el último año, la que le había confiado sus cosas, la que le había mandado dinero para vivir durante tres meses. Se avergonzó de sí mismo. Con el libro pegado al pecho, se acercó a la mujer y le dijo: «Eugenia, éste es tu libro. ¿Vamos a almorzar?».

La mujer, con su rostro casi feo, dibujó una sonrisa tierna e ingenua y le dijo: «Mire, joven, yo no sé qué pasa, pero hace un ratito una señorita alta con un trajecito azul, me puso esta flor en la solapa y me pidió que si venía un joven y me quería invitar a almorzar yo le dijera que ella lo está esperando en el restaurante de la esquina...». (Juan Carlos iba tan desesperado al encuentro de Eugenia que ni siquiera terminó de escuchar a la mujer que le contaba.) Dijo que era una especie de prueba.

Capítulo 33

Cuando Paula llegó a casa, yo sólo tenía mis demasiadas ganas de verla. Aquel enfado por el asado en lo de su amiga Beatriz ya se me había pasado. Lo había conversado con Jorge con el argumento de que con ella no quería pelear, ni discutir, ni enfadarme y resultó ser una muy buena decisión porque al final me di cuenta de que no había ningún derecho a reclamo. ¿Qué culpa tenía Paula de que su amiga se hubiera vuelto estúpida o de que a mí no me gustasen las cursilerías de sus amigos? Ni siquiera estaba dispuesto a discutir con Paula si la palabra estupidez era aplicable, lo único que me importaba era tener un espacio para que estuviésemos juntos, sin obstáculos que no fueran los nuestros.

Aquellos días fueron verdaderamente maravillosos. Volver a estar juntos y volver a sentir lo que sentimos me confirmó que seguía estando enamorado, o más todavía, que la amaba profundamente, algo que apenas me atrevía a reconocer ante mí mismo.

Aquella fue nuestra primera etapa de convivencia, algo que antes de Gaby (y luego a causa de ella) yo siempre había tratado de rehuir. Más de una vez había hablado con Jorge sobre lo imposible que se me hacía compartir con otra persona mi ámbito, mi lugar, mi tiempo, mi espacio.

Las parejas estaban bien para un rato, un momento, una noche, incluso para un fin de semana, pero el sólo hecho de planificar unas vacaciones solía producirme un ataque de inquietud que se traducía invariablemente en una huida inmediata. Sólo percibir una luz de alerta bastaba para comenzar la retirada de la «situación de inminente peligro».

Con Paula, sin embargo, todo parecía suceder casi a la inversa.

En las mismas situaciones donde antes solía molestarme la presencia de alguien, yo me resentía de su ausencia, si no la tenía cerca.

En vez de rogar internamente que se fuera de la casa un rato (como era mi costumbre), para disfrutar del silencio y la soledad del apartamento, la echaba de menos cuando no estaba, aunque fuera unos minutos.

Era sólo abrir la puerta y oler el aroma de lo que estaba cocinando o el perfume de las flores que había comprado, para sentirme bien, para saberme en casa.

En mi casa, que en ese tiempo también fue la suya.

En pocos días su sonrisa se me hizo imprescindible; su mirada, un refugio necesario y sus palabras, otro lugar desde donde pensar.

Me preguntaba si este estado perduraría o no sería más que un espejismo, algo momentáneo, producto de un mero deslumbramiento.

Después de uno de mis extensos monólogos, Jorge quiso saber:

—A ver, Demi, si te he entendido: tú quieres tener la certeza sobre si éste es un sentimiento que va a durar o sólo es algo pasajero...

—Claro. Pero, ¿quién me puede firmar que voy a sentir por Pau así, toda la vida?

—Ciertamente, nadie.

—Y yo menos que nadie, Gordo... Esto es totalmente nuevo para mí. No sólo porque nunca lo he sentido con nadie, sino también porque nadie lo ha sentido conmigo jamás. Es la primera vez que me siento realmente amado. Aunque sepa que no es cierto, yo me siento único cuando estoy con ella y percibo que a Pau le pasa lo mismo. Y lo inverosímil es que me parece que no importa lo que pase, sería capaz de amarla para siempre. ¿Me comprendes, Jorge? No, si ni yo me lo puedo creer. Un tipo tan racional como yo, tan lógico, hablando de axiomas, de certezas que no tienen ningún asidero, de creencias que no pueden ni necesitan ser demostradas. Parece que no tengo más remedio que aceptarlo. Estoy perdidamente enamorado.

—Bueno, Demi, no te pierdas, que te queremos encontrado.

—Sí —acordé sonriendo—, pero hay algo que es peor, y que se agrega a este juego de palabras: no quiero perderla. Y de hecho no quiero que se vuelva a Argentina.

—De lo poco que falta, esto es lo más importante. Te lo enseñé hace quince años y también entonces te costó aceptarlo. Es la filosofía del LQH, ¿te acuerdas? Nunca se puede partir de otro lugar que no sea el de la realidad. LQH son las iniciales de Lo Que Hay y delimitan cada punto de partida. Aunque no se estén dando las condiciones más deseables, aunque no sea el lugar más propicio y aunque no sea la situación más clara, la vida no se puede construir más que sobre este momento, el del presente. Yo entiendo que no quieras que se vaya, pero no hagas de ese deseo una condición. Eso me recuerda el cuento del trigo y la cebada...

Alguien debe haber sido el primero que una vez plantó trigo en un campo.

Alguien (muy posiblemente «otro» alguien) debe haber descubierto que con su grano se podía hacer harina y con ella amasar el pan.

Después de un tiempo en muchos pueblos del mundo, la gente se acostumbró a ver el trigo crecer y a alimentarse del pan hecho con esa harina. Hubo otros pueblos que llegaron más allá, se especializaron en hacer pan y se volvieron panaderos. Fabricantes y vendedores de pan.

Fue en uno de esos pueblos, pero podía haber sido en cualquiera.

Un día una plaga atacó las espigas y la cosecha se perdió.

De toda la plantación de trigo no quedó nada más que algunas malas hierbas inútiles ensuciando los campos, a merced de los cuervos y los insectos.

Pasó el tiempo y alguien descubrió que en ese campo en el que ya no crecía el trigo, se podía plantar cebada y plantó cebada.

Cuando ésta creció, mucha gente se acercó a ver las plantas y exclamaron:

—¡Esto no es trigo, ni se le parece!

Y era verdad.

Pero hubo algunos que, explorando, descubrieron que con esa cebada también se podría hacer pan.

La mayoría los acusaba de estafadores.

—¡Esto no es trigo y por lo tanto eso no es pan! —gritaron—. Ni el color es parecido... ¡Y el sabor es espantoso!

Mucha gente estaba sin trabajo. Rezaban a sus dioses por un poco de trigo para hacer pan. Mandaban delegaciones a sus dirigentes para que los emisarios salieran a pedir algo de trigo para hacer pan.

Los panaderos cerraron sus puertas porque creían que sin trigo no se podía hacer pan. Mucha gente se murió de hambre, porque no consiguió quien le diera un mendrugo de pan.

—El pan de cebada no es igual que el pan que se hace con trigo, pero también es pan. También a mí me gusta más el pan de harina de trigo. También a mí me gusta más trabajar con la fina harina hecha de la molienda del trigo. También a mí me encanta la ductilidad de esa masa y la manera en la que se eleva como un canto en el horno. Pero ahora no hay trigo. Hay cebada.

Y esa cebada, sin exagerar, es lo mejor que hay.

Capítulo 34

A veces las palabras de los otros suenan como excusas, pero otras, aparecen tan verdaderas que uno no puede sino creer en ellas. Entonces no queda intersticio alguno para la duda.

Así fue.

Durante los quince días que estuvo Paula en Brasil, yo no hice más que intentar convencerla por todos los medios y empleando todos los argumentos posibles para que se quedara ahí, conmigo, que hiciéramos la vida juntos. Traté de organizarle la vida, presentarle a mis amigos, aceptar a los suyos (incluida Beatriz) e incluso encontrarle trabajo en el mismo condado. Aduje que Estados Unidos también nos daba posibilidades para la carrera, y que Europa quedaba mucho más cerca de Brasil, no sólo en kilómetros.

Al principio, Pau me miraba, decía un par de palabras que nunca iban más allá del «no puedo» o «no me parece» y dejaba que el tema se diluyera y el presente se impusiera entre los dos.

Sin embargo, a medida que la fecha de su partida se acercaba, mis arremetidas se iban haciendo más frecuentes y su gesto se iba volviendo más adusto. El tono de nuestra voz iba subiendo y hoy no sé si yo cada vez me volvía más inquisidor o sus negativas se volvían cada vez más contundentes.

De pronto, esa noche, volviendo de una cena con velas en el lugar que más nos había gustado, Paula me dijo al entrar en el apartamento que necesitaba que habláramos.

Y yo, que ya sabía lo que me iba a decir, me desplomé en el sillón a escuchar lo que no quería saber.

—Demián, tú sabes que estoy enamorada de ti, completa y profundamente enamorada. Y si me prometes no burlarte de mi cursilería me atrevo a decir que eres el amor de mi vida, el compañero que elijo hoy y para siempre. No sé, o mejor, sí sé, que no voy a amar así nunca más. Y además tengo la certeza de que la vida contigo sería verdaderamente maravillosa...

—Y a pesar de eso... —empecé a decir, con una voz que sonaba a súplica.

—Por favor, escúchame hasta el final, Demi, y no me interrumpas. Trata de entender lo que siento, así como yo intento comprenderte a ti... En definitiva, no creo que tengamos sentimientos tan disímiles. Tú siempre me dices que echar raíces te hace sentir atrapado, que te produce la sensación de que estás dejando de vivir algo; bueno, a mí me pasa exactamente lo mismo, aunque parezca lo contrario. Porque si pienso que me voy de Buenos Aires, si pienso que me alejo, también siento que me voy a perder algo, no algo desconocido, sino precisamente algo que conozco. Pienso y sé, por ejemplo, que mis sobrinos van a crecer sin reconocerme, que no voy a poder compartir con mi madre, que ya está algo mayor, lo que pueden ser los últimos tiempos de su vida, que no voy a encontrarme con mis amigos... En fin, que la vida, ésa que tengo, va a seguir sin mí y yo me la voy a perder. Para mí no hay una elección entre eso y mi amor por ti. Porque es una falsa encrucijada. Yo quiero estar donde siempre estuve, y ésa es la vida que no quiero perder, ni por ti ni por nadie. Porque no sería feliz, porque no sería mi elección libre, sino una condición que otro me pone para estar contigo. ¿Me entiendes?

—Entonces no me quieres lo suficiente... —resumí, aún a riesgo de que se sintiera mal.

—No, mi cielo, no es así. ¡Por favor! Estás furioso porque crees que no se puede elegir otra cosa que el amor. Y no es cierto. Algún día, cuando vuelvas a Buenos Aires, si todavía me quieres, quizás...

No dije nada, no la besé, no la abracé. Salí del apartamento sin dar ningún portazo y me fui a dar una vuelta por el pueblo. No quería decir cosas de las que después iba a arrepentirme. Me senté en un banco de la plaza y me permití llorar un largo rato. Después de más de una hora pasé por el locutorio del centro y tenté una comunicación con el Gordo, que por suerte estaba en su casa.

Después de un par de minutos pude tranquilizarme.

—Paula se va. Dice que me quiere pero no como para dejar sus cosas por mí. Y lo que me preocupa es que eso significa que no me quiere lo suficiente. Yo no me enfado con esa realidad, Jorge, ya no, pero me doy cuenta de que contra eso no hay nada que hacer. Es inútil... No me quiere...

—¿Cómo sabes que no te quiere? ¿No me dices que te acaba de declarar que eres el amor de su vida?

—Lo sé, porque si la situación fuera al revés y ella me lo pidiera, yo dejaría todo: familia, amigos... Todo... Porque yo no entiendo el amor de otra forma...

—Estos temas en los que una decisión de uno debe ser analizada con el filtro puro de la ideología de otros, me sorprenden. Sobre todo porque casi nunca se arriba a conclusiones confiables y algunas veces se permite asumir como verdaderos hechos absolutamente falsos. Me hace acordar de un viejísimo cuento que si no fuera porque se parece demasiado a algunas realidades de nuestro mundo cotidiano me haría más gracia aún.

El cura del pueblo ha reunido a toda la grey para hablarles de la solidaridad.

—He notado —les dice— que cada día os volvéis más mezquinos, más codiciosos, más avaros y más egoístas. En lugar de seguir el camino de la palabra de Dios que intento predicar, vivís acumulando cosas materiales y posesiones que, como os he dicho miles de veces, no podréis llevaros el día que llegue vuestra hora.

La comunidad entera bajó la cabeza avergonzada y el cura se animó a seguir.

—Las enseñanzas que os trato de transmitir son claras y breves. De los siete pecados capitales, la codicia es el más dañino.

Silencio en la sala.

—Estamos en la casa de Dios y lo que aquí sea dicho será anotado en vuestro libro de la vida como vuestro compromiso.

Más silencio.

—A ver tú, Santiago, contéstame con sinceridad. Si tú tuvieras dos casas y tu vecino Ramiro no tuviera ninguna, ¿qué harías?

Santiago se pone de pie y con el sombrero en la mano se anima a contestar:

—Pues yo le daría una casa a Ramiro, padre.

—¡Muy bien! ¿Y si tuvieras dos automóviles?

—Ah… ¿Dos automóviles? Uno para mí y otro para Ramiro.

—Muy bien, Santiago. Así me gusta.

La gente comenta y murmura. Santiago se siente «agrandado» por el beneplácito del cura frente a sus respuestas.

El padre decide seguir su prédica por esa línea.

—¿Y si tuvieras dos millones de pesos?

—¿Dos millones de pesos? —se anima Santiago con energía—. Un millón para Ramiro y otro millón para mí.

—¿Y si tuvieras dos gallinas?

Se produce un incómodo silencio que rompe el clima de las preguntas y las inmediatas respuestas.

El cura vuelve a hacer la pregunta:

—Santiago, ¿y si tuvieras dos gallinas?

Santiago vuelve a bajar la cabeza y finalmente contesta.

—Sinceramente, padre... No sé. En ese caso... No sé.

—Pero cómo puede ser, Santiago. Piensa. Si tuvieras dos casas: una para ti, otra para tu vecino; dos automóviles, uno para ti, otro para tu vecino; dos millones: uno para ti, otro para el vecino... Y dos gallinas no sabes, ¿cómo puede ser? —Es fácil, padre. Yo no tengo dos casas ni dos coches y menos dos millones... ¡Pero dos gallinas sí que tengo!

—Vamos a ver si podemos bajar tu razonamiento desde los millones y las casas imaginarios a las gallinas reales. A ver, Demi, acabas de decirme que si estuvieras en el lugar de ella dejarías a tu madre, a tu hermano, a tus amigos...

—Claro que sí. Y lo sostengo. Si estoy de verdad enamorado de mi pareja, no me importaría.

—Te creo. Ahora pregunto: ¿Y si tú estuvieras en TU lugar?

—¿Cómo?

—Sí... Ya sabemos lo que serías capaz de hacer si estuvieras en su lugar. ¿Y estando en tu lugar?

—Yo ya estoy en MI lugar.

—¿Y bien?

—¿Y bien qué? No entiendo qué me preguntas, Gordo.

—¿Qué dejarías por ella...?

—Ya te he dicho...

—No, Demi. Quiero saber qué estás dispuesto a dejar tú. Tú que no eres Paula, que sigues siendo tú y estás en tu lugar. Tú, Demián, que hoy no tienes necesidad de alejarte de tu mamá, ni de tu hermano, ni de tus amigos porque de muchas maneras ya lo hiciste. Hoy, Demián, en tu lugar, ¿qué dejarías por Paula? Si de verdad estás enamorado de ella...

Todo lo que se me ocurría decir se parecía demasiado a una aceptación de la derrota, al menos la derrota de mis argumentos, así que le agradecí a Jorge y volví caminando despacio al apartamento.

No pude decirle que la comprendía.

Ni siquiera pude pedirle por última vez que se quedara.

Ni siquiera pude llorar en sus brazos la despedida.

Ni siquiera pude hacer el amor con ella la última noche.

No pude hacer nada... Cuando llegué al apartamento Paula se había ido.

Sobre la mesa una carta muy breve, demasiado breve.

Mi amor:

No quiero hacértelo ni hacérmelo más difícil. He llamado un taxi. Dormiré esta noche en el hotel del aeropuerto. Siento mucho que las cosas sean así. Te amo con todo mi corazón. Nos vemos en Buenos Aires. Sea como fuere, fue un lujazo estar contigo.

Mil besos,

Pau

«Otro telegrama», pensé.

Rompí el papel en mil pedazos y me fui a dormir.

CAPÍTULO 35

Paula se había ido.

Así. Simplemente.

No fue un abandono, porque como lo había dicho no se iba de mi lado, solamente regresaba adonde creía que estaba su lugar.

Y al irse, sin querer o a propósito me había dejado solo.

Mucho más solo que antes de su llegada y con todo el peso de una nueva decisión.

Al principio estaba tan enfadado que su ausencia casi no me molestaba. Como siempre me pasaba, cuando la rabia dominaba el pensamiento, no había espacio para el dolor.

Los últimos días habían estado plagados de tensión, de charlas y de discusiones, o mejor dicho, de una larga charla y una sola discusión, que a pesar de nuestro esfuerzo y de nuestro amor, no sirvió más que para separarnos.

No llegamos a un acuerdo. Ninguno pudo ceder. Quizá porque como el Gordo decía, la pareja no se construye sobre concesiones sino sobre acuerdos. En cierta forma, Paula lo había dicho, nuestra vida de pareja no iba a poder ser plena si se fundaba sobre la base de una elección forzada.

Pero el enfado pasó y el dolor ocupó su lugar. Un dolor

profundo que misteriosamente sólo vivía en la casa. Cada mañana, cuando iba a la clínica, me transformaba en el mejor médico que podía ser, en el discípulo que más aprendía, en el médico argentino que la institución había querido contratar. Pero al volver, apenas cruzaba la puerta del apartamento, el dolor me traspasaba. El silencio que alguna vez amé y la soledad que fue en otro tiempo un alivio se me hacían abrumadores.

No era mi imaginación, mi dolor vivía allí y no salía de la casa ni para acompañarme a cenar al restaurante donde íbamos juntos. Allí deseaba que estuviera pero era capaz hasta de echarla de menos con dulzura, con amor o por lo menos con deseo.

Fuera del apartamento extrañarla era, como la palabra lo dice, sentirme extraño sin ella. Dentro, en cambio, extrañarla era una tortura cotidiana, un capricho, una obsesión, la quería a mi lado y no podía conformarme sin ella.

Desde luego que pensé en aturdirme. Bastaría con no ir al apartamento más que para dormir un par de horas y salir al despertar; agendar cinco o seis salidas cada fin de semana y vagar por los bares del pueblo cuando no tuviera otra cosa que hacer. Podía ser una solución, una vía de escape impecable... El tiempo haría el resto.

—Y mientras tanto evitas enfrentarte a la realidad... —me señaló el Gordo, al que, como nunca, escuché ofuscado—. ¿Por qué mejor no tomas cuatro o cinco guardias nocturnas por semana? Ya lo hiciste en un tiempo, ¿te acuerdas?

No era lo que decía sino el tono de voz en el que hablaba.

—¡Una cura de sueño! Como vía de escape sería más efectiva. Te dormimos y te despiertas en dos meses con todo superado. ¿Qué tal?

—Está bien, Gordo, ya lo he entendido —le dije.

El Gordo estaba muy enfadado. Y eso era una señal de

que el camino que yo estaba eligiendo era demasiado peligroso...

—Escúchame, Demián —me dijo por último—, te voy a mandar un *mail* ahora. Quiero que lo leas con mucha atención.

Jorge se había serenado.

Sacar la bronca le había hecho bien.

No quise decirle que manejaba mal su impotencia porque me pareció inoportuno.

—¿Vas a estar en tu casa? —me preguntó.

—Sí.

—En un par de horas te llamo —me dijo, y cortó.

Abrí el ordenador y esperé unos minutos, allí estaba el *mail* y traía un cuento.

EL HOMBRE Y SU CÁRCEL

La guerra concluyó dejando tras de sí, entre otras cosas, paredes desmoronadas y destruidas. Como a muchos otros, la muerte y la destrucción me liberó de todo. Por primera vez tras muchos años me quedé sin referencias, sin obligaciones, sin condicionamientos.

Y después de unos días me sentí oprimido por una libertad insoportable.

No sabía qué hacer con ella.

Ahora que, finalmente, podía ir donde quisiera, no iba a ninguna parte.

La gente era en general muy amable conmigo, quizá porque yo le gustaba, por mi manera de ser o por alguna otra razón desconocida. Pero de todas maneras yo no aceptaba ninguna invitación. Temía que eso me quitara libertad y por eso no me atrevía a concertar ninguna cita.

Yo podía ir y venir a mis anchas. Podía hacer todo lo que se me ocurriera…

Y quizá por esa misma causa, no hacía nada.

Me sentía perdido entre las casas abiertas y la gente ocupada.

El largo día me parecía ser la terrible cárcel de la libertad.

El hastío me devoraba.

Mi mañana comenzaba muy tarde. Acostumbraba salir a la calle con la idea de visitar a alguno de mis amigos, pero irremediablemente, yendo hacia su casa, me arrepentía hasta detenerme y ponía en duda la importancia de la visita o el sentido de hacerla. Pero sobre todo me generaba inquietud predecir lo que habría de seguirla.

Tomaba una dirección determinada con la convicción de que algo me estaría esperando pero de pronto me encontraba parado en la esquina de una calle, desesperado de todo, hastiado de todo y oprimido por ese libre albedrío y por las numerosas posibilidades que se me presentaban.

Así caía la tarde, sin haber abierto un libro y sin haber tomado en las manos mi violín.

Quería querer algo. Quería que algo me importara. Pero nada en la vida me era demasiado querido ni suficientemente odiado.

Hasta que cierto día, cuando creía no tener otra alternativa que la muerte, decidí encerrarme en mi cárcel. Dentro de ella encontraría alivio a mi corazón, como me había sucedido otras veces.

Abrí mi armario secreto, que cerraba bajo llave, saqué la llave y me dirigí a la cárcel.

Mi cárcel se encontraba en el centro de una de las calles más animadas de la ciudad y en la puerta colgaba un cartel que anunciaba:

> CÁRCEL PRIVADA
> ENTRADA PROHIBIDA A EXTRAÑOS

Los transeúntes no le prestaban atención, puesto que sobre muchas otras puertas de la ciudad colgaban carteles similares.

La llave chirrió en la cerradura y la puerta se abrió con el quejido familiar.

Entré prescindiendo de la mirada de los que espiaban y cerré rápidamente la puerta tras de mí.

Apenas traspasé el umbral, se apoderó de mí una gran tranquilidad y mis pasos, hasta ahora dudosos, se hicieron firmes y seguros.

Reconocí inmediatamente mi buena y vieja cárcel. Reconocí las paredes blanqueadas y frescas, el reloj que marchaba sobre la pared, la mesa siempre llena de polvo, las hojas de papel, el violín, el lápiz afilado que me esperaba, la ventana abierta a la calle y el cómodo sofá.

Me acerqué a las rejas de la ventana, tomé con manos trémulas de felicidad las barras de hierro y un segundo después tomé la llave y la tiré por la ventana hacia la acera.

Me senté junto a la mesa. Sabía que algo faltaba en mi vida: un horario.

Tomé una hoja de papel y comencé a escribir:

HORARIO

• Despertarme a las 6:00.

• Aseo, ejercicio físico, limpieza habitación, desayuno, música (de 6 a 10.30).

• Mirar por la ventana (de 11 a 13).

> • Almuerzo, acostado inmóvil, movimientos y alaridos, muecas ante el espejo, estudios, mirar por la ventana, escribir cartas a mí mismo, cena, leer cartas, pensar sobre el exterior, plegaria y aseo (de 13 a 22).
>
> • Recogimiento: 22.30.

Pegué entonces el papel sobre la pared.

Los días me empezaron a llenar de seguridad y observé mi horario con maravillosa puntualidad. Estaba seguro de experimentar la sensación de plenitud que embarga al hombre ocupado.

Sin embargo, pese a la magnificencia de la satisfacción de los primeros días y el absoluto asentamiento en mi cárcel de olvido, comencé repentinamente a echar de menos el mundo de fuera de las rejas de mi ventana.

Noté que comía poco, que dejó de interesarme el violín y que me absorbían cada vez más los pensamientos sobre el exterior y mirar por la ventana.

Debo confesar que comencé a traicionarme.

Mientras hacía ejercicios, echaba una ojeada a pesar mío hacia la ventana; después de dos meses me levantaba más temprano y saltaba el desayuno para mirar más tiempo por la ventana.

Empecé a experimentar una horrible sensación de desarraigo, mucho más intensa que antes. Y me di cuenta de que en el exterior, fuera de mi ventana, bullía la vida mientras yo estaba en la cárcel, aislado de todos y rodeado de murallas, la mayor parte de las cuales había levantado con mis propias manos.

¡Qué difícil me resultó enfrentarme a la verdad!

Quería regresar a todo aquello que había despreciado, a la

vida y a los seres humanos. Quería salir. Juro que lo quería. Pero me acordé de que la llave estaba afuera, lejos del alcance de mi mano, todavía tirada junto al cordón.

En realidad, pensé, bastaba pedirla a uno de los transeúntes para encontrarme de nuevo entre seres humanos.

Primero rogué en voz baja, luego en voz alta y finalmente a gritos, pero nadie prestó atención a mi pedido. La gente caminaba apresurada, como si no me viera, como si no supiera que mi libertad se encontraba en sus manos.

Jamás sufrí tanto. Mi cárcel, refugio ideal de otros tiempos, me había aislado de la vida.

De pronto, pasos irregulares se dejaron oír a la izquierda de mi ventana. Una anciana se acercó lentamente y se detuvo justo al lado de la llave de mi prisión.

Mis sentidos estaban tensos hasta estallar. Era indudable que había visto la llave. Seguí su mirada... Con tal de que no la coja y desaparezca con ella para siempre, pensé.

—Eh... Oiga... Usted... La llave es mía... —le grité—. Si me abre le regalo este lugar... ¿Me escucha?

Pero ella no me escuchaba.

Muy despacio tendió la mano, como yo temía, hacia la llave.

Antes de alcanzar a tocarla, se tropezó y se cayó en la calle golpeándose la cabeza.

—Socorro —gritó—. No puedo levantarme.

Nadie acudió en su ayuda. La calle estaba desierta.

—¡Socorro! —rogó con voz temblorosa.

Sólo yo podía socorrerla. No pude dominarme. Corrí hacia la puerta y, aunque sabía que mi cerradura era inviolable, arremetí contra ella con todo el peso de mi cuerpo.

Antes de captar qué sucedía, me encontré tendido en la acera.

¡La puerta jamás había estado cerrada con llave!

Yo nunca había intentado abrirla. Me limité a pedir ayuda de afuera...

Los quejidos de la anciana y sus suspiros me despertaron de mis pensamientos. Me acerqué y la ayudé a levantarse. La senté sobre las escaleras de la cárcel y me apresuré a llevarle un vaso con agua.

Apenas hube terminado de vendar sus heridas, la anciana se recuperó, me agradeció besándome las manos y se fue.

La calle comenzó a poblarse.

Los automóviles circulaban velozmente tocando el claxon.

Saludé a alguien y me estrechó la mano.

Diversas personas notaron mi presencia y me sonrieron.

Arranqué el cartel de mi cárcel y coloqué en ese lugar un anuncio que escribí:

SE ALQUILA ESTA SALA PARA FARMACIA

Me quedé solo un momento y luego me puse a andar.

De pronto me acordé de que era imposible cerrar con llave desde dentro y a partir de allí, me di cuenta de muchas cosas.

La puerta de mi cárcel sólo se abrió cuando estuve dispuesto a dar lo que otro necesitaba de mí; pero permanecía cerrada cuando yo sólo gritaba lo que necesitaba.

La cárcel la había cerrado mi mente al encerrarme exclusivamente en mis propias necesidades.

La cárcel era el encierro en el que me aislaba cuando creía que no tenía nada para ofrecer.

Me apresuré un poco… Estaba ocupado.

¿Encerrarme otra vez?

Castigar al mundo con mi ausencia.

Hacerme un horario repleto de ocupaciones que me mantenga alejado de la ventana…

No era ninguna solución.

La razón de mi sentirme mal en casa no se debía a que fuera ese el lugar donde habitaban mi dolor y mis recuerdos; era porque ahí vivía mi incapacidad de pensar en otra cosa que no fuera mi propio sufrimiento y mi frustrada necesidad de Paula.

—¿Leíste el cuento? —preguntó el Gordo, ya de madrugada.

—Sí —dije.

—¿Y cómo estás? —preguntó todavía.

—Un poco más viejo —contesté— y mucho más claro.

Capítulo 36

Cuando lo vi en la puerta de mi apartamento no lo podía creer.

—¿Y tú qué haces aquí? —le pregunté.

—¿Y tú qué haces aquí? —me contestó Gerardo.

Esta visita no estaba en mis cálculos, le contaría después al Gordo. Gerardo me dijo que cuando se enteró de que Paula estaba en Buenos Aires, pensó que yo debía estar hecho polvo. Y entonces, aprovechando unos días que le quedaban de sus vacaciones y unos ahorros que tenía, se subió a un avión y decidió darme una sorpresa.

Y qué sorpresa. Mi hermano y yo nunca habíamos tenido hasta ese momento una relación ni siquiera cercana. Yo lo quería y sabía que él sentía lo mismo, pero era como esas cosas que se saben pero nunca se actúan.

Y ahora de repente ahí estaba. Solamente porque pensó que yo podía estar necesitando de alguien con quien charlar. ¡Qué gran tipo!

Hacía meses que no lo veía, aunque en realidad hacía años que no lo miraba y esta vez noté que el tiempo había pasado también para él, que era tres años mayor que yo.

De repente, de pie en el apartamento, quietecito al lado de

sus maletas todavía sin abrir, mientras esperaba que yo cogiera mi chaqueta para salir, lo volví a mirar; y sentí que me corría un frío por la espalda. Nunca me había dado cuenta de cuánto se parecía Gerardo a mi padre.

—De verdad, Gerardo, ¿cómo es que se te ocurrió venir?

—Por si acaso —dijo—. Pero, además, quería saber cómo estabas. En estos meses no supe casi nada de vos. Mi amigo, el que me contó de esta oportunidad, me dice que eres un crac, que sabes un montón y se da lustre diciendo que él te recomendó; pero mami me dijo que no te vio bien y que estaba preocupada.

—¡¡¡Has venido a desempatar!!! —le dije acusándolo con el índice y ambos empezamos a reír a carcajadas.

La *caipirinha* tiene algunas características particulares que uno conoce, pero que corre el riesgo de olvidar. La más peligrosa es que en un día de calor se toma como limonada, pero después te pega como si hubieras tomado alcohol fino.

Cuando volvimos, estábamos los dos un poco bebidos.

Habíamos hablado toda la noche de mujeres, de dinero y de mamá. Cada vez más alegres y cada vez más mareados.

—Hay que acostarse —dijo Gerardo por tercera vez, tratando de embocar la llave en la cerradura.

—¿Por qué hay que acostarse? —pregunté yo sosteniéndole supuestamente la puerta para que pudiera abrirla.

—Para no caerse —dijo justo en el momento en que conseguimos entrar en el apartamento.

Me cogió un ataque de risa que terminó haciéndome doler la panza. Pero parecía que no quería soltar la risa. Sabía que detrás de ella aparecería la otra parte de la borrachera, la «del alcohol triste»…

—Basta, tronco. Que mañana tienes que ir a la clínica.

—¡Que se vayan a la mierda! —grité—. ¿Qué me importa?

—Para de gritar, mamón, que son como las tres de la mañana —me dijo mi hermano.

—No me importa —repetí—. No quiero ser más la excelencia. ¿Para qué hostias sirve el éxito, si tu novia te deja tirado y se va?

—Tranquilo, campeón —dijo Gerardo que por alguna razón había recuperado su capacidad de mantenerse en pie—. Estás borracho. Lo que dices no vale.

Yo escuchaba, pero seguí.

—¿Para compartirlo con quién? ¿Con mis colegas? ¿Con quién? Matarme estudiando, investigando, ¿para quién?

—Para los demás, tontaina. Para la gente, ¿no eres médico, tú? Para eso, para curar a la gente.

—No entiendes, Gerardo. No entiendes —le dije agarrándome de la columna de la cocina—. Médico era antes. Cuando era un recién graduado en la UBA. Cuando trabajaba en el hospital municipal. Cuando tenía el consultorio en el garaje de la casa de los papis. Antes, ¿comprendes? Ahora es otro nivel. Ahora soy un ICD, ¿lo pillas? No soy más el medicucho de Floresta. Ahora soy un INTERNATIONAL CONSULTING DOCTOR. Estoy para grandes cosas.

—Para lo único que estás es para un té y para la cama —dijo Gerardo.

Como pudo, mi hermano me llevó hasta el dormitorio y me ayudó a desvestirme. Yo seguía a los gritos.

—Yo quería ser una eminencia —decía—, emineeeeenciaaaa…

—¿Y ahora no? —preguntó Gerardo mientras me tapaba y doblaba mi ropa como podía.

—Noooooooooo. Ahora Paula se ha ido. Paula se piró y su Romeo se quedó cantando la serenata como un gilipollas debajo del balcón vacío. ¡Gilipooooollasss!

—Duérmete —me ordenó Gerardo—, hasta mañana.

—Hasta mañana, papá, hasta mañana… Pero antes de irte dime una cosa, papi, ¿estás orgulloso de mí?

Gerardo me miró desde la puerta y me dijo:

—Muy orgulloso, Demi. Muchísimo. Hasta mañana.

—¿No me vas a contar un cuento? —pregunté.

—¿Cual? —me dijo.

—El que me cuentas siempre, papá, el de Dumbo —le pedí.

Y Gerardo me empezó a contar aquel cuento del elefante y la alondra que alguna vez capturó Disney para hacer el guión de la película de Dumbo. Aquel cuento que una y otra vez le pedía a mi padre cuando yo era un niño, el de la verdadera historia de Dumbo:

El elefante y la alondra eran amigos. La alondra le señalaba al elefante los rincones más sombreados de la selva, y el elefante protegía con su presencia nocturna el nido de la alondra del ataque de serpientes voraces y ardillas rapaces.

Un día el elefante le dijo a la alondra que le tenía envidia por poder volar. ¡Cuánto le gustaría remontarse por los aires, ver la tierra desde las alturas, llegar a cualquier sitio en cualquier momento! Pero con su peso... ¡Era imposible!

La alondra le dijo que era muy fácil. Que el secreto de volar de las alondras, por ejemplo, estaba en las coloridas plumas de sus colas. Si él tuviera por lo menos una pluma auténtica y de verdad lo deseara podría conseguirlo. Dicho esto, se quitó con el pico una pluma de la cola y le dijo: «Aprieta fuerte esta pluma en la boca, y agita rápidamente las orejas arriba y abajo».

El elefante hizo lo que la alondra le había dicho. Apretó con fuerza la pluma en la boca para que no se le escapase y comenzó a agitar sus grandes orejas arriba y abajo con toda su energía.

Poco a poco notó que se levantaba, despegaba, se sostenía

en el aire. El elefante se sintió feliz, podía ir donde quisiese, por los aires, con toda facilidad. Vio la tierra desde las alturas, vio los animales y los hombres, cruzó por lo alto el río profundo que había marcado el límite de su territorio y exploró paisajes desconocidos. Después volvió al fin, sonriente, al aterrizar al sitio donde había dejado a la alondra.

«No sabes cuánto te agradezco esta pluma milagrosa», le dijo. Y se la guardó cuidadosamente detrás de la oreja para volver a usarla en cuanto quisiera volar otra vez.

La alondra le contesto: «Oh, esa pluma. La verdad es que de milagrosa no tiene nada. Se me iba a caer de todos modos porque estaba un poco desprendida, pero tenía que darte algo para que no creyeras que tu deseo era imposible, y se me ocurrió eso. Ahora lo sabes. La magia la trajo tu deseo y lo que te hizo volar fue la fuerza que pusiste en agitar las orejas».

Me dormí con la mano de Gerardo acariciándome la cabeza, mientras me repetía «la fuerza que pusiste en agitar las orejas».

A la mañana la resaca hacía estragos en mi cabeza.

Llamé a la clínica y hablé con uno de mis compañeros de sala, un suizo encantador con el que nos enredábamos charlando de ópera. Le pregunté cómo se presentaba el día y si me podía cubrir («mi hermano ha venido de improviso desde Argentina y...»). Me dijo que me quedara tranquilo y que si había problemas me llamaba por teléfono («todo está muy tranquilo esta mañana»).

Preparé el desayuno con café muy cargado y fui a despertar a Gerardo, que había dormido en el sofá. Recordaba entrecortado lo que había pasado la noche anterior y me pasaba algo fantástico, no sentía ni una pizca de vergüenza frente a él. Descubrir eso me llenó de alegría. Era muy bueno tener un hermano mayor.

Después de ducharnos nos sentamos al lado de la ventana con más café y zumos de frutas que nos trajo la señora de la limpieza.

—Hablas como si sólo hubiera dos alternativas, o ser un medicucho en pareja con la mujer de tu vida o convertirte en una eminencia solitaria —me decía mi hermano, con mucha sabiduría—. Y por lo que yo sé, en la vida siempre existen más posibilidades, Demi, más caminos a seguir para llegar adonde uno quiere o adonde uno debe. Caminos en los que a veces se descubre que el trayecto es lo único que hay, lo demás, la meta, la llegada, el éxito es pura vanidad.

Yo lo escuchaba y la palabra «medicucho» me daba vueltas en la cabeza. Desde los restos del alcohol, el sonido, de «medicucho» me dañaba desde dentro. Que yo me refiriera a mí en esos términos era cruel y peyorativo, implicaba un profundo desprecio hacia mí mismo y hacia todo lo que me había impulsado a ser médico.

—¿Sabes lo que yo quiero, Gerardo? Quiero ser el Demián que era, el más sencillo, el más humilde, el que deseaba destacar, pero más quería saber, el que quería poner lo que aprendía al servicio de los que sufrían. Y me he perdido, hermano, me he perdido. «Las luces del centro me hicieron meter la pata», como dice el tango.

—Convengamos que allá las cosas nunca fueron sencillas y que últimamente se han complicado bastante, pero súmale a eso que más allá del entorno bueno o malo, fácil o difícil, muchas veces para crecer hay que irse.

—Es cierto. Ahora me doy cuenta de que aun para ser un simple medicucho en Argentina, capaz de ayudar a otros, capaz de no bajar la guardia frente a las dificultades, capaz de ser un poco más efectivo cada día, tienes que ocuparte todo el tiempo. Sólo ahora tomo conciencia de que para ser un buen amigo, un buen compañero de trabajo o un buen hermano, tienes que ocuparte personalmente. Ahora entiendo lo que muchos deben haber pensado de mi manera de actuar, tan intrascendente, tan poco comprometida, tan superficial.

—El tema, mi querido hermano, no es cómo te desviaste ni cómo te confundiste. El tema es cómo sigue esta historia. Cómo vas a hacer para descubrir tu «capacidad de vuelo». Cómo vas a dejar tu huella y a la vez disfrutar del camino.

Capítulo 37

Me quedaban aún dos meses para tomar la decisión de continuar viviendo en Brasil y seguir con mi proyecto primigenio o regresar a Buenos Aires. Algunos días me levantaba convencido de que debía llegar hasta el final de lo que me había propuesto y otros, seguro de que quería modificar por completo lo que había sido mi vida hasta ese momento: cambiar no sólo el rumbo, sino mi forma, mi propio estilo de vida. Pero ¿sería capaz?

En la charla semanal con Jorge, le conté en detalle lo que había sido la visita de mi hermano, nuestra borrachera (que cada vez dudaba más si había sido compartida), lo que hablamos, mi alegría, mis contradicciones y, sobre todo, mis temores... Siempre mis temores.

—¿Qué temores, Demián?

—¿Quieres una lista?

—Bueno.

—No, sería mejor ahorrar tiempo, haciendo una lista de a lo que NO tengo miedo...

El Gordo se rió y me dijo:

—No es para tanto.

—Por un lado quiero estar con Pau, establecer una pareja, vivir juntos, incluso casarme. Por otro lado siento temor al fracaso, a aburrirme, a sufrir, a no encontrar, en una vida con ella, suficiente adrenalina... También quiero trabajar en mi proyecto de «salto a la gloria profesional» como lo llama Gerardo, pero me da miedo que después de haber dedicado a ello los próximos años de mi vida, y lo que es peor, después de haber pagado los costes que ese camino exige (Pau entre ellos), descubra, decepcionado, que no merecía la pena. Y por último en esas mismas disyuntivas, mi miedo de no poder conseguir ninguna de las dos cosas.

—O sea...

—Decidirme a liquidar todo para proponerle a Paula que se case conmigo y que ella me diga que no. Decidirme al salto a la gloria y descubrir que no me da la talla para ese desafío. A lo mejor yo no doy el perfil de la excelencia y cumplo los temidos cincuenta descubriendo con todos que tampoco soy «tan genial» como me gustaría o como hubiese necesitado para llegar a la meta.

—Ah... El famoso miedo a no poder llegar a la meta —dijo el Gordo—. Así que ése es el máximo objetivo. Llegar a la meta.

—Claro, como el de todos, supongo.

—Como el de todos no.

—Para ti es fácil decirlo porque has llegado. Has formado una familia, una pareja fantástica, te has vuelto un profesional de éxito, haces lo que te gusta, vives donde quieres, no pasas apuros económicos... Así es fácil decir que no interesan las metas.

—No estaba hablando de mí. Pero ya que lo pones en eso términos, te voy a contar. Yo también anduve por esa acera en la que hoy caminas, Demián. Y en ese momento tuve las mismas dudas, iguales temores, más fantasías de catástrofe y mucho más deseo de abandonar la lucha.

—¿Y qué pasó?

—Pasaron dos cosas. Una, que alguien me enseñó, algunos me mostraron, pude darme cuenta de que puede haber otra posibilidad. La posibilidad de que la meta no sea el objetivo. La posibilidad de que el camino en sí sea el objetivo de andar. La idea de transitar en un rumbo sin vivir cada paso como un examen. El placer de avanzar en una dirección.

Me quedé mudo. Ahí estaba la cuestión. Tan sencillo.

—¿Por qué no me lo has dicho antes?

—Te lo he dicho, Demián. Cientos de veces. Las primeras veces que me lo escuchaste eras demasiado joven para creerme. Las demás, estabas demasiado distraído con las urgencias o demasiado cegado por la vanidad que te invade cuando te das cuenta de que se puede llegar donde pocos han llegado.

—Has dicho que te pasaron dos cosas, ¿cuál fue la otra?

—La otra fue consecuencia de este darme cuenta. Cuando dejé de correr tras la sombra de mis expectativas, empezaron a aparecer oportunidades mayores que las que nunca había imaginado y compañeros de ruta, fieles y confiables. Yo estaba despierto y los vi...

—Pero me estás diciendo que tuviste la suerte de que todo eso te pasara y eso no se puede predecir, Gordo...

—Es verdad que no se puede predecir ni controlar, pero tomate esta idea como si fuera cierta (y si hace falta anótatela porque no quiero que dentro de otros veinte años me preguntes por qué no te lo dije antes). La suerte nunca se acerca a los que en lugar de ir en pos de un sueño se limitan a ir tras una meta de vanidades. Nunca, Demián. Nunca.

—Nunca —repetí... Y el Gordo me contó esta historia.

Hace algunos años, en Oxford, ocurrió un evento muy poco común. La Universidad se llenó de alumnos y ex alumnos que concurrían a la ceremonia de Doctorado Honoris Causa de una mujer: Hellen Keller. La Dra. Keller había nacido cincuenta años antes ciega y sorda. Fue gracias a los sueños y al trabajo de otra mujer, Ann Sullivan, que esa niña, que algunos pensaron que se debía dejar morir, se transformó en Doctora en Filosofía de casi todas las universidades del mundo, escritora de varios libros y conferenciante de todos los ámbitos intelectuales del planeta. El rector de la Universidad presentó a la señora Keller. En el estrado, un traductor le retransmitía el discurso del catedrático mediante pequeños golpecitos cifrados de los dedos del traductor sobre la palma de la mano de la homenajeada. El rector dijo:

—Es un halago para nosotros y un honor para mí recibir esta noche a una de las personas que más admiro. Una mujer que, habiendo nacido con muchísimas menos posibilidades y recursos que cualquiera de nosotros, ha llegado donde ninguno ha siquiera pensado en llegar. Señores y señora, nuestra Doctora en Filosofía Hellen Keller.

Hellen se adelantó al podio y después de recibir un abrazo del rector, le pidió al traductor que la dejara sola frente al micrófono.

Con las dificultades de dicción que supone la manera de pronunciar de una persona sorda y ciega de nacimiento, Hellen habló para todos:

—Estoy de acuerdo con el señor rector en algunas cosas, pero no en otras —dijo—, deberá disculpárseme, es parte de la deformación profesional de los filósofos —la gente se rió y aplaudió.

»Estoy de acuerdo, por ejemplo, en que soy una mujer digna de admiración —más risas y aplausos—, pero disiento firmemente en el argumento. No soy admirable por lo que conseguí habiendo nacido con mi discapacidad. Soy admirable, en todo caso, por el solo hecho de haberlo intentado.

El Gordo hizo una pausa y remató:

—La suerte nunca se acerca a los que se ocupan tibiamente de lo que aman y sólo de vez en cuando.

Capítulo 38

—Sabes lo que pasa, mamá, que yo iba fenomenal, muy encaminado, seguro de lo que estaba haciendo, hasta que llegó ella... Y se estropeó todo.

—¿Quién es ella? —preguntó mi mamá que no estaba tan segura de lo que hablaba—. ¿Paula o Gaby?

—Ella es cualquier ella, mamá —dije, dándome cuenta de algo que ni había pensado—. Las dos... Y Ludmila y Catalina y Marta...

—Pero hijo, eres una versión, cambiada de género, del tango. En lugar de cantar «... los hombres te han hecho mal», a ti te han hecho mal las mujeres...

—Pues sí. Por lo menos siempre me lo han puesto difícil. Cada una desde su lugar. Una por exigente, la otra por despreciativa, una por tonta y la otra por creerse demasiado lista. Entre todas me lo han hecho complicado.

—¿Paula también? —dijo mamá—. A mí me gusta esa chica.

—Ay, mami, a ti siempre te gustan todas las chicas que aparecen a mi lado. Creo que hasta te hubiera gustado Ludmila, fíjate.

—Bueno, tiene un nombre bonito, para empezar.

Preferí no empezar a hablar de Ludmila...

—Paula apareció en un momento muy especial de mi vida, mamá. Me ayudó a sentir un montón de cosas, me empujó a mis decisiones olvidadas, me ayudó a ponerlas en marcha y después se fue. Y en ese vacío que dejó aparecieron todas mis dudas, sabes mamá, estos replanteamientos que yo no quería hacerme. Y no es solamente el asunto de la pareja, es también el tema de mi profesión. Ahora tengo que parar un poco y evaluar exactamente qué es lo que quiero hacer, o mejor, qué quiero ser. No hablo de recuperar en mí al idealista que fui, ni de dejar de lado mi necesidad de destacarme, sino de alcanzar una especie de síntesis. Pero te confieso, mami, que ni siquiera estoy seguro de que exista.

—¿Y quién ha sido la primera que te ha dicho eso, antes que nadie? ¡Tu madre!

Era verdad. Mamá había usado casi esas mismas palabras unas semanas atrás cuando había venido a visitarme.

—Eres una genia, mami —le dije sinceramente.

—Hay que ser una genia y encontrar un genio para poder tener dos hijos como vosotros, Demián.

—Chau, mami... Y gracias.

—¿Gracias por qué?

—Por todo, mamá... Por todo.

Colgué con mi mamá y al pasar del comedor a la cocina me sorprendió mi sonrisa en el espejo. Me parece que hacía mucho que no me veía tan alegre.

Ese día hablé con mi jefe en la clínica. Un médico brasileño, formado en Estados Unidos y Alemania, jefe del proyecto que me trajo a la institución. El tipo más preparado e inteligente que yo había conocido en mi especialidad y el más visionario de los médicos con que me había cruzado.

—Me vuelvo a Argentina, João —le dije brevemente, y mi voz sonó como si la decisión no hubiese sido tomada dos minutos antes.

—¿Cuándo? —preguntó.

—Dentro de un mes, cuando termina mi contrato.

—Tú sabes que puedes quedarte con nosotros el tiempo que quieras, ¿verdad?

—No lo sabía, pero es bueno escucharlo. De todas maneras, necesito volver a mi país. Tengo demasiadas cosas de las que ocuparme. Te digo también que no necesito que os ocupéis de mi billete porque voy a usar la fecha y el vuelo que tenía anotado mi billete cuando llegué.

—Pero vas a seguir haciendo nefrología, ¿no?

—Sí, claro. ¿Por qué?

—Porque tenemos un proyecto... Bah, un germen de proyecto...

—¿Sobre qué?

—Montar una pequeña institución como ésta en Argentina, o en Uruguay o en Chile. Pero si tú vas a estar en Buenos Aires... Habría que pensarlo. No es fácil encontrar gente con cabeza y manos dispuestas a ponerlas al servicio de un proyecto asistencial...

Yo no cabía en mi sorpresa. João me explicó y me mostró más profundamente la dimensión del trabajo y las investigaciones que el grupo estaba desarrollando. Todas las clínicas del grupo en el mundo formaban parte de un equipo interdisciplinario que sabía lo que hacía, cómo lo desarrollaba y adónde se proponía llegar.

Se trataba de una institución médica que había encontrado la manera de combinar el servicio de excelencia asistencial con el manejo transparente y eficiente de los ingresos y a partir de allí tener bajo su ala los mejores médicos e investigadores, la última tecnología y un nivel de desarrollo sanitario único.

Las últimas palabras que me soltó cuando me despedía me obligaron a sentarme de nuevo.

—¿Estarías dispuesto a formar un equipo allá?

Cuando dejaron de temblarme las piernas y empecé a darme cuenta de todo lo que se abría, sentí que yo no cabía en mí. Me pareció un excelente y a la vez extraño augurio. Las cosas comenzaban a ordenarse en el rumbo más deseado, poco a poco, y sin mi completa intervención.

Como Jorge lo había dicho la misma noche anterior, dejar de perseguir la meta, parecía hacer que ella me persiguiera a mí.

Por primera vez en mi vida —le escribí a Jorge en un mail— tengo la seguridad de estar en el camino correcto.

Por primera vez esta serenidad no es el resultado de creer que los logros son posibles sino de una seguridad que viene desde dentro, más allá de los resultados.

Sé que las decisiones inmediatas son cruciales, pero que al mismo tiempo me trascienden. Como si yo las fuera a tomar, pero no me pertenecieran del todo.

Me doy cuenta de que en los últimos meses todo sucedió siguiendo un orden de acontecimientos que sólo podía conducirme hasta donde estoy, y desde aquí me llevará inevitablemente a donde voy a llegar. Y aunque todavía no sé exactamente cuál es ese sitio, ahora de manera increíble, estoy convencido de que va a ser el adecuado. El mejor para mí.

Me he dado cuenta, después de tantos años, de que lo que yo quiero no es cambiar, lo que más deseo en verdad es que el cambio ocurra y darme cuenta de él. Hay algo enquistado en mí, que me ha hecho actuar de determinada manera, huyendo, escapando, sin comprometerme nunca, evitando el riesgo de un gran dolor, como si creyera que no podría soportarlo. Si alguna vez funcionó, en mi presente me doy cuenta de que esa receta no sirve para nada.

Y ahora, un párrafo más abajo, reconozco que no me resulta sencillo alejar el miedo frente al cambio que se viene. La inquietud que me genera la falta de confianza en el resultado final está demasiado instalada en mí. Pero debo aprender a lidiar con mis temores si no quiero quedarme evaluando una y mil veces las posibilidades de mis posibilidades. A la pregunta de siempre: ¿estaré en condiciones de lograr algo tan difícil?, me contesto hoy con la frase que me regaló Paula: «Tengo que darle una oportunidad al destino».

La respuesta del Gordo era solamente este relato.

EL CUENTO DE HARALD
Una leyenda extraída de la tradición nórdica

Había una vez una vez un músico joven, llamado Harald, que, ansioso de labrarse un futuro, decidió dejar la granja de su familia en Noruega para buscar fama y fortuna en el más próspero reino de Suecia. En la despedida, lo más doloroso fue separarse de Ruxanda, la hermosa muchacha con la que habían sido novios desde que se conocieron en la escuela primaria. Con el último beso, Harald le prometió que mandaría a alguien por ella o vendría a buscarla para pasar juntos el resto de sus vidas, como se lo habían jurado diez años antes.

Pronto y debido a su gran talento artístico, Harald se transformó en el músico preferido del rey Sigur.

El músico tenía un hermano menor, Sverker, que ciertamente había tenido una existencia difícil al lado de Harald. Era sumamente irritante ser el hermano pequeño del que descollaba, del que triunfaba, de aquel a quien todos y todas preferían.

Sverker, lleno de envidia y de celos, le imploró a Harald que le consiguiera también a él un puesto de músico en la corte. Su hermano mayor renunció durante meses a todos los pequeños gastos superficiales que tenía y se dedicó a ahorrar el dinero que se necesitaba para pagar el billete de Sverker.

Cuando lo hubo reunido, pidió al rey que contratara también a su hermano en la orquesta de la corona sueca («lo necesito aquí para mi inspiración», había mentido). El rey, que amaba la música de Harald, temió que una negativa pudiera afectar la exquisita sensibilidad de su músico, y sin pensarlo demasiado dio orden de que se le incorporara a palacio.

Sverker utilizó el dinero que su hermano mandó para viajar junto a él, pero a pesar de la alegría del reencuentro, a las pocas semanas empezó a decir que se sentía incómodo, que echaba de menos a sus padres y que quería volverse a Noruega.

Otra vez Harald ahorró dinero, ahora para pagar el regreso de Sverker a su patria. No le hizo ningún reproche, sólo le pidió que llevara una nota para Ruxanda, donde le recordaba a la joven su mutuo compromiso y le pedía que tuviera paciencia y esperara su retorno.

—Dentro de muy poco tiempo —le escribía— estaré allí y te volveré a preguntar si todavía quieres casarte conmigo.

Sverker aceptó el encargo y partió.

Al llegar a Noruega fue a ver a la joven, pero en lugar de entregar el mensaje recibido le entregó otro que decía:

—Tengo demasiado éxito aquí como para volver a ese pueblecito miserable. Me imagino que tampoco tú te habrás quedado atada a nuestros sueños de niños. Mi hermano Sverker te ama en secreto, él te puede hacer feliz. Te sugiero que, si te lo pide, te cases con él.

Sverker le pidió a Ruxanda que se casara con él, y ella, después de decir que no durante meses, aceptó.

El día que Harald se enteró del casamiento de su hermano con Ruxanda sintió que se quebraba en dos. No se quejó, no escribió una lista de insultos, no gritó ni juró venganza, pero sintió como si la música lo abandonara para siempre.

Una noche, después de un banquete, el rey, dolorido por el silencio de las sobremesas mandó llamar a Harald y le dijo que quería hablar con él.

El rey preguntó:

—¿Qué es lo que pasa que desde hace días tu música no se escucha en mi palacio? ¿Te sientes mal? ¿Estás disconforme con tu paga?

Harald contestó:

—Nada de eso, mi señor. Me siento pagado más que generosamente.

—Entonces, es que no te sientes cómodo en mi reino. Quizás echas de menos tu tierra.

—¿Mi tierra? —dijo Harald—. Yo ya no tengo otra tierra en el mundo que no sea la del palacio real de Su Majestad, aquí en Suecia. No, no es eso.

El rey intentó adivinar de nuevo:

—Si no es dinero, ni salud, ni desarraigo entonces debe ser una mujer...

El músico bajó la cabeza y el rey se dio cuenta de que ésa era la clave.

—Déjame adivinar... Estás enamorado de una joven y sus padres no le permiten casarse con un músico...

Harald se decidió a sincerarse.

—No, Majestad... Lo que sucede es que ella ya está casada...

—Ve a buscarla... Enamórala con tu música... Huye con ella. Tráela al palacio...

—No es posible, Alteza... Su marido es mi propio hermano.

El rey sintió en su pecho el dolor de la pena del joven.

—En ese caso hay poco que se pueda hacer... ¡Ya lo sé! —dijo el rey, guiñando un ojo con complicidad—. De ahora en adelante vendrás conmigo cada vez que salga de incógnito por las ciudades del reino. Daremos serenatas y encontraremos muchas otras mujeres jóvenes y bellas. Ellas te harán olvidar tu dolor...

Harald suspiró.

—Te lo agradezco, pero estoy seguro de que no serviría —explicó Harald—. Desde el primer día que dejé Noruega el rostro de cualquier mujer que me cruzo me trae el de ella... Y donde quiera que voy llevo su recuerdo conmigo...

El rey no sabía cómo ayudar a su músico y tampoco se resignaba a perder el placer de su arte. Después de un rato de pensar, se sentó a su lado y le dijo:

—Harald, hay una sola cosa más que yo puedo ofrecerte. Es pequeña en realidad, aunque quizá te ayude. Ya que no puedes hacer otra cosa más que pensar en ella, cántame sobre tu amor perdido.

—Pero alteza, aburriría a todos y hasta quizá traería la tristeza a tus comensales y a ti mismo con mis penas.

—No importa —dijo el rey—, prefiero la música triste de una marcha fúnebre antes que el silencio de las tumbas frías. Canta, Harald, lo que sea que venga a tu corazón, canta. Eso a ti te dará alivio y a mí me dará consuelo.

Y así fue. Durante semanas y semanas Harald se acercaba a la mesa real después de la cena, aunque a veces no tuviera ganas, le cantaba a Sigur y a sus invitados las canciones sobre su fallido amor una y otra vez...

El rey escuchaba la música de Harald sin demandas, sin preguntas, sin críticas. A veces con una sonrisa y otras con una lágrima, pero siempre con renovado interés.

Una tarde, mientras yacía en su cuarto mirando el techo en silencio como cada día, un paje llegó a avisarle que esa noche estaba invitado a la cena del rey el famoso Ingling.

Ingling era el más conocido de los músicos de Escandinavia y el más reconocido de los maestros de música del mundo.

Harald pidió audiencia con el rey para solicitarle que lo liberara de su compromiso esa noche.

—Bastante me aflige sentir la responsabilidad de cargarte con mis penas como para correr el riesgo de aburrir a Ingling con mi tediosa música.

—No. Me pides algo que no puedo aceptar. Te ruego que confíes en mí y que, de todas maneras, nos regales tu música esta noche y aunque sean tristes tus melodías, quiero que nos cantes tus palabras y que nos dejes escuchar las notas que salgan de tu laúd.

Harald no podía negarse. El rey le había pedido claramente que tocara para Ingling.

Unas horas antes de bajar a la sala real, intentó arrancar a su instrumento algunas notas más alegres, pero era inútil. Haría lo que pudiera para cumplir con el rey.

Las canciones fueron similares a las de cada noche. Melodías tristes que sostenían las pequeñas frases que lloraban la ausencia de la persona amada.

Después de la cuarta tonada, Harald fue llamado a compartir la mesa del rey y éste le presentó al mismísimo Ingling.

—Lamento mucho, maestro, haberos condenado a la fealdad de mis canciones. Esto es todo lo que puedo hacer por el momento. No acuséis a mi rey, que solo quería agasajaros…

Ingling levantó la vista hacia el joven y casi increpándolo le dijo:

—¿Fealdad? Yo no he presenciado ninguna fealdad esta noche. He visto, he sentido y he vibrado alrededor del dolor de una herida abierta en el corazón de un músico entre la belleza de sus melodías.

Harald no podía desconfiar de la palabra de Ingling. Si él decía que había podido ver la belleza en sus canciones era porque la música había regresado a su alma, o quizás nunca se había ido. La tristeza podía robarle la alegría pero no podía arrebatarle la música...

Pasó mucho tiempo antes de que Harald volviera a tocar aquellas alegres danzas que hacían que todos empezaran a mover sus cuerpos sin quererlo, pero mientras tanto todos aprendieron a disfrutar de sus tristes canciones de amor, cada vez menos tristes y cada vez con más amor.

Un día Harald pidió permiso al rey Sigur para retornar por unas semanas a su casa, en Noruega. Cuando estuvo allí visitó a sus padres, a sus amigos y, por supuesto, a su hermano Sverker y a su ahora cuñada Ruxanda.

En Harald ya no había rencores ni mucho que decir. Al verla se dio cuenta que cantar su historia cada noche, hablar de ella en tantas canciones, llorar y enfadarse enlazando cada nota le habían ayudado a cicatrizar la herida.

El día que regresaba a Suecia, toda su familia fue a despedirlo. Al mirar a Ruxanda quizá por última vez, Harald hizo mucho esfuerzo para recordar la pena, pero sólo vino a su mente una triste canción de amor, ya no había dolor.

Capítulo 39

El último mes en Brasil fue verdaderamente intenso. Me aboqué a concluir mi trabajo allí y a darle forma al proyecto de Argentina. Ahora percibía que había estado sembrando y sabía que alguna vez haría cosecha. Ya no importaba quién, pero alguien saldría beneficiado de lo hecho y por lo menos para algunos pacientes significaría una gran diferencia.

El proyecto cada vez me entusiasmaba más, porque no sólo era algo totalmente distinto de lo que yo había realizado hasta el momento, sino también porque constituía una innovación. Dediqué casi todo mi tiempo a diagramar la propuesta, a establecer los primeros contactos con colegas y a pensar en «el cómo» de los primeros tiempos.

Necesitaba ayuda para el proyecto. Alguien en quien pudiera confiar. Alguien que fuera un pedazo de mi riñón. Y no había nadie más adecuado que Gerardo.

Cuando se lo propuse le encantó y me prometió que se ponía en campaña con esas cosas que yo le pedía.

Igual que Harald, yo había terminado con la época de hablar de las cosas que habían pasado, pero afortunadamente y a diferencia de él, yo tenía un hermano leal, una ciudad a la que regresar y quizás hasta una historia de amor por realizar.

Finalmente, dejé el apartamento, me despedí de mis colegas del Centro Médico, de los pacientes que tenía a mi cargo en esos momentos y partí.

Me sorprendió la cantidad de cosas que decidí no traer de vuelta, ropa, bambas, una bolsa llena de recortes de diarios, algunas novelas, y lo más llamativo, mi tienda, que montaba cuando bajaba a la playa y quería quedarme durmiendo al lado del mar. Dejé también todo lo que venía con ella, la bolsa de dormir y una pesada mochila que me había traído de Buenos Aires repleta de mis cosas de supervivencia.

Era como un símbolo, pensaba después, en el avión. Viajar más liviano. Dejar atrás lo que alguna vez fue muy útil y que ahora no sirve. No cargar más con la mochila…

Ningún vacío esta vez. El viaje seguía siendo estar suspendido en el aire y yo seguía sin saber qué podía pasar, pero yo estaba diferente. Apenas habían transcurrido seis meses, pero la distancia parecía haberle impreso al tiempo otra categoría. La lejanía, de algún modo, me había permitido ver y pensar con más claridad. Incluso mis charlas con Jorge habían sido más fructíferas, sin caer en los habituales empantanamientos que surgen de lo cotidiano. Todo lo sucedido parecía desde el avión una avalancha de hechos desestructurantes. Sin embargo, estaba seguro de que al tocar tierra otra vez me daría cuenta de que no habían pasado cosas tan extraordinarias, y que lo movilizador había sido el proceso interior y el cambio en mi relación con los demás, y en especial con mis afectos.

Durante el vuelo pude descansar aun con la natural ansiedad del regreso y a pesar las infinitas preguntas que todavía no tenían respuesta. Estaba comenzando a aceptar las incertidumbres externas, razonables y lógicas para los nuevos proyectos. Cierta tranquilidad que estaba más allá de los hechos se había apoderado de mí, como si aquel desasosiego que había sentido y que, de algún modo, había dado origen a toda mi vida reciente, comenzara a desvanecerse. Estaba en calma por primera vez en mucho tiempo.

Una calma que continuó al ver a Paula, esperándome en Ezeiza y se prolongó durante el abrazo que nos dimos. Fue un encuentro mágico, como siempre me había sucedido con Paula, una energía que nos unía desde fuera hacia dentro, que me permitía mirarla a los ojos y saber lo que decía, sentirme bien por el solo hecho de ir de la mano con ella.

Fuimos a mi piso y no paramos de hablar durante todo el día ni de hacer el amor durante toda la noche, tanto era lo que teníamos para decirnos, en palabras y sin ellas.

Si habitualmente yo había sido una persona práctica y expeditiva, en este regreso a Buenos Aires actuaba con una celeridad y una eficiencia que a mí mismo me asombraba. A la semana siguiente de mi regreso ya había retomado las clases en la universidad, reabierto mi consultorio y conseguido encaminar con impulso el proyecto de la clínica.

Conseguí las citas con casi todos los colegas destacados de la especialidad y me reuní con gente del área de salud del Gobierno, que aceptó ayudar en lo que pudiera para hacer realidad el proyecto.

No me detenía un minuto, ni siquiera en mi viaje semanal a Rosario, que seguía haciendo siempre en autocar con el fin de aprovechar cada minuto para pensar en el siguiente paso.

Todo parecía encaminarse con buenas expectativas y mucho entusiasmo, al menos en el aspecto laboral; porque en el sentimental...

Así se lo planteé a Jorge, la tercera vez que viajé a su casa de Rosario.

—¡No la entiendo, Jorge, no la puedo entender! —dije casi gritando, mientras tomaba el segundo mate—. Tanto escándalo porque se me ocurrió contarle que quería hablar con Gaby.

»Después de todo compartí con ella años de mi vida. Y no pienso quedarme con las cosas sin cerrar con ella. Siento la necesidad de encontrarme con Gaby.

»No me gustó su último *mail*, lo sabes, y le dé la interpretación que le dé. Me parece que ella también ha sido una ayuda en esto que me pasa. Me gustaría hablarle, agradecerle... Que sepa que he cambiado... No sé... Me gustaría que no se quedara con una imagen fea de mí. No quiero que nuestra historia, termine en aquel mensaje telegrama.

—¿Y qué pasó?

—Paula, fiel a su estilo, no me hizo una escena de celos, no gritó, no se puso furiosa ni nada que se le parezca. Sutil, suavemente, pero con total firmeza, me hizo saber que en ningún caso y de ninguna manera iba a festejar que yo me encontrara a solas con Gaby. Lo suyo no fue un: «elige: ella o yo» (Paula tiene demasiada clase para ese planteamiento), sino el hacerme saber que ella iba a sufrir mucho si lo hacía. A mí me molestó, porque sabiendo el lugar que había tenido Gaby en mi vida y lo importante que era para mí no hacer doler a la persona que amo, Paula no me dejaba opción posible.

»De nada sirvió que le recordara cuán remota era la posibilidad de que Gaby aceptara siquiera hablar conmigo, ni que le asegurara que todo el sentimiento estaba terminado. Pau se quedó en que para ella sería muy doloroso, que comenzaría a pensar que no todo había terminado, que en el fondo la seguía queriendo y que nunca la terminaría de quitar de mi cabeza.

—¿Qué le dijiste?

—No le respondí. Porque yo entiendo sus razones pero sé que sigo necesitando un cierre claro y rotundo con Gaby. Si no lo tengo, entonces sí que será posible que no me la quite nunca de la cabeza. Lo peor —le conté al Gordo— es que yo sentí que me había amenazado. Sus palabras y más aún su actitud, fueron un aviso: volver a ver a Gaby podía poner en riesgo mi relación con Paula.

—Ésa sí que es una mala noticia, Demián. No por el hecho en sí mismo, que, como tú dices, es casi lógico, sino por esto de sentirte amenazado, chantajeado emocionalmente. Ésta es la mala noticia. Las relaciones íntimas se apoyan sobre todo en tres pilares: el del amor, el de la atracción y el de la confianza. Los dos primeros parecen estar cada día más sólidos, pero el tercero está seriamente amenazado, sobre todo si te rindes a sus temores y renuncias como sacrificio.

—Me niego. Qué locura. Con todo el dolor de mi alma, yo no estoy dispuesto a aceptarlo. Comprometerme es una cosa y renunciar a mi percepción de lo que quiero hacer y necesito hacer es otra. Si éste es el riesgo, estoy dispuesto a asumirlo y dejar que Pau elija su rumbo.

Volví a Buenos Aires mezclado. Y, sin embargo, con la misma serenidad que descubrí en el viaje de retorno a Argentina.

Esa misma noche me tocaba uno de los mayores desafíos desde que estaba en Buenos Aires. Marily pasaría por casa a tomar un café y conocería a Paula.

Cuando Marily llegó, Pau no había vuelto del trabajo, así que aproveché para contarle mi experiencia en Brasil, mi regreso y, por supuesto, lo que me estaba pasando con Paula.

—Yo no siento que lo de Paula sea precisamente una amenaza —dijo Marily—. Es un límite. Quizá ni siquiera para ti. Es ponerte en palabras, como puede, hasta dónde piensa que está dispuesta a tolerar. Reconozcámoslo, Demián. Gaby y tú nunca fuisteis simplemente dos ex que acabasteis siendo amigos. Siempre hubo algo más. Un poco antes de irte a Brasil te pasaste la noche con ella...

—Pero eso es otra cosa que ya te contaré. Quizás es precisamente por lo de esa noche que necesito volver a ver a Gaby.

—No lo entiendo muy bien, pero de todas maneras supongo que tienes que hacer lo que sientas. Lo único que te digo es que si Raúl me planteara que quiere encontrarse a solas con alguna de sus ex, yo lo mato.

—Raúl... —dije yo—. ¿Quién es Raúl?

—Bueno, no te lo he contado... —balbuceó Marily—. Estoy saliendo con un tipo.

Salté de mi silla y la levanté en el aire con alegría. María Lidia declamaba su libertad y su independencia, pero últimamente admitía que le gustaría estar con alguien en pareja.

—¿Cuánto hace? —pregunté.

—Un poco más de cuatro meses —me dijo—, ya pasamos «tu barrera psicológica».

—Me alegro mucho, mi vida, no sabes cuánto. Me alegro mucho por ti y también lo siento mucho por él...

Marily me dio un pellizco en el brazo y se rió de mi comentario.

—Di lo que quieras, pero mira el poema que me mandó cuando cumplimos cuatro meses —me dijo María Lidia y me mostró orgullosa la poesía «Gente».

Aquélla de Hamlet Lima Quintana que yo también admiraba tanto. Aquélla de: «Hay gente que con sólo decir una palabra enciende la ilusión y los rosales». La de: «Hay gente que con sólo abrir la boca te llega hasta los límites del alma». Aquélla que termina con: «Hay gente que es así, tan necesaria...»

Yo la volví a felicitar y le regalé el cuento del relojero.

Cuentan que el viejo relojero volvió al pueblo después de dos años de ausencia. El mostrador de su relojería recibió en una sola tarde todos los relojes del pueblo, que a su tiempo se habían detenido y que había quedado esperándolo en algún cajoncito de la casa de sus dueños.

El joyero revisó cada uno, pieza por pieza, engranaje por engranaje.

Pero sólo uno de los relojes tenía arreglo, el del maestro, todos los demás eran ya máquinas inservibles.

El reloj del maestro era un legado de su padre y posiblemente por eso el día que se detuvo marcó para ese hombre un momento muy triste. Sin embargo, en lugar de dejar el reloj olvidado en su mesita de noche, el maestro cada noche tomaba su viejo reloj, lo calentaba entre sus manos, lo lustraba, le daba apenas una media vuelta a la tuerca y lo agitaba deseando que recuperara su andar. El reloj parecía complacer a su dueño, que durante algunos minutos se quedaba escuchando el conocido tic tac de la máquina. Pero enseguida volvía a detenerse.

Fue este pequeño ritual, este ocuparse del reloj, este cuidado amoroso, lo que evitó que su reloj se trabara para siempre.

Fue mantener viva la ilusión lo que salvó a su reloj de morir oxidado.

Capítulo 40

Ese viernes fui a lo del Gordo para hablar exclusivamente de Paula.

—Aun admitiendo que, como dice Marily, ella pueda tener razón en inquietarse, no me gusta que mi pareja intente decidir por mí: «Esto sí y esto no». Y más que no gustarme, no soporto esa imagen interna que me hice de una maestra repelente que levanta su dedito amenazante y dice: «Niño Demián, haga lo que le parezca, pero si pone un pie fuera del aula, lo expulso de la escuela».

Jorge se sentó enfrente de mí y se mantuvo callado por un rato. Yo esperaba ansioso que me dijera algo, aunque fuera lo contrario de lo que yo pensaba. Pero se mantuvo en silencio varios minutos que, como siempre que lo hacía, me parecieron eternos. Después me preguntó:

—¿Y tú qué piensas de esa maestra, Demi?

—Que es la auténtica imagen de lo insoportable. Una vieja bruja que cree que sabe siempre lo que es bueno y lo que es malo, lo que se debe hacer y lo que no.

—¿Y Paula actúa siempre así...?

—Nunca. Por eso me enojó, porque ésta no es su manera de ser. O por lo menos no es la que hasta ahora ha tenido.

Tiemblo si me pongo a pensar que tal vez sí sea una maestra repelente y hasta ahora no lo ha enseñado.

—¿Y por qué piensas que ahora, justamente ahora, ante este hecho, actúa de esta manera?

—No sé, no ha aguantado más y se le ha visto el plumero.

—¿El plumero de qué?

—De cómo es en verdad.

Jorge se acomodó entre los almohadones, me ofreció un mate y me preguntó:

—¿Ha estado simulando, entonces?

—A lo mejor sí.

—Volvemos a la estupidez. Cuando mi profe de Psiquiatría decía que los neuróticos jamás se curan del todo, tenía razón —se quejó el Gordo—. ¿Y no te parece que tal vez Paula reaccionó ante algo o por alguna razón?

—¿Razón? ¿Qué razón puede tener alguien para querer prohibirle a otro algo en lo cual no tiene arte ni parte?

—Me parece Demián que parte sí que tiene, en todo caso una parte que dejaría de tener si sus fantasmas, los de ella, se vuelven reales.

—¿Tú estás insinuando que, en realidad, Paula tiene miedo de que yo me encuentre con Gaby? ¿Paula? ¿Miedo? ¿Paula?

—Sí. Paula. Miedo. Sí. ¿Te ocupaste de explicarle a Pau de verdad por qué necesitas ese encuentro? ¿Te ocupaste de asegurarle que tu vínculo con ella no está amenazado por esta charla?

—No… Me pareció que no era necesario. Me pareció que ella es tan segura de sí misma y que… —me interrumpí. Respiré hondo y seguí—. Me parece que tuve miedo de darle demasiada importancia al tema y que ella se enfadara.

—Escondemos el cuaderno de las notas para que la señorita no vea que se nos hizo un manchón…

—Puede ser. Es verdad.

El Gordo puso un almohadón frente a mí y señalándolo me dijo:

—Imagínate que aquí, frente a ti, está sentada Paula. Cuéntale por qué necesitas ese encuentro con Gaby…

Yo hice silencio y me metí en el trabajo. Cerré los ojos y me la imaginé allí, frente a mí. Estaba más guapa que nunca y me miraba esperando que yo hablara.

—Pau, amor —empecé diciendo mientras ponía mi mano sobre el almohadón como quien toma la mano de su amada—. Comprendo lo difícil que es aceptar ésta, mi necesidad de encontrarme con Gaby. Pero quiero explicártelo. He vivido toda mi vida escapándome de las cosas. Abandonándolas detrás y no volviendo nunca en la esperanza de que se desvanecieran. No quiero seguir escapando. No puedo dejar que esos años queden en unas cuantas fotos y algunos recuerdos distorsionados. Tengo algunas razones que ya te contaré para pensar que ella ya se despidió de mí para siempre, pero yo no lo hice y sé que lo tengo que hacer… —Acaricié la tela del cojín con suavidad y todavía dije—: Confía en mí, amor. Soy yo, Demián, soy el que una vez definiste como el amor de tu vida. Quiero pasar el resto de mi vida contigo y para eso hay una cosa más que debo dejar cerrada… Por favor… Confía en mí.

Cuando terminé de hablar, dos lágrimas me caían por las mejillas. Abrí los ojos para coger un pañuelo de papel de la mesita. Pero los pañuelos no estaban ahí, los tenía el Gordo en su regazo, porque él también estaba llorando…

CAPÍTULO 41

El día que finalmente Gaby se decidió a llamarme en respuesta a mis *mails* y mis mensajes en su contestador, respondió Paula.

Sería injusto decir que me reprochó algo porque estaría mintiendo, pero me bastó ver la tristeza y la languidez de su mirada, para entender lo que ella sufría.

Cogí el teléfono y le dije a Gaby:

—¿Estás en tu casa? Ahora te llamo.

Me acerqué a Paula, la abracé y le volví a decir lo que le había dicho el viernes al volver de Rosario. Agregué sólo una frase.

—No temas...

—No importa —me dijo—, ayer leí una noticia en el diario que sentí que podía cambiar mi vida para siempre, y no tuve duda de que se presentó ahora para ayudarme a definir mejor mi postura en esta situación.

Paula buscó entre los papeles, sobre la mesa y me acercó un recorte de periódico.

«La ENE (Escuela de Niños Especiales), organizará el primer fin de semana de primavera una jornada de Olimpíadas para los alumnos de la escuela y de otras con alumnado similar.»

Ésta era la noticia, tal como llegó a la redacción.

Lo que sigue es la crónica de lo sucedido.

Todos los inscritos tenían en común padecer de síndrome de Down. Cada alumno participaba por lo menos en alguna disciplina y varios de ellos en más de una.

El fin de la tarde estaba programado en la pista central de la escuela, donde se correría delante de padres e invitados la carrera de los cien metros lisos.

La carrera tenía diez corredores de entre ocho y doce años de edad. El profesor de Educación Física los había reunido unos minutos antes y con buen criterio educativo les había dicho:

—Jóvenes, a pesar de ser una carrera, lo importante es que cada uno de vosotros dé lo mejor de sí. No es importante quién gane finalmente la carrera, lo que verdaderamente importa es que todos lleguéis a la meta. ¿Habéis comprendido?

—Sí, señor —contestaron los niños y las niñas a coro.

Con gran entusiasmo, y ante el griterío de familiares, compañeros y maestros, los corredores se alinearon en la partida. Y tras el clásico «¿Preparados? ¿Listos?», el profesor de gimnasia disparó una bala de fogueo al cielo.

Los diez empezaron a correr y desde los primeros metros dos de ellos se separaron del resto liderando la búsqueda de la meta. De repente la niña que corría en penúltimo lugar tropezó y cayó.

La raspadura en las rodillas fue menor que el susto, pero la niña lloraba por ambas cosas. El jovencito del último lugar se detuvo a auxiliarla, se arrodilló a su lado y le besó las rodillas doloridas. El público se puso de pie y se tranquilizó al ver que nada grave había pasado. Sin embargo, los otros niños, todos ellos, se giraron hacia atrás y al ver a sus compañeros volvieron sus pasos atrás. Al juntarse consolaron a la jovencita que cambió su llanto en una risa cuando entre todos tomaron la decisión: el maestro les había dicho que lo importante no era quién llegara primero, así que entre todos alzaron en el aire a la compañera que había caído, la cargaron y rompieron la cinta de llegada todos a la vez.

Como queda claro, resta mucho para aprender. La buena noticia es que todavía tenemos quien nos enseñe.

—Y cuando terminé de leer esta nota —dijo Pau—, me di cuenta de que yo no quiero competir contigo a ver quién llega antes. Quiero que crucemos la meta los dos juntos...

Paula me abrazó llorando suavemente e hizo el amago de irse para que yo hablara por teléfono. Yo la invité a que se quedara. No había nada que ocultar.

Llamé a Gaby y le pedí si por favor podíamos vernos aunque fuera por cinco minutos. Un poco a regañadientes, Gaby aceptó juntarnos en un cuarto de hora en el bar de la esquina de su casa.

Existen muchas maneras de terminar una relación que parecía eterna: palabras, silencios, ausencias, kilómetros de distancia, gritos, peleas. Pero Gaby fue mucho más categórica, sólo necesitó mostrarse ante mí como jamás la había visto, con una sonrisa resplandeciente, una mirada tierna que yo no le he conocido, y una enorme panza de último mes de embarazo que jamás, jamás, jamás hubiera imaginado.

Estaba plena y se la sentía feliz.

El encuentro fue breve. Yo casi sin hablar pensaba que no tenía ningún sentido decir que venía a cerrar nuestro pasado.

Ella sí dijo que le había costado cerrar nuestra historia, porque durante mucho tiempo la sentía como algo que podría haber sido.

—¿De cuanto estás? —le pregunté, por preguntar.

—He entrado en el octavo —me dijo.

Y de repente se me cruzó la idea por la cabeza.

Hice silencio mientras hacía cálculos y me puse pálido cuando supe que las cuentas me daban.

Gaby, que me conocía mucho, se sonrió adivinándome el pensamiento.

—No, Demián, no es tuyo. Hice muchas cosas para retenerte, pero de esto no sería capaz.

—Te pido perdón, es que las fechas...

Gaby hizo silencio y me dijo lo que sin lugar a dudas pensaba no decirme.

—Aquel día, el último que te vi antes de tu viaje, fui a despedirme.

—Lo sé —dije sin petulancia—, me di cuenta mucho después, por lo del jersey...

—Lo que no podías saber es que esa decisión, la de terminar para siempre contigo, la había tomado media hora antes. No fue el resultado de un trabajo terapéutico ni de un darse cuenta intelectual. Fue el resultado positivo de mi test de embarazo lo que me decidió. Cuando lo tuve en mi mano, pensé que no podía compartirlo con Javier limpiamente hasta que no te quitara de mi carpeta de pendientes. Así que, por primera y por última vez le mentí, y embarazada de dos semanas, fui a tu casa. Quería los papeles del divorcio... Y seguramente quería conservar de ti lo que hoy tengo, el recuerdo limpio de cosas pendientes.

Yo estaba sentado con la mandíbula caída en coma urémico. Gaby dijo que ella no era tan moderna como para que fuéramos amigos, que estaba muy enamorada de su pareja y que haberme visto hoy era su última excepción. Estuve de acuerdo, a pesar de que internamente me doliera aceptar que Gaby ya no formaría parte de mi vida.

Nos despedimos sin un beso. Le guiñé un ojo en complicidad y la vi irse con su panza a cuestas; tan feliz que no pude evitar que se me nublara la vista.

Pagué los cafés que ni siquiera habíamos tomado y volví a mi casa.

Abrí la puerta.

Paula no se atrevió a abrazarme hasta que yo le tendí los brazos. Después nos dimos larguísimos besos.

Yo sólo le dije:

—Gracias, Pau. Ahora sí, todo aquello está terminado.

Capítulo 42

Se lo había dicho con absoluta sinceridad, pero a pesar de mi franqueza descubriría en mi siguiente sesión con Jorge que todavía me faltaba una vuelta de tuerca...

—No lo entiendo. Te juro que todo está terminado con ella. Pero me molesta, y aunque sé que no es lógico que me moleste, me molesta igual... Porque después de todo lo pasado, uno se merece un lugar en la vida del otro. ¿O no?

—No sé si te entiendo y no sé si quiero entenderte. ¿Dices que te molesta pensar que vas a perder tu lugar en la vida de tu ex mujer?

—Exacto. Te das cuenta que así como están las cosas a partir de ahora voy a ser borrado de su pasado. Con suerte tal vez me mencione alguna vez, dentro de veinte años viendo con una amiga íntima un álbum de fotos viejas... Por lo demás, yo acabo de ser expulsado de su historia. Claro... ¿Qué es un ex marido con el que no se tuvieron hijos, del que una chica se separó hace mucho y al que no quiere ni volver a ver?

»Nada.

»Un mosquito aplastado contra la pared en el rincón más oscuro de un local clausurado...

»Un tubo de témpera seco en el estante de un sótano cerrado desde hace años.

»La cáscara de la naranja que te comiste aquel día de *camping*, el verano del setenta y dos.

»Nada.

»Y si te digo la verdad, me molesta.

»No soporto la idea de haber sido algo que pasó y se esfumó, sin dejar ninguna huella...»

—Muy bien, Demián, voy entendiendo. Ahora veamos. Es sólo un reclamo narcisista. Es decir, una expresión de un neurótico intento de ser el centro de atención de todos, la necesidad de ser importante y deseado por los demás. ¿O, como parece ser, hay algo más?

—¿Algo más? ¿Cómo que algo más? ¿Te parece poco?

—Sí. Me parece poco para tanta angustia.

—¿Cómo que te parece poco? —yo no lo podía creer—. Fíjate si desapareciéramos de la memoria de todos, si nadie nos recordara y no recordáramos a nadie, sería horrible...

—Es verdad, pero no estábamos hablando de la memoria de todos, sino de la de Gaby. Ahora parece que te refirieras a qué pasaría si no tuvieras un lugar en la vida de nadie, no en la de ella específicamente.

—Es que así sucedió. Venía pensando en contarte mi encuentro y despedida de Gaby durante todo el viaje y estaba tranquilo. Pero, de repente, se me cruzó la idea de que podría volver a pasar y me llené de angustia. Una especie de miedo de que me suceda lo mismo con mi vida. Que pase por ella como pasé por la vida de Gaby. Que algún día termine desapareciendo del recuerdo de mis amigos, de mis pacientes, de Paula... No podría soportarlo, Jorge. Otra vez de nada a recuerdo y de recuerdo a nada, en un suspiro.

—Pero las cosas no son así, Demián. ¿Te acuerdas de lo que te dijo tu hermano en Brasil antes de volver? Dejar huella sin que eso te impida disfrutar de seguir en el camino. Así lo hizo tu padre, así lo hizo Gaby, así terminará siendo tu recuerdo de tu hermano, de tu madre y de mí... ¿Te acuerdas del encuentro entre el zorro y el Principito?, está todo ahí...

—Ven a charlar conmigo —le propuso el principito al zorro—. ¡Estoy tan triste!

—No puedo —dijo el zorro—. No estoy domesticado.

—¡Ah, perdón! —dijo el principito—. ¿Y eso que significa?

—Significa que no hemos creado lazos entre nosotros —dijo el zorro—. Para mí no eres todavía más que un muchachito semejante a cien mil muchachitos. Y no te necesito. Y tú tampoco me necesitas. No soy para ti más que un zorro semejante a otros cien mil zorros. Pero, si me domesticas, tendremos necesidad el uno del otro. Serás para mí único en el mundo. Seré para ti único en el mundo...

—Bien lo quisiera —respondió el principito—, pero no tengo mucho tiempo. Tengo que encontrar amigos y conocer muchas cosas.

—Sólo se conocen las cosas a las que eres capaz de dedicarles tu tiempo —dijo el zorro—. Si de verdad quieres un amigo, ¡domestícame!

Así, el principito domesticó al zorro y se dejó domesticar por él.

Y cuando se acercó la hora de la partida...

—¡Ah! —dijo el zorro—. Creo que voy a llorar.

—Tuya es la culpa —dijo el principito—. No deseaba hacerte daño pero quisiste que te domesticara.

—Sí —dijo el zorro.

—¡Pero vas a llorar! —dijo el principito.

—Sí —dijo el zorro.

—Entonces, no ganas nada.

—Gano —dijo el zorro—, por el color del trigo... ¿Ves,

allá, los campos de espigas? Yo no como pan. Para mí el trigo es inútil. Los campos de espigas nunca significaron nada para mí. ¡Es bien triste! Pero tú... Tú tienes cabellos color de oro. Cuando te hayas ido, el trigo dorado será un recuerdo de ti. Y por primera vez amaré el ruido del viento en el trigo...

—Adiós —dijo el principito.

—Adiós —dijo el zorro y permaneció un largo rato mirando extasiado los campos de trigo y escuchando el viento silbar entre las espigas.

El principito siguió su camino, y con alegría notó que cada árbol le hacia recordar el color del pelaje de su amigo el zorro.

Yo escuchaba el relato y, como casi siempre, lloraba.

—Estarás pensando que otra vez me pierdo en mis neurosis. No creo, Gordo. Hoy sé que hay cosas que me importan de verdad y tengo que actuar de acuerdo con lo que siento. No puede ser que siga prestando más atención al disparador que al efecto que produce en mí. Tengo que dejarme de tonterías. Parar con las excusas y abandonar mis respuestas de niño miedoso y dubitativo.

Sentía como desde el pecho me salía una fuerza desconocida. De pronto todo se volvía claro y cada cosa encontraba su lugar...

—Y no es que mi libertad o mi independencia no importen —seguí—, sino que tengo que aceptar que no existen esas falsas opciones impuestas por un Demián que ya no soy.

»No es verdad que deba elegir entre Paula y mi libertad.

»Ni entre la profesión y mi independencia.

»Ni entre mi compromiso con la gente que sufre y mis propias necesidades.

»Mi vida pasa por todo eso junto y más. Todo a la vez, Paula, mi profesión, mi libertad, la clínica, mi ideología, mi compromiso con la sociedad y mi proyecto de vida...

»Es mi responsabilidad compatibilizar todo lo que me

importa y defenderlo en una actitud congruente. Y si no salgo corriendo ahora a tomar un taxi y proponerle a Paula que nos casemos es solamente porque no quiero que ella se enrede en asociaciones que le harían daño, pero yo sé que quiero vivir con ella y eso es lo importante.»

—Qué bien, Demián. ¿Te das cuenta de todo lo que has cambiado en tan poco tiempo?

—Y lo peor es que me gusta ese cambio —agregué riendo—. He perdido demasiado tiempo siendo como no era. Miro atrás y me parece que me pasé gran parte de mis últimos años esquivando la posibilidad de disfrutar de las cosas. Como si con eso pudiera conjurar mis miedos, como si así me garantizara que no iba a sufrir. Porque, en definitiva, seguramente allí estaba el porqué de mi huida del compromiso. No dar demasiado para que no me reclamaran nada. No entregarme al amor por miedo a no soportar el dolor de no ser querido. Hoy sé que, en realidad, fui un tarado, porque los reproches los padecía igual, y cuando por miedo no me involucraba, tampoco disfrutaba plenamente. A veces me miro como si yo hubiera sido un adicto al no compromiso, un adicto a la huida, al escape. Algo así como ese personaje de la serie *El fugitivo*, con la diferencia de que a mí nadie me perseguía. Y no era así sólo en el amor, sino en todo: con mi madre, con mis amigos, con el trabajo...

—Lo que sigue no es sencillo, Demi. Sobre todo porque los mecanismos se enquistan y se entronizan ante cualquier descuido. Pero estás en el mejor camino...

—La pregunta que me surge ahora, Gordo, ahora que sé que puedo cambiar, es ¿cuánto más? ¿Cuánto falta? O mejor, ¿cuánto más va a tener que modificarse en mí? Yo siento que en este momento estoy bien, pleno, pero...

—¿Hablas de tu terapia? —me preguntó Jorge, captando de inmediato a qué me refería.

—Hablo de todo… Por un lado siento que estoy por fin en la puerta de entrada de mi vida adulta, preparado para vivirla… sin depender de nadie. Pero, por otro, te confieso, Gordo, que cuando pienso en dejar de venir y no sé… Es tanto lo que me sirvió y me sirve este espacio, que no sé…

—¿Qué sientes?

—No es exactamente miedo, pero se le parece bastante, más bien algo similar a la incertidumbre. Una mota de polvo en mi mirada al futuro… Alguna duda de si podré… Algún fantasma de que si te necesito tú no estés…

—El miedo de que yo también desaparezca o, mejor dicho, te haga desaparecer de mi vida. Y esta vez para siempre.

—Yo no he dicho eso —protesté.

—Es verdad, pero tus temores se parecen tanto a los reclamos ridículos que hacías de Gaby al entrar, que me ha salido el psicoanálisis y he asociado. Porque los dos planteamientos se asemejan, ¿no?

Odiaba al Gordo cuando interpretaba lo que decía y sobre todo cuando descubría en mí lo que yo todavía no había registrado.

—Todo puede suceder, Demián, incluso que me olvide de ti. A mi edad, los recuerdos son como los pececitos tropicales de tu pecera… Los tienes pero no sabes cuánto te pueden durar… Pero aunque así fuera, qué. El único problema que tienes al respecto sigue estando en tu cabeza controladora y nada más —concluyó Jorge.

Tenía razón, el miedo era sólo un producto de mi imaginación porque en el autocar me di cuenta de que, aunque sentía todo lo que había dicho, lo que más me dolía en ese momento no era pensar en si lo necesitaría después, sino simplemente percibir que el tiempo de la despedida de Jorge se estaba acercando.

Capítulo 43

Era nuestra última sesión.

Y yo no quería.

De camino a Rosario, esta vez en mi coche nuevo, pensé que quizá pudiera «dibujar» un tema, para que el Gordo prolongara un poco más nuestros encuentros. Ese argumento de que se iba a tomar un año sabático no me convenció. Tenía que inventar algo, aunque en el fondo sospechara que no iba a ser una buena idea, aunque supiera que era un intento de manipular. Como decía el Gordo, si eres consciente es «hijaputez», pero no neurosis...

—Gaby ha tenido su bebé —le dije—, un varón.

—Ah, sí —dijo el Gordo sin interés.

—Se llama Agustín y dice mi madre que es precioso y pelirrojo como su madre.

—¿Y éste es el tema de tu última sesión? ¿El bebé de Gaby?

—Claro, ¿no has oído cómo se llama?

—Agustín —dijo Jorge—. ¿Y?

—Cómo que ¿y?... NO se llama Demián.

—¿Perdón?

—Sí, ya sé lo que me vas a decir. Que cómo se me ocurre

que le podía poner Demián. Te parece una locura, porque seguramente el padre ni siquiera lo hubiera permitido. Pero yo me acuerdo que cuando Gaby soñaba con que tuviéramos un hijo, momentos en los que yo siempre cambiaba de tema, ella decía que cuando tuviera un varón, aunque no fuera conmigo, le pondría Demián. Lo decía siempre. Y entonces, cuando mamá me contó que se llamaba Agustín, de golpe me di cuenta de que Demián, ese Demián que Gaby imaginaba, no iba a existir nunca. Y me dolió. Es como una traición, ¿no te parece?

El Gordo hizo un ruido extraño con la boca, una especie de Bfffff o Ufffff o Bzzzz.

—Quizá —empecé a decir— me duele la conciencia de lo que me perdí...

—De lo que no quisiste —corrigió Jorge.

—No lo sé. No era mi tiempo...

Hice una pausa. No estaba consiguiendo nada.

—Es que me lo imaginé al bebé, con el pelito rojo igual al de Gaby y me dio ternurita... —probé—. Me faltó poco para salir corriendo y decirle a Paula que quiero que tengamos ya un hijo, enseguida...

—¿Así, de golpe? —se rió Jorge.

—No. De golpe no. En realidad es algo que vengo pensando desde que decidimos convivir. Aunque nunca lo haya dicho en voz alta, la idea está. Y la noticia del nacimiento de Agustín... No sé... Como que me hizo sentir más necesidad.

—Ahh... Te picó el bichito, diría tu mamá.

—Exactamente. Aunque por otro lado también entiendo que tal vez sea muy pronto. No sé... Con Paula hace poco que vivimos juntos pero quizá sea tiempo de dar otros pasos...

Finalmente me pareció que lo tenía, hice una pausa estratégica y luego, en tono de telenovela de la tarde, arriesgué:

—A lo mejor éste no es un buen momento para dejar la terapia…

Jorge me miró. Y en sus ojos me di cuenta de que no me había equivocado cuando pensé que era un plan inútil.

A pesar de mis temores y de mi tristeza, había llegado el momento.

No hacía falta disculparse ni nada. Era claro, hasta para mí, que Jorge estaba funcionando como un refugio salvador en mi vida, aunque este lugar seguro ya no me salvara de nada de lo que no me pudiera salvar solo. Y sin embargo, una vez más, como quince años atrás, me costaba la despedida.

Me acerqué y lo abracé. Jorge, por una vez solamente, se dejó abrazar. Era, por supuesto, su último regalo, o mejor dicho el penúltimo, porque todavía me dijo:

—Todo es cuestión de ser quien uno es. Intento ser quien soy todo el tiempo y buen trabajo me ha llevado. Desde ahora, Demián, tendrás que seguir trabajando solo en ese desafío. Tengo un último cuento para ti. Es una historia muy antigua y también un cuento muy especial en mi propio proceso. Ya sabes que yo creo que hay un cuento para cada persona en cada momento de su vida. Éste es el cuento que me ha acompañado durante más años, el que me he contado más frecuentemente y el que más me ha ayudado, en algunas épocas de muchas dudas. Hoy te lo quiero dejar como regalo de despedida…

En una árida región del Lejano Oriente había una vez un pequeño reino. No tenía una gran extensión de tierra, ni demasiado terreno fértil. No era un reino muy rico, ni dormían en su suelo costosos minerales. Y, sin embargo, la guerra con un país vecino había desangrado el reino y la última batalla, acabado con la vida del emperador.

La población quería lo mismo que quieren todos los pueblos del mundo, quería lo que reclaman y seguirán reclamando los hombres y las mujeres corrientes a lo largo de la historia, aunque sus dirigentes no los escuchen. Querían trabajar y vivir en paz.

Por eso, al enterarse de la muerte del rey y sabiendo que no había cadena sucesoria, la población entera se reunió en la única plaza del reino para exigirle al Consejo de Ancianos que elevara al trono a alguien que fuera verdaderamente amante de la vida, para estar seguros de que nunca más la guerra terminaría impiadosamente con la existencia de tantos...

El Consejo sabía que, en el estado en el que se encontraba la población, se debía tener mucho cuidado con las próximas decisiones. También ellos querían poner el Imperio (como se lo llamaba grandilocuentemente en asuntos de palacio) en manos de alguien sabio y honesto. Entre las cosas en las que primero estuvieron de acuerdo estaba que el próximo emperador debía ser joven para dar lugar a crear, a partir de allí, una dinastía que asegurara la continuidad de su política por años y años. Esta decisión unánime, descartaba a los miembros de ese Consejo, todos ellos venerables ancianos. Así fue que durante días estuvieron pensando y debatiendo; debatiendo y pensando. ¿Cómo hacer una elección tan delicada?

¿Cómo elegir de entre todos los jóvenes del pueblo una persona que fuera la mejor para ocupar el trono? Para una primera selección, se le pidió a cada ciudad, a cada condado, a cada comarca, que mandara su mejor candidato a la corona, a presentarse ante el Consejo.

A los pocos días, los jóvenes fueron llegando al palacio real. Entre ellos estaba Liú, joven pastora que había seleccionado un pueblecito lejano de las montañas.

—Yo no quiero ser la futura emperatriz —había dicho Liú a sus padres justo antes de partir—. ¿Qué haré yo como emperatriz?

—Hija, nuestro pueblo cree que tú eres la mejor para conducirnos a una vida de paz —le había respondido la madre—, aunque de todas maneras la decisión definitiva, acerca de ir o no ir, la tienes que tomar tú.

Liú, que amaba mucho a la gente, había decidido aceptar el pedido de todos y emprender el largo y peligroso camino de montaña hasta el palacio, atravesando ríos y bosques.

Allí estaba, junto a cientos de muchachos y muchachas de todo el reino, reunidos en el gran Salón del Trono ante el Consejo del Reino.

Su portavoz, el más anciano de todos, les dio la bienvenida y les dijo:

—Cada cual va a recibir una semilla. La plantará y la cuidará por su propia mano en la tierra de su pueblo natal. Cuando vuelva la primavera, nos reuniremos de nuevo aquí, cada cual con su planta crecida en una maceta. Quien tenga la planta con la flor más hermosa, será quien ocupe el trono.

Muchachos y muchachas formaron filas ante los integrantes del Consejo, que fueron repartiendo a cada cual la semilla que tenía que plantar. Liú tomó su semilla y, con mucho cuidado, se ocupó de envolverla amorosamente en su pañuelo de seda. («No debe coger humedad hasta no estar en la tierra», pensó.) Y después la guardó, teniendo mucho cuidado de no apretarla ni golpearla, en su bolsa de cuero. Cuando estuvo segura de que la valiosa semilla estaba bien acomodada, emprendió el camino de vuelta a casa.

Una vez en su pueblo, Liú plantó la semilla en una maceta de barro con el mismo cuidado y suavidad con que la había transportado desde palacio. La hundió profundamente en la mejor tierra que pudo encontrar entre sus montañas, y siguiendo los consejos de los más sabios de sus vecinos, la regó cada día (exclusivamente con agua de lluvia), ni poco ni demasiado, como le habían aconsejado (ni poco ni demasiado, pensó Liú... Como todas las cosas).

Los días pasaron, pero para oponerse a la ansiedad de todos los del pueblo, en la maceta no aparecía nada. Liú siguió regando la tierra sin exagerar y esperó pacientemente.

Los meses pasaron y nada sucedió. Ella añadió tierra nueva y se animó a agregar un poco de abono (un viejo secreto de sus abuelos para cuando el trigo no brotaba). También la cambió de lugar, le cantó y le habló animando a la flor a crecer.

En el huerto, todo había crecido y dado fruto. En el bosque, los árboles rebozaron de bayas, pero en la maceta no brotó nada.

Liú ya no sabía qué hacer, la semilla no nacía y las ilusiones de sus vecinos morían un poco cada día cuando pasaban a visitar la maceta yerma.

Cuando por fin llegó la primavera, Liú se dio cuenta de que era hora de realizar de nuevo el largo viaje hacia el palacio real, aunque también supo que no valía la pena el viaje. En su maceta sólo habían aparecido unos pocos tallos que hicieron ilusionar a algunos, pero que resultaron siendo simples hierbas silvestres. De la flor no había ni un solo indicio.

Por una parte, es bueno reconocerlo, Liú se alegró. Ella había dicho (y era cierto) que no tenía ningún deseo de cambiar su vida sencilla por la de una emperatriz. Pero, por otra, cargaba a la vez con la pena de su gente. Liú temía lo que algunos murmuraban a su espalda, que llevar la maceta sin flor era dejar en mal lugar a su pueblo natal.

Liú decidió hablarles antes de partir:

—Queridos todos. Vosotros sabéis que acepté ser vuestra representante por el amor y el respeto que os tengo, para dar a conocer todo lo bello y bueno que el país tiene en nosotros y en estas tierras hermosas. Yo fui al palacio, a pesar de que no quería cambiar mi vida entre vosotros por la vida de emperatriz. Pero esta vez tengo dudas... Mirad mi maceta... ¿Qué sentido tiene ir? Ni siquiera hay una flor para competir con la de los otros. Si voy, ¿no os dejaré en mal lugar?

El pueblo inmediatamente hizo corrillos para discutir entre ellos qué responder a Liú. Luego empezaron a expresar sus conclusiones:

—No tengas vergüenza de ir, querida Liú. Nuestro pueblo nunca ha pretendido ser mejor que otro. Sólo somos un pueblo hermano de otros pueblos que quiere compartir con ellos su búsqueda de paz, no quedarse al margen —dijo su abuela—. Solamente faltar a la cita nos dejaría en un mal lugar. Lo has hecho lo mejor que has podido y te hemos ayudado hasta donde supimos. No ir es desmerecer el éxito de aquellos que consigan una hermosa flor. Sin embargo, en última instancia, otra vez, la decisión es tuya.

Liú se pasó toda la noche reflexionando y, al amanecer, empezó a andar hacia la cita en el palacio.

¡Qué maravillosa escena había cuando llegó al gran salón del trono! Los muchachos y muchachas estaban otra vez allí, frente al Consejo del Reino, pero ahora con sus macetas repletas de hermosas flores. Si una flor era bella, la otra lo era más aún.

El Consejo se desplazó por el salón examinando cada maceta, una a una, antes de tomar ninguna decisión. Las más hermosas de las flores conseguían arrancar a algunos miembros del Consejo sinceras alabanzas sobre el colorido o el tamaño de los brotes.

Así pasaron las horas en el gran salón resplandeciente de flores, lleno de aromas y donde se podía casi respirar la emoción de los corazones juveniles con la expectativa del trono.

Liú casi ni se veía entre todos, cabizbaja con su maceta, la única sin flor...

Los miembros del Consejo iban terminando su recorrido y se reunían para conversar entre ellos. Liú ni siquiera vio cuando uno ellos se acercó en silencio a ella y miró la tierra de su maceta antes de regresar en silencio a reunirse con los demás. Y seguía con los ojos bajos cuando el portavoz se acercó a ella seguido de todo el Consejo y dijo:

—Esta niña, bendita sea, será nuestra Emperatriz.

Liú levantó la vista para ver a quién habían elegido y vio que el anciano se dirigía a ella... Y vio a todos los demás poner una rodilla en el suelo para reverenciarla... Y vio que el Consejo en pleno la rodeaba sonriendo lleno de afecto y dicha.

—Pero si mi maceta no ha florecido... —dijo suavemente Liú—. El Consejo dijo que el trono lo ocuparía quien tuviera la flor más hermosa.

—Así fue, como dices —respondieron asintiendo varios de los ancianos del Consejo.

El Portavoz habló ahora para todos:

—Nosotros tostamos cada una de las semillas que repartimos. Ninguna podía florecer. Quisimos asegurarnos de que el trono lo ocupara una persona honesta, y es ésa la flor que nos ha traído esta joven en su vacía maceta —y dándose la vuelta le dijo—: Tenemos mucha belleza por aquí, pero lo importante para este reino es tu actitud...

Dios bendiga a Nuestra Emperatriz.

EPÍLOGO

La propuesta surgió de manera espontánea, cuatro o cinco meses después. Una tarde en la que estábamos escuchando música y leyendo. La vi, allí sentada en el sillón, tan hermosa como siempre pero más, con sus piernas largas ovilladas, serena, sonriente... Y no pude contenerme. ¿Por qué debería?

La abracé, le besé las manos y poniendo ampulosamente una rodilla en el suelo, declamé:

—Hermosa dama, ¿me haría usted el hombre más feliz de la Tierra aceptándome en matrimonio?

Paula se rió. Ella sabía perfectamente que más allá de la payasada, lo estaba diciendo muy en serio. Y los dos sabíamos también que no era la misma propuesta de otros tiempos porque no se trataba de forzar ninguna decisión. Era una apuesta. El desafío de quien, convencido de lo bien que estábamos como estábamos, era capaz de creer que nuestra relación podía ser aún mejor.

Me dijo, siguiendo el juego declamatorio:

—Ohhh... Gentil y apuesto caballero, esta dama se siente halagada por la propuesta de tan bravo paladín... Pero... No. Gracias.

Y siguió riéndose...

Yo perdí la sonrisa.

—¡¡¡Cómo que NO!!! —le dije poniéndome de pie como un resorte y saliéndome brutalmente del juego.

Y a pesar de mi orgullo herido, de mi amor propio pisoteado y sobre todo de mi desconcierto, escuché sus razones, porque las tenía.

Me recordó lo que yo ya sabía que últimamente su madre le había estado sugiriendo, que ya no se sentía segura como para vivir completamente sola y lejos de sus hijas. Paula temía que en algún momento la madre apareciera en Buenos Aires y ella tuviera que aceptarla por un tiempo. Pau creía que debía encontrar alguna salida a ese tema cuanto antes, pero no estaba dispuesta a involucrarme en lo que ella tenía que arreglar, ni a tomar decisiones que interfirieran en la solución de ese problema.

—Pero, Pau —le dije—, ése no es un problema del que yo necesite ser excluido, en todo caso y al contrario, charlémoslo, déjame que te ayude.

—Por otro lado —me dijo—, reconozco que no eres el único que tiene miedos. Yo nunca he estado casada y de verdad no estoy muy segura de desearlo. Me encanta que vivamos juntos y todo eso, pero para casarnos me parece que deberíamos esperar un tiempo. Te quiero demasiado como para correr el riesgo de transformarte en un marido.

Reconozco que casi, casi, no podía creer lo que escuchaba. Esta sí que era una situación completamente nueva.

La mujer de mis sueños rechazaba mi propuesta de casamiento, no porque me había dejado de amar, sino todo lo contrario, porque me amaba muchísimo.

Aquel Demián algo huraño, siempre protegiéndose para no comprometerse, siempre diseñando compartimentos estancos para cuando llegara el momento de la separación, terminaba de desaparecer ahogado en los sueños compartidos con la mujer elegida.

En el vastísimo horizonte de los proyectos vitales se perdían las urgencias; y la necesidad de proteger la independencia se transformaba en el deseo de compartir la libertad de la persona amada.

Fue apareciendo otro Demián casi desconocido, que por momentos me parecía más libre y autónomo que el otro.

Esa noche al acostarnos, Paula y yo nos abrazamos y nos mimamos mucho.

Y como siempre, sin decidirlo, dejándonos llevar por el deseo, empezamos el juego del amor.

Yo alargué la mano a la mesita de noche para sacar un preservativo y no pude reconocer al tacto ningún sobre. Lamentando la pérdida de clima, encendí la luz para buscarlo, pero en el cajón no había ninguno.

—¿Amorcito, quedó algún preservativo en la maleta que trajimos del viaje?

—No sé, cielo, ¿quieres que me fije? —dijo Pau.

—¿Quieres fijarte? —pregunté después de una pausa.

—No —me dijo.

—¿Sabes qué, *milady*? ¿Por qué no le damos al destino una oportunidad...?

FUENTES

La mayoría de los cuentos que forman parte de este libro se corresponden con mi particular versión de algunas viejas narraciones de todas las tradiciones del mundo, poemas de autores admirados por mí, historias de leyendas urbanas y adaptaciones de escritores contemporáneos. Entre ellos, unos pocos, como *El enano gigante*, son de mi propia imaginación, y otros tantos, por fin, de autoría desconocida que llegaron a mí por transmisión oral o a través de esa ventana infinita que es una casilla de Internet. Dado que los cuentos han sido modificados según mi intención o la necesidad de la historia de Demián, la responsabilidad de lo que el cuento insinúa es mía aunque el crédito por las ideas sigue correspondiendo a sus autores originales.

Aquí sigue una lista de libros que me acompañaron al escribir *Cuenta conmigo,* donde se podrán hallar las versiones originales de estas historias y muchos otros cuentos y poemas tanto o más bellos que los que hoy forman parte de esta trama.

AA.VV., *El libro de los cuentos del mundo*, RBA Integral, Barcelona 2000.

AA.VV., *Sufismo en Occidente*, Dervish International, Buenos Aires, 1997.

AA.VV., *Viejas y nuevas coplas de España*, Editorial Cantares.

BUBER, Martin, *Cuentos jasídicos*, Paidós, Barcelona 2004.

CALLE, Ramiro A., *101 Cuentos clásicos de la India*, Edaf, Madrid 1994.

CALLE, Ramiro A., *Los mejores cuentos espirituales de Oriente*, RBA Integral, Barcelona 2004.

DE SHIRAZ, Saadi, *El Bustán*, Dervish International, Buenos Aires.

ERLICH, Norman, *Los mejores chistes judíos*.

GARCÍA RÍOS, José María, *Semillas tostadas*.

HERNÁNDEZ RIPOLL, J.M., SÁINZ DE LA MAZA, Aro, *Cuentos de todos los colores*, RBA, Barcelona 2004.

JODOROWSKY, Alejandro, *Relatos tradicionales*.

LIMA QUINTANA, Hamlet, *Declaración de bienes. Antología*, 1993.

MACHADO, Antonio, *Poesías completas*, Espasa Calpe, Madrid 1997.

MULEIRO, Pepe, *Los mejores chistes del siglo*, Grijalbo, Buenos Aires, 2002.

PARISSI, Julio, *El gran libro de los chistes*, El Ateneo, Buenos Aires, 2002.

SHA, Idries, *El mundo de Nasrudín*, RBA Integral, Barcelona 2004.

YUNQUE, Alvaro, *Los animales hablan*.

ÍNDICE DE CUENTOS